Sebastian Glubrecht kam 1976 in Hannover zur Welt und wurde später leidenschaftlicher Wahlberliner. Noch vor seinem dreißigsten Geburtstag zog er nach München, wo er, allen Prognosen trotzend, immer noch wohnt. 2007 wurde er mit dem Theodor-Wolff-Preis ausgezeichnet. «Na servus!» ist sein erstes Buch.

SEBASTIAN GLUBRECHT

Na servus!

Wie ich lernte, die Bayern zu lieben

ROWOHLT TASCHENBUCH VERLAG

8. Auflage November 2010

Originalausgabe
Veröffentlicht im Rowohlt Taschenbuch Verlag,
Reinbek bei Hamburg, Dezember 2007

Umschlaggestaltung any.way,
Barbara Hanke / Cordula Schmidt
(Foto mauritius images / Andrea Marka)
Satz aus der Palatino PostScript, InDesign,
bei Pinkuin Satz und Datentechnik, Berlin
Druck und Bindung CPI – Clausen & Bosse, Leck
Printed in Germany
ISBN 978 3 499 24533 6

MIX
Papier aus verantwortungsvollen Quellen
FSC® C083411
FSC
www.fsc.org

Das für dieses Buch verwendete FSC®-zertifizierte Papier *Lux Cream* liefert Stora Enso, Finnland.

FÜR DIE ULI

ANMERKUNG DES AUTORS

In diesem Buch habe ich ein bisschen übertrieben. Vieles mag zwar genau so geschehen sein, aber da ich mir mehr als eine Kleinigkeit ausgedacht habe und mich kaum noch erinnern kann, welche, soll die ganze Geschichte als ausgedacht gelten.

Alle geschilderten Figuren, Begebenheiten, Kneipen und anderen Orte erkläre ich hiermit für frei erfunden. Jede Übereinstimmung oder Ähnlichkeit mit lebenden und toten Personen, Begebenheiten, Kneipen und anderen Orten ist rein zufällig.

München gibt es allerdings wirklich. Zum Glück.

Ich bitte außerdem um Nachsicht für meinen lockeren Umgang mit der bayerischen Sprache, den frei erfundenen und echten lokalen Bräuchen. Aber ich denke, das passt schon.

UNTER HEITEREM HIMMEL

Ein Ruck geht durch die Seilbahn, und mit einem Mal hänge ich in der Luft. Genau wie die anderen Gondelfahrer. Über uns strahlt der weiß-blaue Himmel, die Sonne lacht. Mir ist nicht nach Lachen zumute, denn ich habe Höhenangst.

Ein stählernes Knarren, die Kabine zittert und zuckelt noch ein Stückchen bergab, stockt, fährt doch lieber wieder bergauf und bleibt schließlich stehen. Jetzt schunkelt sie bloß noch ein wenig nach links und rechts.

Ich will ja keine Panik verbreiten, aber wahrscheinlich werden wir alle sterben. Horrorvisionen von Kampfjets, die Gondeln in die Tiefe reißen, von betrunkenen Liftwärtern und veralteten Zugseilen schießen mir durch den Kopf. Wäre ich bloß in Berlin geblieben! Bis vor kurzem noch hätte ich darauf getippt, dass es mich dort eines Tages in einem illegalen Club erwischen würde, der die Belüftungsregeln missachtet. Oder an einer Dönerbude, beim Gammelfleisch-Grillteller. Auf jeden Fall nicht hier und auch noch nicht jetzt. Nicht auf dem Rückweg vom «5. Weisenbläser- und Tanzmusikantentreffen im Allgäu».

Aber in letzter Zeit läuft sowieso alles anders als geplant.

«Wahrscheinlich is der Liftwärter bieseln gangen», scherzt einer der Mitreisenden. «Oder zum Après-Ski», kontert ein anderer. Jemand furzt laut. «Tschuidigung, des hätt a Schleicher wern soin.» Gelächter. «A varreck, den konnst sogar schmecka!», schimpft ein Wandersmann neben mir. Hyänenlachen.

Da in diesem Moment leider nicht mein Leben vor meinem inneren Auge vorbeizieht, muss ich mich anderweitig ablenken. Ich versuche mir vorzustellen, ich säße am Sonntagnachmittag mit meinen Kumpels in Berlin auf dem Boxhagener Platz, schaute dem Treiben auf dem Flohmarkt zu und genösse das süße Nichtstun. Denkste. Ständig rempelt mich jemand an, die Passagiere stehen Schulter an Schulter und schwitzen sich in der Hitze dieses sommerlichen Nachmittags gegenseitig nass: Senioren, Männer und Frauen in ihren so genannten besten Jahren, dazwischen ein paar Kinder, Trachtler – und ich. Hier ist kein Platz zum Träumen.

Um 17:00 Uhr hat die Gondel die Bergstation an der Rammsklammwand verlassen. Angeblich war dies die letzte Fahrt nach unten. Knoll ist einfach oben geblieben. «Runter kimmst immer», hat er gebrummt und darauf bestanden, in Ruhe sein Bier auszutrinken. Dieser halbe Liter St. Blasius dunkel hat ihm jetzt das Leben gerettet. Ein Prosit der Gemütlichkeit. Nur ich Idiot musste mal wieder pünktlich ganz vorn in der Schlange stehen. Roni habe ich aus den Augen verloren, als das Gedränge losging.

Mit einem Mal beginnen zwei Frauen in identischen Dirndln zu singen. Von den «feschen Buam» aus ihrem Dorf, die «hohe Strümpf» tragen und «am Hütel das Edelweiß». Die beiden halten die Augen geschlossen – sie singen sich Mut an. Zwischen den Strophen jodeln sie. Wahrscheinlich die traditionelle Art, ein Notsignal ins Tal oder gen Himmel zu senden.

Einige Mitreisende wippen im Takt. Die Gondel schaukelt heftiger. «Is des ned schee, wenn oana so in da Musi versinkn ko?», fragt mich ein Wandersmann und schaut die Sängerinnen verzückt an. Ja, es ist schön. Es ist so schön in Bayern. Und ich kann nicht aufhören, mich zu fragen: *Was zum Teufel mache ich hier eigentlich?*

ABSCHIED NEHMA IS NED LEICHT, ABA DES PASST SCHO

Auf dem Weg zum Klo dreht sich Jochen noch einmal um: «Zieh ruhig nach München», ruft er. «Du kommst ja doch wieder zurück.» Mit einem Schlag verstummen die Gespräche in der Bar. Die Gäste, der DJ, der Barkeeper – alle halten inne und starren mich durch die verrauchte Luft an. Entrüstung, Verachtung, grenzenloses Unverständnis. Wahrscheinlich hätte ich selber so geschaut, wenn ich mitbekommen hätte, dass jemand unter dreißig aus Berlin, der aufregendsten Stadt der Welt oder – na gut – Deutschlands, ausgerechnet nach *München* ziehen will. Armer Trottel!, hätte ich gedacht. Wahrscheinlich sogar laut. Stattdessen verhalte ich mich möglichst unauffällig: Denn besagter Trottel bin in diesem Fall leider ich.

Der Barkeeper legt den Caipirinha-Stößel beiseite und kommt langsam auf mich zu. Er sieht ausnahmsweise nicht nur fertig, sondern auch traurig aus. Kein Wunder, in den vergangenen Jahren habe ich hier mehrere tausend Euro gelassen. Ich senke den Blick. «Ich hatte keine andere Wahl», flüstere ich pathetischer, als mir lieb ist. Der Barmann seufzt, schüttelt den Kopf und greift nach unserer Spezialflasche: Doppelkorn. Er holt zwei Schnapsgläser aus dem Regal und schenkt uns beiden je einen Doppelten ein. Wortlos prosten wir uns zu, trinken in einem Zug und knallen die Gläser auf den Tresen. Er schaut mir tief in die Augen: «An dieser Theke wird immer ein Platz für dich frei sein.» Es tut gut, das zu wissen.

Ich schaue mich um: Der Laden ist mal wieder gerammelt voll, keiner der Gäste wirkt älter als dreißig Jahre. Die meisten tragen weite Hosen, kaum ein Gesicht ohne Ziegenbart oder struppige Koteletten (gilt natürlich nur für die Männer). Auf dem Kopf haben sie entweder sehr lange oder sehr kurze Haare; viele zeigen ihr bunttätowiertes Fleisch. Diese Individualisten sehen doch alle gleich aus. Egal, hier fühle ich mich wohl.

Ich möchte jetzt nicht wie ein Lokalpatriot klingen, schließlich bin ich selbst erst 1997 in die Hauptstadt gezogen, aber wenn mich jemand fragt, wo ich herkomme, antworte ich, ohne zu zögern: «Berlin!» Allerdings hat München etwas, das Berlin fehlt: Jobs.

Jochen kehrt von der Toilette zurück. Er deutet auf sein leeres Glas und anschließend auf mich. Ich nicke. Also quetscht er sich zwischen die weiter vorn am Tresen Wartenden. Nebenbei spricht er ein Mädchen mit knallroten Zöpfchen an, eines dieser Berliner Punkrockgirlies. Sie schaut zuerst skeptisch, beginnt aber kurz darauf zu lächeln. Jochen grinst, er hat das Opfer dieses Abends gefunden.

Ich kann mir schon denken, was er gerade gesagt hat. Neun Jahre lang haben wir gemeinsam jedes Wochenende getrunken und gebaggert, bis der Morgen graute. Jochens Lieblingsspruch geht so:

Er: «Entschuldigung, bist du eigentlich haftpflichtversichert?»

Sie: «Nein, warum?»

Er: «Du hast gerade 'ne Beule in meine Hose gemacht.»

Saublöd, aber man glaubt nicht, wie viele Frauen so etwas lustig finden. Ich erinnere mich aber auch an eine sehr schöne Lachen-Nachdenken-Ohrfeigen-Kombination, die nichtsdestotrotz in eine dreiwöchige Affäre mündete.

Mitte der Neunziger kam Jochen aus einem Kaff in Mecklenburg zum Studium hierher, doch schon nach wenigen Semestern verlor er die Lust an den Rechtswissenschaften. Inzwischen schlägt er sich als Fahrradkurier durch und arbeitet manchmal auf dem Bau. Er ist 32 Jahre alt, lebt aber noch immer, als sei er 22. Manchmal beneide ich ihn um seine dauerjugendliche Unbekümmertheit. Ich dagegen ahne leider, dass die Party irgendwann vorbei ist.

Im Gegensatz zu Jochen habe ich Publizistik bis zum bitteren Ende studiert und nebenbei angefangen, für ein paar Zeitungen zu schreiben. Aber von dem spärlichen Zeilenhonorar konnte ich selbst im «billjen Balin» nicht leben. Dann hat mir eine Zeitung eine Schwangerschaftsvertretung angeboten, befristet auf ein Jahr – in München. Also werde ich ins Feindesland Bayern gehen, während mein bester Freund hier die Stellung hält. Arbeiten könne er auch, wenn er tot ist, sagt er.

Ein Schlag auf die Theke reißt mich aus meinen Gedanken. Jochen ist wieder da und hat einen Gin Tonic mitgebracht. «Was zuckste denn so?», fragt er. «Schlechtes Gewissen?» Er hebt sein Glas: «Eins. Zwei. Gsuffa.» Ich bringe nur ein gequältes Lächeln zustande. «Wart mal ab, in einem Jahr haben die dir eine Gehirnwäsche verpasst, und du bist assimiliert. Das geht so schnell, das merkst du gar nicht.»

«Jochen, wenn ich nächstes Jahr nicht freiwillig zurückkomme, musst du nach München runterfahren, mir einen Sack überstülpen und mich heimholen.»

«Jaja, und dann nölst du die ganze Zeit herum, du willst wieder zurück zu deinen BMWs und Biergärten.»

«Ich meine es ernst.»

«Dann brauche ich das schriftlich.»

Vom Barkeeper lässt sich Jochen ein einigermaßen sauberes Stück Papier geben und kritzelt los. Ganz oben notiert er das Wort «Vollmacht». Der Text klingt angemessen offiziell, anscheinend hat das Jurastudium doch etwas gebracht. In dem Schreiben überlasse ich Jochen alle Rechte an meiner Person, falls ich nach Ablauf eines Jahres noch in München wohnhaft bin. Er hat mich dann – ggf. unter Gewaltanwendung – nach Berlin zu entführen, wo ich hingehöre, und – unter Gewaltanwendung – dafür zu sorgen, dass ich wieder zur Vernunft komme. Nachdem wir beide unterzeichnet haben, fühle ich mich etwas besser.

Es ist ja nur zur Sicherheit. Ich weiß doch längst, was für ein Volk mich in München erwartet: Die Männer tragen zurückgegelte Haare, fahren Cabrio, spielen Golf; reiche Söhne, die zuerst zur Bundeswehr gehen, um anschließend die schönheitschirurgische Praxis von Papa zu übernehmen. Dort schrauben Vater und Sohn dann gemeinsam an den Münchnerinnen herum. Vor denen graut es mir ohnehin am meisten. Die Münchner Frauen laufen alle rum wie Topmodels. Sie sehen zwar nicht so aus, aber sie benehmen sich so, küssen zur Begrüßung zweimal die Luft über der Schulter ihres Gegenübers und lieben Geld mehr als Charakter.

«Ich habe nachgedacht», sagt Jochen. «Dein Wegzug von Berlin hat auch etwas Gutes: Du hast keine Schwaben mehr um dich. Ich habe gehört, dass sich Schwaben und Bayern nicht mögen. Deshalb ziehen die Stuttgarter doch alle nach Berlin.» Er seufzt. «Weißt du, irgendwie beneide ich dich.»

Ich seufze auch.

«Jetzt mach dich mal locker!» Jochen haut mir auf die Schulter. «Was hältst du denn von der Kleinen?» Er deutet auf die junge Frau mit den knallrot gefärbten Zöpfen. «Hmpf», antworte ich. «Ganz meine Meinung», erwidert Jochen und lässt mich wieder allein mit meinem Gin Tonic.

Ich beobachte die beiden: Sie machen sich keinen Kopf um die Zukunft, sie brauchen keinen Job und sind in Berlin genau richtig. Jochen sagt etwas, Punkrockgirlie lacht. Dann sagt sie etwas, und er lacht. Jetzt beeindruckt er sie bestimmt gerade mit Trinkerfolklore à la *Tequila Suicide*: Anstatt das Salz vom Handrücken zu lecken, zieht man es in die Nase, träufelt sich den Zitronensaft ins Auge und kippt dann den Tequila auf ex. So etwas macht Eindruck in Bars.

Ich bin hier überflüssig. Also beschließe ich, mich zu verabschieden, und gehe zu den beiden an die Theke. «Wie, das kennst du?», fragt Jochen gerade erstaunt. «Ja klar», antwortet Punkrockgirlie. «Meinen ersten Tequila Suicide habe ich vor einem Jahr getrunken. Mit dir.»

Jochens Augen flackern. Offenbar hat sie ihn aus dem Konzept gebracht. Das ist meine Chance. «Alter, ich glaube, ich mach die Biege.»

Er protestiert: «Aber das ist dein letzter Abend, wir müssen doch noch Abschied feiern.»

«Feiert einfach für mich mit, okay?»

«Soll ich dich morgen früh zum Flughafen fahren?», fragt er.

«Mein Flieger geht um neun, das heißt, du solltest spätestens um halb acht vor meiner Haustür stehen.»

«Kannst es wohl gar nicht abwarten, nach *München* zu kommen, was?» Wieder sagt er den Ortsnamen extra laut.

«Der Flug war ein Sonderangebot.»

«Du bist auch so ein Sonderangebot», murmelt Jochen. «Also morgen früh, halb neun.»

«Nein, halb acht.»

«Jaja, ist gebongt.»

Wir nehmen uns in den Arm. Jochen drückt mich so fest, dass mir die Luft wegbleibt. Als er mich losgelassen hat, gehe ich, ohne noch ein Wort zu sagen. Wie ein Held, der Frau und Kind zurücklässt.

Draußen riecht es nach ausländischen Spezialitäten, deutschem Bier und Menschen aus aller Welt. Und nach Hund. Das ist die Berliner Luft. Wonach wird es wohl in München riechen? Wahrscheinlich nach dem Schweiß redlicher Arbeit, den Auspuffgasen dicker Autos und dem Gestank des Geldes. Melancholisch, aber subversiv gestimmt, mache ich mich auf den Weg nach Hause.

Sieben Jahre habe ich in Berlin-Friedrichshain gelebt, den Stadtteil bei seiner Wandlung vom Hausbesetzerkiez zum Touristenviertel begleitet. Ursprünglich komme ich, wie jeder anständige Berliner, von auswärts. Mein Heimatdorf heißt Tiefenwald, und der Name ist nur allzu berechtigt. Eine Stunde fuhr man mit dem Auto in die nächste größere Stadt und war dann auch noch in Hannover.

Ich hatte kein Auto. Daher blieb ich im Dorf. Als meine Pubertät begann, verzog ich mich mit einem Haufen Bücher und Anschauungsmaterialien auf mein Zimmer, kam zwei Jahre später wieder herunter, hatte alle Bücher durchgelesen und war mit der Pubertät fertig. Danach interessierte ich mich für Hip-Hop und sprühte vor lauter überschüssiger Ausdrucksfreude «Ice-T» an die Rückwand des örtlichen Tennisclubhauses. Der Dorfpolizist, ehrenamtlicher Trainer der Damentennismannschaft, erwischte mich wenige Tage später – ich war der einzige Halbwüchsige im Dorf mit weiten Hosen und einem *Ice-T*-Schriftzug am Rucksack.

Zur Strafe musste ich zwei Wochenenden hintereinander sein Auto waschen und der Damentennismannschaft seichte Aufschläge servieren.

Der Schützen- und Fußballverein, wo die meisten Jungs ihre Freizeit mit Komasaufen verbrachten, reizte mich intellektuell überhaupt nicht. Trotzdem ließ mich die Dorfjugend in Ruhe, weil mich meine Eltern in weiser Voraussicht schon früh zum Karatetraining ins Nachbardorf geschickt hatten. Bei meiner Ankunft am Berliner Bahnhof Zoo habe ich mich dann allerdings trotzdem ein wenig vor den vielen Menschen erschrocken. Doch als ich am Ostkreuz aus der Straßenbahn stieg, empfing mich strahlender Sonnenschein. In einem vierstöckigen Altbau am Boxhagener Platz sollte ich meine ersten Berliner Jahre verbringen. An die Hauswand hatte jemand eine Botschaft für mich gesprüht. Als ich sie las, wusste ich: Hier bin ich richtig. In krakeligen blauen Buchstaben stand dort: «Ice-T rules.»

Endlich war ich der Provinz entflohen. Ich lernte, Kohlen zu schleppen, neben dem Studium zu arbeiten, auf Dächern zu übernachten, aufdringlichen Männern zu erklären, dass ich Frauen liebe, und aufdringlichen Frauen zu erklären, dass ich noch nicht bereit sei, mich zu binden. Ich liebte nur Berlin. Die Bars konnten so kryptische Namen wie «Ick weeß ooch nich» tragen, und die Zigaretten kosteten bei Vietnamesen bloß die Hälfte des Ladenpreises. Ich gewöhnte mich an die verstrahlten Obdachlosen in der S-Bahn («Mein Name ist Ratte, ich lebe seit zehn Jahren auf der Straße und verkaufe die aktuelle Ausgabe der Obdachlosenzeitung … der … wie heißt die noch?»), gewöhnte mich an die Raver aus dem Umland, die bei Sonnenaufgang im Herrenrock über die Warschauer Brücke flanierten («Ey, weiß du was für'n Tag heute is?»), selbst an die Pitbulls und ihre Herrchen («Der will nur spielen»). Und ich liebte es, so wie jetzt gerade, mitten in der Nacht auf den breiten Straßen spazieren zu gehen. Einer spontanen Gefühlsaufwallung folgend, springe ich über die Bordsteinkante – und lande in einem riesigen Hundehaufen.

Ach Berlin! Du fehlst mir jetzt schon.

Die Stufen zu meiner Einzimmerwohnung schleppe ich mich diesmal so langsam hinauf, wie selbst mit prallgefüllten Einkaufstüten nie zuvor. Kaiserreich, Weimarer Republik, Hitlerzeit, SBZ und DDR haben ihre Spuren hinterlassen. Die Treppe ist völlig krumm gelaufen, vom Geländer blättert moosgrüner Lack. Unten an der Wand hängt ein verwittertes Schild aus der Nachkriegszeit. Darauf stehen in Sütterlinschrift die Namen früherer Mieter. Adieu, ihr -anskis und -owskis. Bald bekomme ich die -mosers und -hammers zu spüren.

Ein letztes Mal schließe ich meine Tür auf. Die Wohnung ist sauber, das Bett gemacht, der Schrank geleert, der Schreibtisch glänzt. Ein ungewohnter Anblick.

«Suche Untermieter für ein Jahr in ruhiger 1-Zimmer-Wohnung am Boxhagener Platz» hatte ich der Mitwohnzentrale geschrieben. Innerhalb einer Woche meldeten sich zwanzig Interessenten. Alle wollen nach Berlin. Am Montag wird mein Untermieter einziehen, ein netter Dicker aus Köln, der sich ein Jahr Auszeit nimmt. Danach bin ich spätestens wieder hier.

Auch ich werde in München zur Untermiete wohnen. Über Bekannte von Kollegen habe ich eine möblierte Dachbodenwohnung in einem Stadtteil namens Daglfing gefunden. Die Vermieter, eine Familie Untermair, haben mir geschrieben, sie würden «den Knoll» schicken, der werde mich abholen und samt Gepäck nach Daglfing bringen. Keine Ahnung, wer der Knoll sein soll und wo München Daglfing liegt. Aber das werde ich noch früh genug erfahren.

8:00 UHR

Ich rufe bei Jochen an. Freizeichen, dann seine Stimme: «Bin gleich da, alles super, keine Panik, kannst schon mal runterkommen.»

«Ich bin schon seit einer halben Stunde unten», schreie ich. «Weißt du, wie spät es ist?»

«Klar», sagt Jochen und legt auf.

8:10 UHR

Mit quietschenden Reifen biegt der magensaftgrüne Bulli um die Ecke. Auf dem Beifahrersitz winkt das Punkrockgirlie mit den roten Zöpfchen. Jochen sieht verquollen aus. Er ist blass, trägt die Klamotten von gestern und riecht nach Rauch und Schnaps. «Keine Zeit», brüllt er, seine Lider flattern. Er packt meinen Koffer und den Seesack, wirft beides hinten in den Bulli, sprintet ums Auto. Ich steige auf der anderen Seite ein. «Es gab da ein Problem …»

«Ein Problem?»

«Na ja, wir haben Tequila Suicide gemacht, aber irgendwann gab es nur noch den braunen mit Orangen und Zimt!»

Punkrockgirlie erklärt: «Der Zimt hat sich bei ihm in der Stirnhöhle festgesetzt. Da mussten wir noch zur Notaufnahme fahren.»

Erst jetzt sehe ich, dass Jochen tamponartige Wattestöpsel in der Nase hat. «Stirnhöhlenverzimtung», murmele ich. «Mal was anderes.»

«Keine Angst, mir geht's super!», brüllt Jochen und tritt aufs Gas. «Ich bin tierisch wach!»

8:50 UHR

Ankunft am Flughafen Tegel. Keine Schlange am Schalter, nicht mal Personal. Die Schalterdamen haben sich bereits hinter die Sicherheitsglasscheibe zurückgezogen. Ich rudere mit den Armen, bis eine von ihnen hervorkommt.

«Das klingt sicher komisch, aber ich muss wirklich sehr dringend nach München.»

Sie verzieht keine Miene. «Der Zufahrer ist schon abgefahren. Ich kann nichts mehr für Sie tun.»

9:05 UHR

Bevor ich umbuche, rufe ich in München bei Herrn Untermair an, um zu fragen, ob mich jener Knoll auch eineinhalb Stunden später abholen könne. «Der Knoll ist schon weg», sagt er. Und seine Handynummer? Schallendes Gelächter. «Der hat doch kein Handy!» Ich werde also in München ankommen, und mein Abholer wird bestenfalls zwei Stunden auf mich gewartet haben. Schlimmstenfalls ist er nicht mehr da. Ich schlurfe zum Ticketschalter. «Da hat wohl eener sein Flug verpasst, wa?», berlinert mich eine Ostmutti mit pflaumenblauen Haaren an. Ich nicke. «Schicksal, meen Hübscha. Hier in Balin is ett ehmt doch am schönsten.»

DA PREISS HOD DIE PÜNKTLICHKEIT FEI NED ERFUNDN

Von oben sieht Bayern aus wie eine Siebziger-Jahre-Gardine: ein biederes Muster aus Vierecken in Gelb, Grün und Kacke. Das wirkt sehr nährstoffhaltig. Kein Wunder, dass die bayerischen Bauern während des Ersten Weltkrieges ganz Preußen versorgen konnten, mit den Erträgen ihrer riesigen Äcker und der Milch ihrer fetten braunen Kühe. Heute nennt man diese Schnorrerei offiziell Länderfinanzausgleich. In der Zeitung stand: 2006 zahlte Bayern 2,08 Milliarden Euro in den Topf, nur noch überflügelt vom neureichen Hessen. Berlin zahlte gar nichts ein, Berlin kassierte – und zwar mehr als alle anderen: 2,7 Milliarden Euro, umgerechnet 794 Euro pro Kopf. Dass die Berliner das meiste Geld davon für Partys ausgeben, wissen die Leute, auch ohne dass es in der Zeitung steht.

Vor vier Jahren plädierte eine Berliner Spaßpartei bei den Kommunalwahlen für einen offiziellen Anschluss Berlins an Bayern – zur Tilgung der Senatsschulden. Ich hielt das für eine lustige Idee und habe die Partei gewählt. Aus Spaß. Ironie des Schicksals, dass ich nun nach München ziehen muss.

Als engagierter Journalist habe ich weiterrecherchiert und noch mehr Fakten über Bayern herausgesucht:

- Jeder zweite Einwohner des Freistaates ist übergewichtig.
- Verheiratete Bayern neigen eher zu Fettleibigkeit als ledige.
- Das unter Freigeistern verhasste Studienfach Betriebswirtschaftslehre (BWL) ist seit Jahren das beliebteste Fach bei bayerischen Studenten.
- Auf je tausend Bayern kamen zu Jahresbeginn 2006 durchschnittlich 603 Pkws.

- Mit einer Gesamtlänge von 86000 Kilometern könnte das bayerische Abwassernetz zweimal die Erde umspannen.

So würde wenigstens die bayerische Jauche etwas von der Welt sehen.

«Meine Damen und Herren, bitte legen Sie die Sitzgurte wieder an und klappen Sie die Lehnen hoch. In wenigen Minuten landen wir auf dem Franz-Josef-Strauß-Flughafen von München.» Franz-Josef-Strauß-Flughafen! Danke, keine weiteren Fragen.

Das Flugzeug wackelt, als es durch die Wolkendecke bricht. Die meisten Passagiere blicken nicht einmal von ihren Notebooks oder der *Financial Times* auf. Meine Sitznachbarin, die in ihrem Bürokostümchen aussieht wie die «Sekretärin» aus einem Pornofilm, klammert sich an ihre braune Handtasche. Die blonden Haare hat sie streng zurückgekämmt, auf ihrer Stupsnase trägt sie eine Brille mit schwarzem Rahmen. Knallrot geschminkte Lippen stechen aus ihrem blassen Gesicht hervor. Nicht uninteressant. Hoffentlich ist sie haftpflichtversichert.

Ich lege meine Hand auf die Armlehne zwischen uns. Sie soll sie ruhig ergreifen. Auf ihrer braunen Handtasche stehen die Buchstaben LV in übereinandergelegten Lettern. «Entschuldigen Sie», sage ich, um sie ein bisschen von ihrer Flugangst abzulenken. «Ich sehe gerade die Initialen auf Ihrer Handtasche und frage mich, wofür die wohl stehen – etwa für Lola Vanderbildt oder Livia Vonderleyen?»

Ihr ängstlicher Blick weicht einem herablassenden Lächeln. «Das wissen Sie nicht? Das ist doch das Muster von Louis Vuitton. In der Maximilianstraße haben wir eine Dependance. Ich arbeite da.»

Das Flugzeug rummst auf die Landebahn. Die Frau hört schlagartig auf zu prahlen und greift nach meiner Hand. Geht doch. Als sicher ist, dass wir auf dem Boden bleiben werden, lässt sie mich leider wieder los. Ihre Wangen bekommen etwas Farbe. Sofort holt sie ein kleines Döschen heraus, klappt es auf, wirft einen prüfenden Blick in den Schminkspiegel und legt weißen Puder nach, bis sie wieder krank aussieht. Ganz geschäftsmäßig greift sie in die Innentasche ihres Jacketts und überreicht mir eine Visitenkarte wie zum Handkuss. Darauf steht: Theresa Schlugt.

Kaum erlöschen die Anschnallgurtsymbole, springt das Fräulein Schlugt auf, öffnet mit sicherem Griff die Gepäckablage und verschwindet mit einer weiteren LV-Mustertasche zum Ausgang. Genauso die Anzugträger mit ihren Krawatten und Notebooktaschen. Hier hat man keine Zeit zu vergeuden, hier wird Geld verdient! Schließlich nehme auch ich meinen Rucksack und verlasse das Flugzeug. Zum ersten Mal in meinem Leben betrete ich bayerischen Boden.

Der Flughafen sieht aus wie das Projekt einer Designhochschule zum Thema «Airport der Zukunft». Im Vergleich dazu ist Berlin-Schönefeld eine Hühnerfarm, Berlin-Tegel ein Busbahnhof und Berlin-Tempelhof, na ja, so hat sich Adolf Hitler eben die Zukunft vorgestellt. Hier auf dem Franz-Josef-Strauß-Flughafen werden die Ankommenden über eine gläserne Brücke mittels Laufbändern und raffinierter Passagierleitsysteme kilometerweit in eine von vielen Gepäckhallen geleitet. Entgegen meinen Erwartungen sehe ich nirgendwo Stacheldraht oder Polizisten mit Maschinengewehren, die uns von hohen Türmen aus beobachten. Vor dem Ausgang wachen keine deutschen Schäferhunde. Hat Innenminister Beckstein geschlampt? Alles läuft erstaunlich glatt. Bis ich Edmund Stoiber erblicke. Von einem Plakat am Eingang der Gepäckhalle grinst mich der Landesvater an, den linken Mundwinkel hat er angestrengt nach oben gezogen, der rechte weist nach unten. «Willkommen in Bayern» steht unter der Grimasse. Eine kostengünstige, aber effektive Abschreckungsmaßnahme.

Am Ausgang der Gepäckhalle warten die üblichen Familien, Geschäftsmänner und sonstigen Abholer. Etwas abseits steht sogar ein echter Bayer in voller Tracht. Er sieht aus wie einem Bilderbuch entsprungen: original mit Vollbart, Wanderschuhen, Kniestrümpfen, Lederhose und einer offenen grünen Lodenjacke, die den stattlichen Bauch eher betont als verhüllt. Sehr drollig. Der Bilderbuchbayer drückt sich an den Papierkörben herum. Ein Pfandflaschensammler? Seine Haltung ist leicht gebeugt, hin und wieder greift er mit der hohlen Hand an die Lippen. Ziemlich auffälliges Verhalten, erstaunlich, dass die Polizei ihn noch nicht aufgegriffen hat. Jetzt sehe ich, dass er in der Hand eine Zigarette versteckt hält. So ein Fuchs! Er nimmt einen tiefen Zug, drückt die Kippe aus und hält ein Schild hoch. Darauf steht ein Name. Mein Name.

O nein. Instinktiv drehe ich mich weg. Bitte nicht so einer! Aber was hilft's? Langsam wende ich mich wieder um, suchend, wie bestellt und nicht abgeholt. Ich setze ein Hallo-ich-bin-derjenige-welcher-Lächeln auf, winke und gehe ihm entgegen. Mein fester Schritt soll Vorfreude suggerieren.

Selbst als ich direkt vor ihm stehe, verzieht der Bayer keine Miene, sondern mustert mich nur schweigend von oben bis unten. «Guten Tag», sage ich und stelle mich vor.

«Grüß Gott», antwortet er.

«Mach ich», witzele ich. «Wenn ich ihn sehe.»

«Da kannst Gott glei ausrichtn», entgegnet der Bayer, «der Preiß hod die Pünktlichkeit fei ned erfundn.»

Das ist also Bairisch: Ein anderes Land, eine andere Sprache. Vielleicht sollte ich's lieber mit Englisch versuchen? Weil ich etwas zu lange mit offenem Mund dastehe, ergreift der Bayer die Initiative und streckt mir die Hand entgegen. Ich schüttele sie. «Knollhubert», brummelt er. Ich entschuldige mich für die Verspätung. «Passt scho», meint er.

Mit meinem vollbeladenen Gepäckwagen folge ich Knollhubert auf den Parkplatz. Wir wechseln kein Wort. Ich traue mich nicht, ein Gespräch zu beginnen, nachher verstehe ich bloß wieder nichts. Er steuert auf einen roten Pick-up zu, einen Geländewagen mit Ladefläche. Am Heck kleben zwei Fahnensticker, ein weiß-blauer und ein roter mit Sternenkreuz: die amerikanische Südstaatenflagge, das Symbol der Sklavenhalter. Knoll deutet mit einem Finger auf die Ladefläche und murmelt: «Dei Graffe haust oben auffi.» Ich stutze, entnehme aber seiner Handbewegung, was er von mir erwartet. Also Graffe auffi.

Nachdem ich die Koffer auf der Ladefläche abgelegt habe, steige ich ein.

Der Vater meiner Gastfamilie in den USA besaß auch so einen Pick-up. Einmal fuhren wir alle gemeinsam in den Bush-Gardens-Freizeitpark, um uns mittels originalgetreu nachgebildeter Dörfer aus Deutschland, England, Frankreich, Italien, Schottland und Irland in die Welt des alten Europa zurückversetzen zu lassen. Darauf hatte ich natürlich gerade Lust. Das Oktoberfest sei «im vollen Schwingenjahr rund an den Busch Gärten Williamsburg» warb der Prospekt. Und weiter: *Verschalen Sie den großen schlechten Wolf und das Rennen durch ein verlassenes bayerisches Dorf. Das 2000-seat Festhaus stellt ein Oompahart Band zur Schau und authentischer Deutscher tanzt zusammen mit dem country's feinsten cuisine.* Spitze!

Nach einem Marsch durch den lustigen Englandpark und das langweilige Frankreich hörte ich schon aus der Ferne das satte Furzen einer Tuba. Wir näherten uns Deutschland. Genauer: der bayerischen Apokalypse. Überall wehten weiß-blaue Fahnen. Hölzerne Giebel und grellgrüne Geranienkästen verschandelten die Häuser. An jeder Ecke tanzte ein amerikanischer Minilohn-Empfänger Schuhplattler. Auf dem original bayerischen Marktplatz vor dem «Festhaus» blieben meine amerikanischen Freunde stehen. Sie bildeten einen kleinen Kreis wie beim Breakdance. Dann nickten sie mir aufmunternd zu. Als ich mich nicht rührte, begann einer nach dem anderen, die Knie in den Baggypants hochzureißen und sich mit den flachen Händen auf die Oberschenkel zu klatschen. Zuerst dachte ich, sie wollten mich veräppeln, und lachte kumpelhaft. Aber es war kein Scherz. Ich hätte am liebsten meinen Kopf durch das original Kopfsteinpflaster ins Erdreich gerammt. Aber dann wäre ich bei meinem Glück wahrscheinlich im Allgäu wieder herausgekommen. Meine *friends* müssen meinen inneren Kampf gespürt haben. Sie fragten, was denn mein Problem sei.

«Bavaria», antwortete ich.

Am Innenspiegel von Knollhuberts Pick-up baumeln zwei kleine Anhänger: eine indianische Trommel und ein Mini-Jagdhorn. Seine Pranke fährt zum Autoradio, er schnippt die Kassette heraus. «Was mogstn hearn?», fragt er. «Blasmusi?» Er grinst provokant.

Ich zögere, denn ich weiß nicht, wie lange die Fahrt dauern wird. «Ach, da bin ich ganz offen», lüge ich tapfer.

«Ja dann», sagt Knoll, klappt die Armstütze hoch, greift sich eine Kassette und schiebt sie in den Recorder. Ich nehme mir fest vor, weder zu lachen noch zu weinen – selbst wenn er zu jodeln anfinge.

Leider werde ich nicht enttäuscht: Aus den Boxen scheppert ein Marsch, wie man ihn aus den Musikantenstadln der Regionalsender kennt. Aber im Fernsehen kann man weiterzappen, hier nicht. «Mogst des?», fragt Knoll und grinst noch ein wenig breiter.

«Klingt super», antworte ich höflich.

«Dann moch i a bisserl lauter, da host mea davo.»

Langsam rollen wir vom Parkplatz auf die Straße. Vor uns fährt stockend ein BMW; offensichtlich ein Mietwagen, dessen Fahrer aus einem Land kommt, in dem es keine Handschaltungen gibt. «Herrschaftszeitn, jetz deafst aba schee langsam schnella wean», flucht Knoll.

Nachdem wir eine halbe Minute im Schneckentempo hinter dem ruckelnden BMW hergerollt sind, gibt er Gas, schert aus, setzt sich neben den Mietwagen und führt mit einer Hand die international gültige Plemplem-Geste in Richtung des Fahrers aus. Der Asiate am Steuer schaut zu uns herüber und lächelt entschuldigend. Knoll zieht vorbei und flucht leise in seinen Bart: «Saupreiß, kinesischer.»

Die Straße mündet in eine vierspurige Autobahn. Dichter Verkehr, von beiden Seiten überholen uns teure, schwarze Autos, in denen in der Regel nur der Fahrer sitzt. Rechts ein futuristisches Kolosseum (das neue Münchener Fußballstadion), am Horizont glänzt ein Büroturm. Alles picobello und effizient organisiert. Sogar die Schilder der Vororte strahlen wie frisch poliert. Die Namen darauf enden gern mal auf -ing: Eching, Garching, Ismaning. Ich habe gehört, dass es in Bayern die Orte Petting, Poing, Tittmoning und Dingharting gibt. Insgeheim hoffe ich auf die Stadtteile Mobbing, Doping oder Cockring. Leider kommt bloß Daglfing. Dort werde ich fortan wohnen müssen.

Jeder weiß, dass man in München keine Wohnung findet, ganz gleich, was für eine man sucht. Die Zeitung, bei der ich arbeiten werde, hat mir sehr geholfen. Umstandslos vermittelten mir meine neuen Kollegen eine Bleibe weit draußen vor den Toren der Stadt, die zwar genauso groß ist wie meine Berliner Wohnung, aber doppelt so viel kostet. Zum Glück zahlt die Zeitung die Hälfte.

Daglfing entpuppt sich als typischer Kleinfamilienhort. Die meisten Häuser sind solide Neubauten mit zwei Stockwerken, einem Balkon aus hellem Holz und einem kleinen Garten mit einem großen Zaun drum herum. Von den Einfamilienhäusern anderswo unterscheiden sich die in

Daglfing vor allem durch die heimatfilmreif aufgeklappten Fensterläden. An so einem Fenster schüttelt die bayerische Hausfrau sicher leidenschaftlich gern ihr echtes Federbett im kleinkarierten Überzug.

Vor einem dieser Häuser hält Knoll. Die Fassade ist unten herum weiß gestrichen und oben herum mit dunkelbraunen Holzleisten verkleidet. Im zweiten Stock hängen weiß-blaue Gardinen. Wie damals im Bavaria-Land. Ganz unten auf dem Klingelschild steht passenderweise «Untermair», darüber «Knoll» und oben «Einliegerwohnung». Das bin dann wohl ich. Knoll klingelt.

Kaum hat er den Finger vom Knopf gelöst, öffnet ein Mittdreißiger die Tür, dessen Erscheinungsbild nur mit «gelackt» zu fassen ist: gelackte Haare, Lackschuhe, Lackaffengrinsen. Ich schalte auf professionell: «Wie schön, Sie kennenzulernen», sage ich und stelle mich vor. Mein Gegenüber entblößt zwei tadellos weiße Zahnreihen.

«Untermair, grüß Sie Gott.»

«Was für ein schönes Haus», lüge ich los. «Es erinnert mich an die Gegend bei Hannover, in der ich aufgewachsen bin.»

«Hannover?», fragt Untermair mitleidig. «Früher haben wir immer gesagt: Nix ist doofer wie Hannover.»

«Das ist ja lustig», antworte ich.

Im Flur hängen alte Stickereien und Kupferstiche von Jagdszenen. Wir steigen eine kalte Steintreppe hinauf. Den zweiten Stock schmücken Fotos und Erinnerungsstücke: zwei Bergsteiger unterm Gipfelkreuz, das Gruppenfoto einer Cowboy-Posse, ein in seine Meditation vertiefter buddhistischer Mönch. In der Mitte prangt ein Foto von einem Lederhosenträger in der roten australischen Wüste vor diesem legendären Berg da. «Hier wohnt der Herr Knoll», erläutert der Vermieter. «Er ist die gute Seele des Hauses, nicht wahr, Knoll?» Ich drehe mich um. Aber Knoll ist verschwunden.

Wahrscheinlich zum Lachen in den Keller. «Knoll?», ruft der Vermieter. Keine Antwort. «Na ja, der Knoll hat so seine Eigenarten», erklärt er. «Aber die werden Sie noch früh genug kennenlernen.» Ich kann es kaum erwarten!

Meine zwei Zimmer bilden das Dachgeschoss des Hauses. Rustikale Fachwerkbalken durchziehen die Wohnküche; auf dem grauen Teppichboden steht ein trauriger alter Korbsessel, dem ein schemelartiger Tisch Gesellschaft leistet. An der Wand klebt eine rudimentäre Kochzeile mit zwei Herdplatten, darüber ein Poster mit bunten Gewürzpulverhäufchen drauf. Die Dusche ist winzig, das Klo auch. Der weiße Einbauschrank ist mit Hanuta-Bildern längst abgetretener Fußball-Nationalspieler zugepflastert: Guido Buchwald, Thomas Häßler, Olaf Thon. Neben einem grauen Tisch und einem braunen Stuhl gibt es noch ein achtzig Zentimeter breites und ziemlich kurzes Bett. Wahrscheinlich wird in dieser Gegend traditionell nicht so viel geschlafen.

Im zweiten Zimmer stehen ein Fernseher und eine mit verwaschenem Neonstoff bezogene Achtziger-Jahre-Couch. «Das ist das Fernsehzimmer», erklärt der Vermieter. «Hier oben habe ich früher gewohnt. Jetzt lebe ich mit meiner Frau und Kilian unten», seufzt er. «Ich stelle Sie vor, wenn Sie Ihr Gepäck heraufgetragen haben.»

Plötzlich drückt sich etwas an meine Wade. Mit einem erschrockenen «Huch!» ziehe ich das Bein hoch. Eine rotgetigerte, erstaunlich fette Katze flitzt unter mir hindurch, hopst auf das Sofa und wälzt sich, dass die Haare fliegen. Dann hält sie inne, um mich garstig anzufauchen. «Ruhig, Ludwig», besänftigt Untermair das Tier. «Das ist Ludwig, der Hauskater. Bitte halten Sie stets die Fenster geschlossen, damit er nicht herausfällt. Ach ja, ich hoffe, Sie haben keine Katzenallergie.» Ohne eine Antwort abzuwarten, dreht Untermair sich um und verlässt das Zimmer. Ich öffne das Fenster.

Eine halbe Stunde später lerne ich Frau Untermair kennen: rote Bäckchen, stämmige Arme, blonde Haare – eine echte Bayerin. «Griaß di», sagt sie zu mir. Ich nicke freundlich. Hinter ihrem ausladenden Gesäß versteckt sich ein Kind. Wahrscheinlich der kleine Kilian. Ich gehe in die Hocke und sage: «Na, wo ist denn der kleine Mann?»

«Saupreiß, damischer!» Kilians Stimmchen dringt gedämpft hinter Mutters schützendem Hintern hervor.

Frau Untermair errötet: «Des müssens entschuldigen, des hat er vom Opa, der is so a Grantler», klärt sie mich auf.

«Glädzn», flucht Kilian jetzt schon mutiger hinter ihrem Rock in meine Richtung.

Ich: «Was heißt denn *Klettsen*?»

«Ah, des is a Dummkopf», erklärt Frau Untermair freundlich. «Kilian, du duast di bei unsam Untermieter entschuldigen.»

«Dua i ned, der Papa hod aa gsagt, dass des a bleda Saupreiß is.»

Ich richte mich auf und wende mich Herrn Untermair zu, doch der zuckt nur die Achseln. «Kinder», sagt er. «Sie müssen verstehen, er mag es nicht so gern, wenn jemand oben wohnt. Dann ist der Ludwig nämlich nicht so oft bei ihm hier unten.» Nun habe ich keine Lust mehr zu lächeln. Brauche ich auch gar nicht, denn Herr Untermair schiebt mich in den Flur. «Sie wollen sich bestimmt noch die Umgebung anschauen», befiehlt er und schmeißt die Tür hinter mir ins Schloss.

Eine bleierne Decke aus absoluter Ereignislosigkeit liegt über Daglfing, ähnlich wie in Tiefenwalde, meinem Heimatdorf. Zu Hause fühle ich mich trotzdem nicht. Erst nach längerem ziellosen Umherstreifen entdecke ich hinter der Einfamilienhaus-Einöde einige Wohnblöcke, in denen vermutlich die einkommensschwächeren Daglfinger wohnen. Auch hier stehen nagelneue BMWs. Der Bürgersteig scheint blank geleckt – keine einzige Zigarettenkippe, keine Coladose, kein Dreck. Kleine, saubere Kinder spielen friedlich und leise mit Spielzeugautos. In meinem alten Viertel hätten die Kinder wohl eher eins von den großen Autos geklaut.

Ach Berlin!

Etwas später stoße ich auf den örtlichen Supermarkt. Mal schauen, was der so zu bieten hat. Immerhin gibt es in Bayern 623 Brauereien, das habe ich vorab recherchiert. Macht etwa vierzig Prozent aller europäischen Brauereien überhaupt. Im Getränkeregal entdecke ich tatsächlich viele neue Sorten mit rustikalen Namen: Augustiner Edelstoff, Spaten, Arcobräu, Franziskaner, Altenmünster, Tegernseer, Hofbräu, Hacker-Pschorr, und das meiste davon auch als Dunkel- und Weißbier. Mit 0,33 Liter-Flaschen gibt sich hier offenbar keiner ab. Ich nehme also eine Halbliter-Flasche von jeder Sorte. So ähnlich muss sich Noah gefühlt haben, als er seine Arche bestückte.

Als ich mit dem Einkaufswagen an der Fleischtheke vorbeirolle, fällt mein Blick auf etwas, das aussieht wie ein Haufen toter Pimmel. Ich ahne schon, was ich da vor mir habe: die legendäre Weißwurst – kleine, leicht gebogene Stücke bleichen Fleisches in glänzendem Darm. Gern würde ich eine oder zwei davon kaufen, aber ich weiß nicht, wie. Zum ersten Mal in meinem Leben ist mir mein Hochdeutsch unangenehm.

Der Fleischer ist klein, dick und fleischig, wie es sein Berufsstand verlangt. Er hat diese runden roten Kinderbäckchen, in die Großmütter und Tanten so gern kneifen. «Servus», sagt er zu mir. Ich schrecke zusammen. «Grüß Gott», entgegne ich unterwürfig. Er dankt es mir mit einem mitleidigen Lächeln. «Was darf's denn sein?»

«Ich hätte bitte gerne zwei Weißwürste», sage ich mit ungewollt scharfer Betonung auf den beiden «s».

Der Fleischermeister packt zwei Würste, hüllt sie in Plastik, tackert das Preisschild an die Papiertüte und reicht sie über die Theke. Auf der Verpackung steht «Schwein gehabt». Darunter stellt ein gutgelauntes Schwein mit Sonnenbrille seinen Sixpack-Bauchmuskel zur Schau. Ich lasse die Tüte in meinen Wagen fallen und rolle etwas ratlos in Richtung Kasse. Wie bereitet man die Dinger eigentlich zu?

Der Fleischermeister merkt, dass etwas nicht stimmt. «Die dürfens ned kochn, bloß warm machen.» Aha. «Kochens a Wasser, nehmens den Topf von der Plattn, tuans die Wüaschtl nei, und nach zehn Minuten sans al dente.» Klingt machbar. Ich bedanke mich artig.

Als ich mich umdrehen will, bekommt eine Fleischerkollegin Lust, mir zu erklären, wie bayerische Lebensart funktioniert: «Dazu essens Brezen und an süßen Senf.» Süßen Senf habe ich bei meiner ersten Bestandsaufnahme im heimischen Kühlschrank entdeckt. Doch um zu beweisen, dass es mir ernst ist, rolle ich mit meinem Bierwagen in Richtung Würzsaucen-Regal. Jetzt hat sich noch eine weitere Fleischerin zu den beiden gesellt. Zu dritt dirigieren sie mich direkt vor das richtige Regal. «Händlmaier's!», weist mir der Fleischerchor den Weg. Vor der Theke hat sich eine kleine Schlange gebildet, die mich bei der Senf-Auswahl beobachtet. Ich greife zu dem größten Glas und recke es triumphierend meinem Publikum entgegen. Dann überlasse ich die drallen drei wieder sich selbst. Beim integrierten Bäcker kaufe ich, wie befohlen, noch zwei Brezeln, nein, Brezen.

Zurück in meiner Einliegerwohnung, will ich erst mal versuchen, heimisch zu werden. Meiner Erfahrung nach kann man sich vieles, wenn nicht alles schöntrinken. Auf dem Etikett des ersten Bieres prangt das Bild eines lachenden Mönches. Genau so werde ich Bayern meistern: mit mönchischer Entsagung und einem kernigen Lachen. Das Augustiner «Helle» schmeckt nicht so bitter wie Beck's oder

Berliner Pilsner. Außerdem hat es weniger Kohlensäure und ist deutlich süffiger. Könnte man sich dran gewöhnen.

Ich suche einen großen Topf und setze Wasser auf. Dann lasse ich mich in den beknackten Korbstuhl fallen, lege die Füße auf den Schemeltisch und schaue mir das gruselige Poster an. Es zeigt ein Kästchen mit getrockneten exotischen Gewürzen in Rot- und Gelbtönen. Darunter steht, etwas kleiner gedruckt, ein Spruch – wahrscheinlich so etwas wie «Der Geschmack der großen weiten Welt». Ich beuge mich vor und lese: «Des brauch ma ois ned.»

Als das Wasser kocht, stelle ich die Platte aus, warte kurz und lege dann die Weißwürste hinein. Nach zehn Minuten hat sich die weiße Masse deutlich ausgedehnt und spannt so richtig unter der Darmhülle. Ich kann, wenn ich ganz nah an den Topf herangehe, kleine grüne Punkte erkennen. Hoffentlich sind das Kräuter.

Mit zunehmender Garzeit werden die Fettklümpchen durchsichtig und funkeln mich lustig durch die Pelle an. Es macht einen Heidenspaß, die Würste mit dem Finger anzustupsen, damit sie sich um die eigene Achse drehen und auch die Klümpchen auf der anderen Seite durchsichtig werden. Ich bin schon etwas beschwipst.

Zehn Minuten später beschließe ich, noch fünf Minuten draufzulegen, um sicherzugehen, dass auch wirklich alle Wurstbakterien abgetötet sind. Nach Ablauf der Nachgarzeit platziere ich die erste Weißwurst auf dem Teller, arrangiere sie stilvoll mit einem Klecks süßen Senfs und einer Brezel, Brezen. Nachdem ich alles gebührend bewundert habe, greife ich die warme Wurst mit Daumen und Zeigefinger, tauche sie in den süßen Senf und stecke sie in den Mund. Interessant. Im Bissgefühl ähnelt sie einer fetten Bockwurst. Sie schmeckt auch ganz ähnlich, vielleicht ein wenig süßer. Der Senf passt zum Fett ebenso hervorragend wie Marmelade zu Butter. Bevor mir die Sache zu süß wird, nehme ich ein Stück von der grobgesalzenen Brezel, Brezen. Meine Geschmacksknospen umspielt ein munteres Süß-salzig-Durcheinander. Weißwurst macht Spaß. Nur die Pelle lässt sich nicht zerkleinern. Nachdem alles andere verschluckt ist, spucke ich sie wie ein Gewölle aus. Darauf ein Franziskaner. Erst hell, dann dunkel.

Beim Hacker-Pschorr endlich die Erleuchtung: Vielleicht funktioniert so eine Weißwurst wie eine Zigarre, bei der zuerst das vordere Ende abgeschnitten werden muss. Also trenne ich von der zweiten Wurst einen Zipfel, dann rein mit dem Ding in den Mund. Ich drücke die Wurst ab der Hälfte mit den Schneidezähnen zusammen und ziehe sie am verbliebenen Ende heraus. Der Effekt ist, dass sich die Füllung weichwarm auf die Zunge entlädt. Effizient, aber nicht uneklig. Die leere Pelle hat sich wie eine Vorhaut über das angebissene Wurstende gelegt. Die Vorstellung, das noch einmal in den Mund zu nehmen, behagt mir nicht. Also schäle ich den Weißwurstrest wie eine Banane. So lässt er sich viel leichter essen. Als ich fertig bin, fühle ich mich sinnlich, satt und zufrieden. Meiner geplagten Seele entringt sich ein wohliges Rülpsen. Bayern mag ja vieles sein, aber es ist schon mal kein kulinarisches Ödland.

Ich beschließe, meinen ersten Eindruck mit Jochen zu teilen, und rufe ihn an.

«Klingt doch alles ganz lustig», findet er.

«Nur weil ich es so lustig erzähle», antworte ich. Augustiner, Spaten, Arcobräu, Franziskaner, Altenmünster, Tegernseer, Hacker-Pschorr und Konsorten haben mein Selbstbewusstsein zurückgebracht. «Jochen, ich sag dir eines: Für Leute wie uns ist Daglfing der Vorhof zur Hölle.»

«Da wollte ich schon immer mal hin. Ich komme runter. In zwei Wochen.»

Es tut gut, Jochens Stimme zu hören. Wir telefonieren fast zwei Stunden lang. Jochen erzählt mir von einem nächtlichen Streit mit Punkrockgirlie. Nach einer durchfeierten Nacht hatte er vergeblich versucht, sie zum Beischlaf zu überreden, doch Punkrockgirlie war mit dem Kopf auf seiner Brust eingenickt. Jochen dagegen, aufgekratzt vom Wodka Red Bull und dem schnaufenden Atem der Geliebten, konnte nicht schlafen. Also versuchte er, sich möglichst unauffällig einen runterzuholen. Doch blöderweise weckte sein Gerüttele Punkrockgirlie. Die fühlte sich, nicht ganz zu Unrecht, als Sexobjekt missbraucht und verließ nach einem kurzen Streit die Wohnung. Nun weiß Jochen nicht, wie er sie wieder zurückholen soll. Rausgehen mag er gerade nicht. Ein Klassiker. «Jochen, ich an deiner Stelle würde sie anrufen», rate ich ihm.

«I aa.»

«Was?», fragt Jochen.

«I aa», sagt die Stimme.

«Hast du das gesagt?», fragt Jochen.

«Nein», sage ich.

«Freilich», sagt die Stimme. «I dad sie scho deshoib oruafa, weils ihr die Leitung seid zwoa Stunden belegts. Und wennst dei Freindin oruafst, ko i meine aa oruafa.»

«Herr Knoll?», frage ich.

«Ja», sagt Knoll.

«Würden Sie bitte sofort aus meiner Leitung gehen?»

«Naa, aba du kannst aus *unsra* Leitung geh. I wui aa amoi telefoniern.»

«Jochen, ich rufe dich zurück.»

«Okay, mach's gut. Tschüss», sagt Jochen.

«Habe die Ehre», sagt Knoll.

Das ist ja wohl die Höhe! Ich knalle den Hörer auf die Gabel und stapfe wutentbrannt die Treppe hinunter. Ich bin hier doch nicht im Kindergarten! Zornig klopfe ich an Knolls Wohnungstür. «I telefonia grad!», schallt es von drinnen. Ich klopfe erneut, höre das Scharren von Füßen. Kurz darauf öffnet Knoll die Tür, einen grünen Siebziger-Jahre-Telefonhörer zwischen Kopf und Schulter eingeklemmt.

«Herr Knoll …», beginne ich.

«Sieghst ned, dass i telefonia?», fragt Knoll laut. «Kemma des biddschee morgn beredn?»

«Ich würde lieber jetzt …»

«I kimm nachhea nauf», sagt Knoll und schließt die Tür vor meiner Nase. Ich atme tief durch. Nun gut. Oben setze ich mich vor den Fernseher und warte. Eine Stunde und drei Bier später ist mein Zorn so gut wie verraucht. Da klopft es an der Tür.

«Hea amoi», beginnt Knoll. «Mia missen uns oa Leitung teilen, weil dea Untermair hod bloß zwoa fia des ganze Haus. Und oane ghert eahm.»

«Dann sollten wir Telefonzeiten vereinbaren.»

«Ah geh, so a Schmarrn. Mia san in Bayern, da red ma mitanander. I sog da, wenn i telefonian muass, und du sogst mia aa Bescheid.»

Um des lieben Friedens willen sehe ich von einer weitergehenden Grundsatzdiskussion ab und beschließe, meine Telefongespräche von nun an im Büro zu führen. Mein erster Arbeitstag soll um zehn Uhr beginnen, da reicht es locker, wenn ich um neun Uhr aufstehe. Darauf noch ein Bier, nein, eine Halbe.

Kopfschmerzen. Draußen mäht jemand lautstark Rasen, offenbar mit einem Flakgeschütz. Der Wecker hat noch nicht geklingelt, es ist also noch vor neun Uhr. So lecker die Biere auch waren, mein Schädel brummt wie ein Hornissennest. Anscheinend vertrage ich keinen Alkohol mehr oder zumindest keinen bayerischen.

Vor meinem ersten Arbeitstag könnte ich gut einen Kaffee gebrauchen. Allerdings habe ich hier in Daglfing keine Cafés entdeckt, die einladend aussahen. Genau genommen habe ich überhaupt keine Cafés entdeckt. Ich packe meine Tasche und verlasse das Haus, um in die Stadt zu fahren.

Draußen lehnt sich Knoll auf einen knatternden Dieselmotor-Rasenmäher. «Grüß Gott, Herr Nachbar», begrüßt er mich. «Da host ja den hoibn Dog verschlafn.»

«Sie haben mich ja noch rechtzeitig geweckt», antworte ich säuerlich.

«Des is do selbstverständlich, wo mia uns gestan so schee untahoitn hom.»

«Können Sie mir sagen, wo ich hier frühstücken gehen kann?», rufe ich, aber Knoll deutet mit dem Finger auf seine Ohren und schüttelt den Kopf.

«I versteh koa Wort. Du musst boarisch redn!», ruft er und grinst. Ich schüttele den Kopf und ziehe los.

Es ist ein schöner Frühlingstag, der Weg zur S-Bahn führt durch einen Park, in dem Fliederbüsche herrlich blumig duften. Ich fühle mich an Monets Gemälde «Rast unter Flieder» erinnert. Vielleicht wird es doch nicht so schlimm hier. Was sagen Münchenfreunde immer? Man sei so schnell in Italien. Aber eigentlich ist das ja eher ein Argument für Italien.

Die Innenstadt liegt zwar nur fünf S-Bahn-Stationen entfernt, doch die Bahn fährt bloß alle zwanzig Minuten. Ich ziehe sicherheitshalber am Automaten einen Fahrschein. Bereits an der nächsten Station steigen uniformierte Schaffner ein. War ja klar, dass hier in München kontrolliert wird! Ein paar Jugendliche stehen betont unauffällig auf und schleichen ans andere Ende des Zuges. In Berlin würden ihnen die Kontrolleure sofort hinterherspurten, ich habe das oft genug selbst erlebt. Aber hier lassen sich die Schaffner Zeit und kontrollieren gemütlich einen Fahrgast nach dem anderen. Während sie durch das Abteil ziehen, hält der Zug zweimal, die Jugendlichen steigen aus, andere Fahrgäste ein. Ein älterer Bayer betritt kurz die Bahn, erblickt die Uniformierten, murmelt «Kruzifix!» und geht wieder raus.

Als die Kontrolleure bei mir angekommen sind, zeige ich stolz meinen Fahrschein. «Dea is ned gstempelt», brummelt die Schaffnerin. Mist! Ein ehemaliger Mitbewohner von mir musste in Berlin mal vierzig Euro Strafe zahlen, weil er den Fahrschein auf der falschen Seite entwertet hatte.

«Hoib so wuid», meint die Schaffnerin versöhnlich und kritzelt mit dem Kugelschreiber auf dem Ticket herum. Sie lächelt mich an und zieht weiter. Wie sind die denn drauf?

Am Marienplatz frühstücke ich einen Salami-Bagel und einen großen Kaffee. Es sitzen deutlich weniger Notebook-Poser rum als in den Berliner Cafés. Wahrscheinlich haben die hier einfach alle Geld für richtige Büros.

Auch ich habe bei der Zeitung einen eigenen Arbeitsplatz, den ich mit niemandem teilen muss. Meine Kollegen sind freundlich, gebildet, machen ihren Job und um Punkt zwölf Uhr Mittagspause. Da ich noch nichts zu tun habe, schickt mich mein Chef nach einem Rundgang durch die Redaktion nach draußen. Ich soll mir erst einmal in Ruhe die Stadt anschauen. Wird erledigt!

Im Gegensatz zur Berliner Innenstadt besitzt München eine Fußgängerzone, so wie Hannover. Hier liegt alles nah beieinander: H&M, Zara, Karstadt, Kaufhof, Parfümerien, Schuhgeschäfte und drei Sexshops. Ganz in der Nähe finde ich das Wahrzeichen der Stadt, den Dom zu Unserer lieben Frau, auf Bairisch: Frauenkirche.

Da die Münchner Stadtverwaltung in der Innenstadt keine Gebäude erlaubt, die höher emporragen als hundert Meter, sind die beiden 99 Meter hohen Türme nicht zu übersehen. In der Kirche kann man einen originalen Fußabdruck des Teufels anschauen, der auch mal in München war.

Als ich zwei jüngere Passantinnen nach dem Szeneviertel frage, schicken sie mich zum Gärtnerplatz. Endlich sehe ich Beautyprolls mit Markenklamotten und Pseudo-Irokesen-Haarschnitt, wie er in Berlin vor zirka vier Jahren modern war. Ich setze mich auf eine freie Bank und überlege, was in dieser Stadt wohl schiefgelaufen ist.

Zu Anfang des 20. Jahrhunderts war München das kulturelle Zentrum Deutschlands. Einst blühte hier eine Kultur- und Denkerszene, die ihresgleichen suchte: Kreative wie Paul Klee malten die ersten abstrakten Bilder, und Politiker wie Lenin bastelten hier an den ersten abstrakten Regierungsformen. Das Schwabinger Satireblatt *Simplicissimus* nahm die Vorgänger von Strauß und Stoiber aufs Korn, während Rainer Maria Rilke und Thomas Mann in den Künstlercafés die Vorgänger von Latte macchiato schlürften. Ich schaue zu den heutigen Münchnern mit ihren gebogenen roséfarbenen Sonnenbrillen und den passend getönten Wangen hinüber. Latte macchiato kennen die bestimmt. Aber Thomas Mann halten sie wahrscheinlich für ein Herrenparfüm.

Ich beschließe, nach Schwabing zu fahren und dort nach Subkultur zu suchen. Die U-Bahn-Linie 6 bringt mich bis zur sogenannten Münchner Freiheit. Da gab es doch mal diese Band in den Achtzigern; vier Schnösel mit tuffigen Föhnfrisuren, die Deutschland den Soundtrack der Angepassten aufzwangen. Kaum habe ich daran gedacht, dudelt mein

Kopf in Endlosschleife: «Ohne dich schlaf ich heut Nacht nicht ein, ohne dich fahr ich heut Nacht nicht heim …»

Am Rand von Schwabing beginnt der Englische Garten: das Zentrum der Münchner Freikörperkultur. Ich suche die sogenannte Schwanzwiese. Es heißt, hier träfen sich die «Nackerten» in großer Zahl. Heute sieht man hier kaum welche. Allenfalls den einen oder anderen Seniorenhippie. Ich zwänge mich vorbei und bemühe mich, keinem auf die Eier zu gehen. Etwas abseits, auf einer Infotafel, lese ich eine interessante Geschichte: 1777 starb die bayerische Linie des angestammten Herrscherhauses der Wittelsbacher aus, und der Thron fiel in die Hände eines Pfälzers: Karl Theodor von Pfalz-Sulzbach. Der freute sich nicht sonderlich über sein Erbe und soll versucht haben, Bayern gegen Holland einzutauschen. Aber selbst der damalige Besitzer von Holland wollte die abgelegene Agrarprovinz nicht haben. Schließlich fügte sich Karl Theo in sein Schicksal, sanierte Finanzen, Verwaltung, Gesundheitswesen und führte die Kultur ein. Dazu zählt auch der Englische Garten.

Seltsamerweise riecht es hier noch intensiver nach Knoblauch als in dem Teil des Berliner Tiergartens, wo türkische Großfamilien rund um die Uhr Köfte grillen. Ich folge dem Geruch bis zu ein paar Bäumen, unter denen eine alte Frau die Blätter von weißen Blumen pflückt. Hier stinkt es am stärksten. Ich bücke mich, zupfe auch ein Blatt von einer Blume und schnuppere daran.

«Des is Bäalauch», erklärt die alte Frau ungefragt.

«Riecht wie Knoblauch», wundere ich mich.

Die Alte lacht und dreht sich weg. «Ihr Stadtkinder», murmelt sie kopfschüttelnd.

Ich setze mich in den Bärlauch. Bin ich tatsächlich ein Stadtkind geworden? Früher, in Tiefenwalde habe ich oft unter solchen Bäumen gehockt und nachgedacht, warum die anderen mit Autotuning, in Großraumdiskotheken oder schlechten Kneipen glücklich werden und ich nicht. Jetzt würde ich gern wissen, wie ich in München glücklich werden kann.

Auf der Wiese vor mir spielen junge Leute Fuß-, Feder- und Volleyball mit ihren Freunden. Etwas abseits sitzen kleinere Grüppchen auf Decken beim Bier. Als ich neu in Berlin war, habe ich mich einfach zu solchen Gruppen dazugesetzt. Also, los! Ich stehe auf und gehe auf einen Haufen von etwa zwanzig Leuten in meinem Alter zu. Sie hören Musik, reden und lachen gutgelaunt. Ich nicke, lächle und setze mich einfach dazu. Irgendwann wird mich schon jemand ansprechen. Hat bis jetzt immer geklappt.

Ein paar sehr lange Minuten vergehen, in denen die Gruppe, ohne dass jemand aufsteht, immer weiter von mir wegrückt, bis ich am Ende wieder außerhalb sitze; ein Fremdkörper, der soeben abgesondert wurde.

Vielleicht sollte ich es lieber bei einzelnen Mädchen probieren? Hier liegen ja genug herum. Also auf zur Erstbesten. «Hallo, was liest du denn da?», frage ich. «Stotistik», antwortet sie. Ihr Bairisch jagt mir eine Gänsehaut über den Rücken. «Ach Statistik? Wie groß ist denn die Wahrscheinlichkeit, als Fremder hier in München ein paar nette Leute kennenzulernen?»

«Doa in Minga? I tät sogn, eha kloa.»

«Aha.» Ich ziehe ab.

Nach diesem Reinfall kehre ich in einer Eckkneipe ein. Fast alle Tische bis auf einen großen nah an der Theke sind besetzt. Ich nehme Platz. Hausmannskost wird mich wieder auf die Beine bringen. In Berlin haben Tom Ka Gai und Palak Paneer die «Curry ohne» und den Klops ja schon fast gänzlich aus der heimischen Küche verdrängt. Hier dagegen stehen zahlreiche Gerichte mit so aufregenden Namen wie Wollwurst, saures Lüngerl, Tiroler Gröstl, Fleischpflanzl, Obazda, Kren oder Presssack auf der Speisekarte.

Die Bedienung empfiehlt mir den Schweinebraten, weil der «a scheene Krustn hod». Kaum ist sie weg, setzt sich, ohne zu fragen, ein älterer Herr zu mir an den Tisch. Ich mag alte Leute. Sie können so tolle Geschichten erzählen. «Sind Sie öfter hier?», eröffne ich die Konversation.

«Jo.»

«Stammgast also?»

«Jo.»

«Kommen Sie aus München?»

«Jo.»

«Wohnen hier noch viele in München geborene Münchener?»

«Jo.»

«In Berlin wohnen fast nur Leute, die nicht aus Berlin kommen.»

«Ja mei.»

Das Gespräch scheint nicht so recht in Fahrt zu kommen. Also direkt heraus, nach Berliner Art: «Entschuldigen Sie, wenn Sie sich nicht mit mir unterhalten möchten, warum haben Sie sich dann an meinen Tisch gesetzt?»

«Weil des *mei* Disch is.» Er deutet auf eine metallene Tischskulptur, die ich für einen Tischgong gehalten habe. Darauf steht das Wort «Stammtisch».

Die Kellnerin bringt das Bier. «Na Josef, belästigst wieder an Zuagroasten?», fragt sie meinen Tischnachbarn.

«Jo.»

Nach wenigen Minuten peinlichen Schweigens betritt ein vom Schicksal gebeugter alter Mann in einem abgetragenen grauen Anzug die Wirtschaft. In einer Hand hält er eine Spendenbüchse, mit der er nun rasselnd die Runde macht. Als er neben mir angekommen ist, kann ich lesen, was auf der Büchse steht: «Fia oan neuen Anzug.»

Ich lache kurz auf. Selbst die Bettler legen hier Wert auf ihr Äußeres. Als ich mich abwende, hält der Mann die Büchse dicht an mein Ohr und lässt die Münzen rasseln. Obwohl es mir grotesk erscheint, spende ich ein 20-Cent-Stück, damit er weggeht. Nun scheppert er zu meinem Tischnachbarn hinüber. Der schaut ihn überrascht an und deutet mit dem Kopf auf mich.

«Mia ghean zamm.»

Zum Glück kommt nun endlich der Schweinebraten, pardon: Schweinsbraten. Er enttäuscht mich nicht, schmeckt saftig, fleischig, schweinisch. Der Eigengeschmack des Knödels geht in der Dunkelbiersoße unter. Das Fett am Fleisch lasse ich liegen. Ich probiere ein kleines Stück von der harten Kruste. Es schmeckt wie salziges Kaugummi und haftet mit erstaunlicher Hartnäckigkeit an meinen Kronen. Also lege ich die Kruste zum Fett. Mein Tischnachbar beugt sich vor.

«Kimmst aus Berlin?»

«Ja», antworte ich misstrauisch.

«Dann woaßt ja, dass mia Bayern fia eich Preißn zahlen.»

«Ach, das ist aber nicht nötig.»

«So hob i des ned gmoant.»

«Sie sprechen vom Länderfinanzausgleich?»

«Ja. Es wea a feine Gestn, wenn i ois Bayer von dia wos kriegn tät.»

«Ach ja? Was denn?»

«Wennst die Krustn ned isst, deaf i die ham?»

Ich schiebe ihm ein wenig peinlich berührt den Teller hin. Gierig steckt er sich das Krustenfett in den Mund. Als er fertig ist, wischt er sich mit der Hand die Lippen ab, murmelt «Vergelts Gott», steht auf und geht. Kruste gegen Länderfinanzausgleich.

Nach einigem Grübeln komme ich zu dem Schluss, dass dies meine erste Begegnung mit einem Münchner Punk war. In der Innenstadt habe ich keinen einzigen bunten Vogel mit Bierdose und Springerstiefeln gesehen. Diese Funktion haben in München offenbar die Trachtler und Lederhosenträger übernommen.

Punks und Trachtler haben wirklich einiges gemeinsam: Beide wollen sich von der Masse abheben, beide lassen sich nicht gern herumschubsen, und sie benutzen ungern Parfüm. Außerdem teilen Berliner Punks und Münchner Trachtler eine Leidenschaft für zu viel Bier, deftige Kraftausdrücke und auffällige Kleidung. Von Auswärtigen werden sie für Wahrzeichen ihrer Stadt gehalten und gern mal fotografiert. Und mein Exemplar hat mich sogar angeschnorrt.

Nach sechs Arbeitstagen ist auch in München Samstagabend. Aus einer Gratiszeitschrift habe ich erfahren, dass in einer Disco mit dem abschreckenden Namen Muffathalle Hip-Hop aufgelegt wird. Kurz vor Mitternacht stehe ich also zwischen Jungs mit Kapuzen, Basecaps und Dreadlocks in der Schlange. Es ist, als hätte sich das sympathische Gesindel die ganze Woche über versteckt, um nun bei Dunkelheit aus seinen Löchern zu kriechen. Die Leute hier sehen zwar hart aus, aber niemand drängelt vor.

Drinnen stehen auf einer kleinen Empore vier DJs an sechs Plattenspielern, scratchen und mixen, was das Zeug hält. Ich bewege mich im Rahmen der vorherrschenden Lässigkeit ein wenig zur Musik, dabei fällt mir eine Frau auf: schulterlanges blondes Haar, strahlend blaue Augen. Sie tanzt langsam und versonnen, in sicherem Abstand zu einer Horde wildhüpfender Typen. Auf ihrer Gürtelschnalle steht Roni. Ob das wohl ein Name ist? Ich spreche sie an: «Hallo, Roni.»

Sie lächelt überrascht. «Kennen wir uns?»

Ich stelle mich vor. «Servus», sagt sie und gibt mir vorsichtig die Hand. «Ich hab dich hier noch nie gesehen.»

«Ich war auch noch nie hier.»

«Wo kommst du denn her?»

«Aus Berlin», antworte ich stolz.

Sie nickt, vollkommen unbeeindruckt.

Plötzlich schiebt sich von rechts ein Kerl mit Basecap und Nackenlocken zwischen uns. «Hey, mit wem redest du da?», fährt er die Schöne an. Sein breites Kreuz verdeckt sie fast ganz. Ich recke meinen Hals, um ihm über die Schulter zu spähen. In diesem Moment dreht er sich um und blafft mich an: «Hast du ein Problem?» Sein Atem stinkt nach Schnaps.

«Nein, kein Problem.» Meine Stimme klingt belegt.

«Aber ich habe ein Problem – und zwar mit dir!» Die Leute um uns herum weichen zurück.

«Wir kennen uns doch gar nicht», gebe ich zu bedenken.

Der Typ sprüht förmlich Testosteron. Er ist so dermaßen geladen, seine Stimme bebt: «Aber du wirst mich gleich kennenlernen.»

Es ist zum Heulen. Endlich will sich mir ein Münchner vorstellen, und dann interessiert er mich nicht. Ich kenne solche Typen. Bei denen ist es besser, ehrlich zu sein, sonst steigern sie sich schnell in eine Lüg-mich-nicht-an-Arie herein.

«Das ist nett von dir, aber ich möchte dich gar nicht kennenlernen», sage ich frei heraus. Der Typ holt aus.

In diesem Moment schiebt sich ein Türsteher zwischen uns. «Gibt es hier ein Problem?», will auch er wissen.

Immer die gleiche Frage, und nie kommt man zu einem Ergebnis. Aber es ist schön zu wissen, dass sich hier so viele Menschen um mein Wohlbefinden sorgen. Diesmal schüttele ich einfach nur den Kopf. Der Kleiderschrank von einem Sicherheitsmann schaut den Typen finster an. Daraufhin trollt der sich.

Die Blonde holt ihre Jacke hinter der DJ-Empore hervor und stürmt, ohne mich eines Blickes zu würdigen, hinaus. Ich sage zum Abschied leise Servus.

Hat wohl wenig Sinn, die Kontaktknüpferei. Bis Jochen

kommt, schalte ich auf Standby-Modus. Die Innenstadt meide ich fortan völlig, außer während der Arbeitszeit. Mein Leben spielt sich nur noch im Job, der Pubertätswohnung und im Daglfinger Supermarkt mit der fröhlichen Fleischtheke ab. Bis ich beschließe, mir eine Stammkneipe zuzulegen.

Kurz hinter dem Fliederpark liegt das Leimstüberl. Die Preise dort sind niedrig, die Portionen reichlich, die Sitzecken aus hellem Holz. Knollhubert kommt ebenfalls regelmäßig hierher. Wenn wir uns sehen, grüßen wir mit einem stummen Nicken. Er hockt meist an der Bar, scherzt mit dem Wirt oder der Köchin. Ich sitze stets etwas abseits an einem Einzeltisch und lese beim Essen die Zeitung. Von der ersten bis zur letzten Seite.

Da muss ich jetzt durch. Aller Anfang ist schwer. In Berlin wurde ich in Clubs anfangs auch oft schon um drei Uhr morgens müde. Aber nach ein paar Monaten ging es besser. Alles eine Frage des Trainings.

Nachdem ich zwei Wochen und zuletzt noch einmal eine quälende halbe Stunde lang gewartet habe, bringt die S-Bahn endlich meinen Jochen nach Daglfing. Die Türen öffnen sich, Jochen sieht aus wie immer, umarmt mich wie immer und entschuldigt sich wie immer für die Verspätung. «Die Bullen am Bahnhof wollten partout nicht glauben, dass ich aus Berlin komme und trotzdem keine Drogen dabeihabe», erzählt er kopfschüttelnd.

Ich lege ihm den Arm um die Schultern und stelle ihm die traditionelle deutsche Begrüßungsfrage: «Hast du Hunger?»

Im kleinen Biergarten des Leimstüberls nehmen wir unter einer alten Kastanie Platz. Jochen entscheidet sich für den Grillteller «A Traum». Als Vorspeise wählt er Kasspatzen, ohne dass einer von uns beiden genau sagen könnte, was das ist. Dazu ein Bier.

Als der Kellner wenig später mit zwei Halblitergläsern zurückkommt, schaut Jochen ein wenig enttäuscht. «Das soll euer großes Bier sein?», fragt er.

«Naa, des is a Hoibe.»

«Dann hätten wir lieber zwei Ganze.»

Der Kellner verschwindet und kommt mit zwei Maßkrügen zurück. Bald darauf bringt er auch das Essen. Die Kasspatzen erweisen sich als eine fette Portion geschmolzener Emmentaler auf einem Bett von saugfähigen Teigwaren. Jochen schüttelt den Kopf. «Spätzle», stößt er verächtlich hervor, «sogar hier!», und schiebt den Brei zu mir herüber.

Sein Grillteller ist der heimliche Wunschtraum einer schwangeren Vegetarierin. Er besteht aus Kotelett, Steak, Putenfleisch, einer Nürnberger Bratwurst und einem handtellergroßen Schnitzel. Kein Blatt Salat, nicht einmal die obligatorische Raffelmöhrenscheibe. Stattdessen eine Riesenschüssel Pommes. Vor Fleischeslust beginnt Jochen zu schwitzen. Mit dem typischen Heißhunger eines armen Verwandten aus den kargen Nordostprovinzen verputzt er den Berg und wird erst beim Bodensatz der Pommesschüssel langsamer. Ich gebe schon nach zwei Dritteln meiner Kasspatzen auf und schiebe den Teller an den Rand des Tisches. Nachdem Jochen mit dem letzten Pommes das letzte Tröpfchen Bratensaft aufgewischt hat, knüllt er die Papierserviette zusammen und lässt sie auf den blitzeblanken Teller fallen. «Das war wichtig!», stellt er fest, schließt die Augen und lehnt sich zufrieden nach hinten, wo glücklicherweise eine Kastanie steht.

In diesem Moment taucht neben seinem Teller der tarnfarbene Kopf einer Schlange auf. Hallo? Hat mir da jemand was in die Spätzle getan? Ich schließe die Augen, zähle bis zwei, öffne sie wieder und sehe, dass die Schlange nun ein paar Zentimeter weiter über den Tisch gekrochen ist. Meine Knie werden weich. Der zweite Meter ihres beige-braun gefleckten Körpers zieht sich gerade von der Bierbank auf die Tischplatte. Jochen hält eine Hand auf seinem Bauch und die Augen geschlossen.

«Beweg dich nicht», flüstere ich.

«Brauchst du mir nicht sagen», stöhnt er. «Ich bin so voll, ich kann mich gar nicht bewegen.»

Langsam kriecht die Schlange an seinem blankgeputzten Teller vorbei, ohne die Bratensaftserviette auch nur eines Blickes zu würdigen. Sie gleitet zielstrebig auf die Reste meiner Kasspatzen zu. Ihr unterarmdicker Körper erstreckt sich nun über einen großen Teil des Biertisches. Obwohl es eher eine normal große und keine Riesenschlange ist, kribbelt meine Kopfhaut, mein Körper ist wie erstarrt. Jetzt ist das Biest beim Spätzleteller angekommen, klappt seinen Kiefer erstaunlich weit auf und fällt über die Reste her.

Jochens Hand tastet auf dem Tisch nach seinen Zigaretten, erwischt aber nur den Schlangenkörper. «Sag mal, machst du Sport?», fragt er und schlägt die Augen auf. «Ach du Scheiße!», rutscht es ihm raus.

Endlich schauen die anderen Gäste zu uns herüber. Allerdings macht niemand Anstalten, auch nur einen Finger zu rühren. «Hilfe!», zische ich ihnen leise zu, damit ich die Schlange nicht aufschrecke. «Hilfe!»

Eines der Kinder erbarmt sich schließlich, steht auf und kommt an unseren Tisch. Ohne Scheu beginnt es, die Schlange zu streicheln. «Da brauchst koa Angst ned hom», sagt es zu mir. «Des is do bloß da Schorsch.» Dass das Vieh einen bayerischen Namen trägt, macht mich nur unwesentlich ruhiger.

Dann tritt der Wirt aus der Stube, stellt sein Tablett ab, zieht das Reptil vom Tisch und wickelt es sich um die Schultern. Den Kopf des Untiers nimmt er in beide Hände, sieht ihm direkt in die Augen und schimpft: «Du bist ganz a bese Schlange, Schorsch. Wia oft hob i dia gsogt …» Leise tadelnd transportiert er die Schlange ins Innere, während wir noch ein wenig wie die Ölgötzen sitzen bleiben. Schließlich findet Jochen seine Zigaretten und zündet sich eine an. «Ist ja echt wild hier», sagt er zu dem kleinen Jungen, der uns anstarrt, als wären wir es, die hier aus dem Urwald kommen.

Kurz darauf bringt der Wirt ein Tablett heraus. Darauf hat er einen Lutscher für den Jungen und drei Schnäpse. Er setzt sich zu uns an den Tisch, und wir stoßen an. «Nix fia unguat, wega dem Schorsch, ge. Der mog Kasspatzen halt fia sei Leben gern.»

«Wo kommt der Schorsch denn her?», will Jochen wissen.

«Des is die Ex vom Knoll.»

«Die Echse?», hake ich nach.

«Des aa. Dea Knoll hod den Schorsch aus Kina mitbracht.

Oba vor am Jahr hod da Schorsch den Kater vom Untermairkilian fressn wuin. Da homs den Schorsch hier in Pflege gebn.»

Wir sollten jetzt besser gehen, finde ich und gebe ein stattliches Trinkgeld. Der Kellner nickt zum Abschied und wünscht: «Fürz euch!»

Das kommt etwas überraschend. «Äh, danke», antworte ich irritiert, und wir ziehen uns vorsichtig zurück.

Daheim auf dem Dachboden hebt Jochen den scheuen Ludwig vom Gästesofa und drückt ihn wie ein Wärmekissen auf seinen vollen Bauch. Die Katerschlampe fängt sofort an zu schnurren. Ich frage Jochen nach Neuigkeiten aus Berlin. Seltsamerweise gibt es keine. «Aber Berlin atmet und pulsiert, da wird sich doch in den vergangenen zwei Wochen was getan haben», wundere ich mich.

Jochen zuckt mit den Schultern. «Na ja, die bauen halt immer noch überall. Und ich hab ein paar Projekte in Aussicht, aber nichts Konkretes. Wahrscheinlich arbeite ich bald als DJ. Oder ich mache was mit PR, ein Kumpel kann mir vielleicht ein Praktikum besorgen. Und letzte Woche hat bei mir unten im Haus ein neuer Laden aufgemacht. Der heißt *Barfuß*. Da kann man Cocktails trinken und sich dabei die Hornhaut von den Füßen schleifen lassen. Abgefahren, oder?» Er stößt auf, dass sich seine Backen blähen. Fürzt er sich?

«Und wie läuft es bei dir?»

«Überhaupt nicht», gestehe ich. «Die Münchner wachsen in einem festen Freundeskreis auf, der sich bis zu ihrem Tod nicht ändert.» Das klingt wahrscheinlich etwas weinerlich, aber es ist nun mal so.

«Oh, da kenne ich ein altes bayerisches Hausmittel gegen Frust und schlechte Laune», verkündet Jochen feixend.

«Was denn?»

«Gemütlichkeit!»

Auf geht's also zum Hofbräuhaus. Auf dem Weg zur S-Bahn kommen wir an zwei Zeitungskästen vorbei. Wer fünfzig Cent in einen Schlitz wirft, darf sich eine Boulevardzeitung herausnehmen. Allerdings kann man die Kästen auch öffnen, ohne Geld einzuwerfen. Jochen bleibt stehen und inspiziert die Zeitungsbehälter. «Wo ist denn da der Trick?», fragt er.

«Da ist kein Trick», antworte ich. «Die appellieren an den Anstand der Bürger.»

«Also Psychologie», raunt Jochen. «So ein Schweinkram funktioniert bei mir nicht!» Mit Schwung klappt er den Deckel eines Kastens hoch, nimmt eine Zeitung heraus und reckt sie wie eine Trophäe in die Höhe. Nach diesem kurzen Triumph über das System legt er sie schnell zurück in den Kasten. «Steht eh nur Mist drin», murmelt er. Wir gehen ein paar Schritte. «Weißt du», sagt er, «das Fiese an der Psychologie ist: Man weiß nie, wann sie zuschlägt.»

Das Hofbräuhaus ist ein Freigehege der Ausschweifungen, in dem sich Amerikaner und Australierinnen die Oberteile vom Leib reißen und selbst Italiener alles Drollige verlieren. Die Mehrheit der Besucher stellen Asiaten, die sich mit dicken Brillen, dicken Bierkrügen und dicken Bayern fotografieren lassen. Es gibt sogar eine asiatische Brezelverkäuferin im Dirndl. Wir bestaunen sie wie einen Pandabären.

Rasch freunden wir uns mit zwei betrunkenen chinesischen Managern an. Sie genießen es, lautstark und ohne Risiko die Kommunistische Partei zu verhöhnen. Ein amerikanischer Tischnachbar schimpft gemeinsam mit ihnen auf die «fucking communists». Wir stoßen auf die Völkerfreundschaft an.

Einer der beiden Chinesen klettert anschließend auf die Sitzbank und verkündet lautstark, dass er seine Firma seit Jahren um ungeheure Summen betrügt. Danach verbeugt er sich und setzt sich wieder hin. Kurz darauf sackt sein Kopf auf den Tisch. Sein Kollege schleppt ihn weg. Wahrscheinlich wird er ihn in einer Seitengasse wegen Hochverrats mit einer vergifteten Regenschirmspitze exekutieren. Egal – darauf ein Prosit, der Gemütlichkeit.

Die nächste Maß trinken wir mit jungen Neuseeländerinnen, die «Europe» im Großen und Ganzen «great» finden. Weil wir das auch so sehen, tanzen wir mit ihnen. Eine Vier-Mann-Kapelle spielt *In München steht ein Hofbräuhaus*. Nur heißt es hier: *Im Hofbräuhaus geht´s Bier ned aus*. Meine Neuseeländerin dreht mich schnell im Kreis herum. In meinem Magen wirbeln die Kasspatzen. Ich lasse die Tanzpartnerin los, presse die Hand vor den Mund und stürze unsicheren Schritts in Richtung Toiletten. Am Waschbecken herrscht wenig Betrieb. Ich drehe den Kaltwasserhahn auf und beuge mich nach vorn, um mein Gesicht zu waschen.

«Nisch kotzen Waschbecken», höre ich eine verbitterte Stimme neben mir sagen. Sie gehört der Toilettenfrau. «Geh Kotzkübel!», befiehlt sie. Mein Blick folgt der Richtung ihres ausgestreckten Zeigefingers. Direkt am Eingang zu den Herrentoiletten steht ein mannshohes Becken mit Haltegriffen rechts und links. Es sieht aus wie ein Pissoir für Riesen. Da kann man ganz bequem hinwanken und den Kopf auflegen, damit man sich nicht aufs Hemd kleckert. Doch so weit bin ich noch nicht. «Danke, es geht schon wieder», sage ich und drehe mich zum Ausgang. «Kotzt du nisch Weg», gibt die Klofrau mir zum Abschied mit.

Mittlerweile hat ein strammer Bursche meine Neuseeländerin übernommen. Er sieht kernig aus, gesund und langweilig. Er muss Bayer sein. Um die Tanzfläche herum lauern noch mehr von der Sorte. Wie Hyänen schielen sie auf ihre Beute: betrunkene Touristinnen. Bei Jochens Neuseeländerin kommen sie zu spät. Er markiert sie bereits mit Küssen. Das läuft ja super. Wenn ich mir die Marschmusik, die Trachten und das bayerische Drumherum wegdenke, könnten wir glatt in Berlin sein. Als wir das Hofbräuhaus verlassen, kauft sich Jochen noch ein T-Shirt zum Andenken.

Am nächsten Tag hätte er gern eine Currywurst zum Frühstück, aber wir finden keine Imbissbude. In München verproviantiert man sich in Metzgereien, mit Leberkäse oder Fleischpflanzln, also Frikadellen. Es gibt natürlich auch Bratwürste, aber eben nicht hauptsächlich. Auf den Alurosten schmoren hier Leberkäslaibe, so groß wie die braunen Kuchen von Oma Duck in den Comics. Mit Mühe, Not und viel süßem Senf zwinge auch ich eine Leberkäs-Semmel herunter.

Nach dem Essen entscheiden wir uns für einen Besuch im Deutschen Museum – genau das Richtige für verkaterte Berliner. Überall entdecken wir kleine Maschinen, die auf Knopfdruck losrödeln. Man weiß nie genau, ob gleich etwas summt, rollt, leuchtet oder explodiert. Es ist ein wenig wie im Wunderland. Den Rest des Tages verbringen wir damit, auf Knöpfe zu drücken wie Laboraffen in der Verhaltensforschung.

Am nächsten Morgen begleite ich Jochen nach einem ausgiebigen Weißwurstfrühstück zum Bahnhof. Er versäumt es nicht, einem Polizisten am Bahnsteig nahezulegen, ihn vor der Abfahrt nochmal «ordentlich durchzufilzen». Aber der Ordnungshüter lässt sich nicht provozieren. Kurz darauf ist Jochen weg, und ich bin wieder allein.

Nun brauche ich keine Sehenswürdigkeiten mehr auszukundschaften. Ich brauche eigentlich überhaupt nicht mehr rauszugehen. Also verfalle ich erneut in Standby-Modus und schalte gelegentlich um auf Autopilot: Ich stehe auf, gehe arbeiten, komme abends nach Hause, jogge, sehe fern und schlafe. Ein kleines Rädchen im großen Getriebe – genau das, was ich nie werden wollte.

DAHOAM IS BLOSS AM SCHEENSTEN, WENNST IN BAYERN WOHNST

Das ganze Leimstüberl wimmelt nur so von alten Leuten, selbst mein Stammplatz ist besetzt. «Des is da Schützenverein», klärt mich der Wirt auf. «Da musst dia a Platzl suacha!» An der Bar steht noch ein freier Hocker. Neben Knoll.

«Entschuldigen Sie», sage ich. «Haben Sie noch Platz für Ihren Nachbarn?»

«Wennst endlich aufheast, mi zu siezn. In Bayern sogn ma du. I bin da Hubat, aba du deafst Knoll zu mia sogn.»

«Ich bin …», beginne ich, da fällt er mir ins Wort: «Du bist da Waschtl. I woaß scho.»

«Nein, ich bin nicht der Waschtl.»

«Da scho.»

Es bringt ja nichts, zu widersprechen. Also setze ich mich erst mal. Knoll trinkt einen Schluck dunkles Bier aus seinem 0,5-Liter-Glas, setzt ab und fragt: «Geht dia Preißn ab?»

«Daheim ist es doch immer noch am schönsten», seufze ich.

«Naa», sagt Knoll mit ernster Miene und hebt den Zeigefinger, «dahoam is bloß am scheensten, wennst in Bayern wohnst.»

Für ein längeres Gespräch reichen meine Sprachkenntnisse noch nicht aus. Doch Knoll spricht aus Rücksicht viel langsamer und betont die Endungen der Worte. Dabei zieht er die Mundwinkel in die Breite, als müsste ich von seinen Lippen ablesen. Irgendwie rührend. So kann ich Grundzüge seiner Ausführungen erahnen.

Endlich erfahre ich einige Interna. Zum Beispiel, warum Mistkater Ludwig immer zu mir nach oben flüchtet: Kilian hat einmal versucht, mit ihm Zirkus zu spielen. Er hat seinen

Kumpels ein saftiges Eintrittsgeld abgeknöpft und den Ludwig durch einen Flammenreifen geworfen. Weil der Kater ein wenig gebrannt hat, löschte ihn Kilian mit einem Glas Cola. Seitdem hat Ludwig begreiflicherweise Vorbehalte gegenüber Cola, lauter Musik und Feuer.

«Und Schlangen», ergänze ich.

«Geh, hosd den Schorsch aa scho kennaglernt?»

«Ja, er hat meine Käsespätzle aufgegessen.»

Knoll lächelt zufrieden. «Ja, die mog er.»

Ich erzähle Knoll von meiner Kindheit in Tiefenwalde, wo es höchstens Blindschleichen gab. Knoll hat die Schultern etwas hochgezogen, streicht versonnen über seinen Bierkrug und hört aufmerksam zu. Manchmal fragt er auch nach. Er will genau wissen, welche Arten von Mettwurst es in meiner Heimat gibt, wie sich die Leute dort kleiden und ob es dort auch so ruhig sei.

«Hast du denn Bayern nie verlassen?», frage ich.

«Ah geh, freilich.»

«Und wo bist du hingefahren?»

«Des is a lange Gschicht.»

«Ich habe Zeit», sage ich und bestelle noch zwei Bier. Knoll beginnt zu erzählen. Er kam in Dumbling zur Welt, einem kleinen Dorf in der Nähe von Starnberg. «Ganz recht, Dumbling, wie da Knedl auf Amerikanisch», ergänzt er, als er mein erstauntes Gesicht sieht. Knolls Vater war Musiker. Nach der Oberschule absolvierte Knoll eine Lehre als Elektrotechniker und genoss ein paar Jahre das «wuide Lebn auf Montasche». Seine Firma schickte ihn um die halbe Welt. Er schließt kurz die Augen. «Wichtig ist, wost gseng hosd. Des koa dir koana nehma.»

Ich bin baff. Das hätte ich von diesem alteingesessenen Bayern nun wirklich nicht erwartet. «Was hast du denn alles gesehen?», frage ich.

«Ah, Europa komplett, Australien, Neuseeland, Asien,

Kanada und Amerika. Ois oida Wuidwest-Heftl-Leser mog i am liabsten de Staaten. Des Land is schee.»

Knoll erzählt, dass er einmal 16 Wochen lang per Autostopp von New York bis nach Mexiko getrampt sei.

«Hast du Bayern nicht vermisst?»

«Wenn i an der Straßen gstandn bin, scho. Aber wenn i weg gwesn bin, hob i nie dahoam ogrufa. I woa ja weg.»

«Und reist du jetzt noch viel?»

«Naa, i hob an Bürojob. Telefonbransche. Und i hob a Freindin. Soi i da amoi a Buidl zoagn?»

Knoll steht auf und kramt in seiner Lederhose. Er holt das Bild einer hübschen Fünfzigjährigen mit keckem Lächeln und kurzen blonden Haaren heraus. Sie heißt Regina und kocht manchmal im Leimstüberl, weshalb Knoll auch nicht lange zögerte, seine Exschlange dort unterzubringen. Regina kommt auch aus Dumbling. Also eigentlich, und das sagt Knoll etwas leiser, kommt sie aus Hannover und ist erst vor zwanzig Jahren mit ihrer kleinen Tochter nach Dumbling gezogen – in eine Wohnung des Hauses, in dem Knoll damals wohnte, wenn er nicht gerade auf Montage arbeitete. Na ja, und da hat er Reginas Tochter manchmal von der Schule abgeholt, wenn Regina länger arbeiten musste. Daraufhin habe ihn Regina gelegentlich zum Essen eingeladen. Und so seien sie eine Familie geworden.

«Und warum bist du nicht in Dumbling geblieben?», frage ich.

«Do hods Komplikationen gebn», sagt Knoll mit fester Stimme und wendet den Blick ab. Ich beschließe, ein anderes Mal nachzuhaken.

«Hosd aa a Buidl von deim Madl?», fragt Knoll. «Nein», seufze ich. «Ich habe keine Freundin.» Darauf stoßen wir an.

Von diesem Abend an sitze ich im Leimstüberl zusammen mit Knoll an einem Tisch. Meine Portionen wachsen etwa um das Doppelte, egal, was ich bestelle. Und unsere gemeinsamen Abendstunden entwickeln sich allmählich zu einer Art Volkshochschulkurs «Ethnologie des Bayerischen».

Ich lerne unter anderem, dass die Griechen, von denen ja sonst immer alles abstammt, ihre Nationalfarben den Bayern zu verdanken haben. Das kam so: Ludwig I., König von Bayern, hatte einen Sohn, Otto I., der später König von Griechenland wurde. Der nahm damals die bayerischen Farben aus Heimweh mit nach Athen und drückte sie als Nationalfarben durch. Als kleines Dankeschön ersetzte Ludwig 1825 den wirklich sehr deutschen Buchstaben «i» in «Baiern» durch das griechische «y». So wurden Griechen und Bayern Knoll zufolge «Bluadsbriada». Das erklärt einerseits das stoische Gemüt der Bayern und andererseits, warum es in München so viele griechische Tavernen gibt.

Natürlich will ich vor allem wissen, was «Fürz euch» bedeutet. Knoll lässt sich nicht lange bitten: «Des is a Verabschiedung, die fia oan alloan ‹Pfüat di› hoaßt, oiso (und das spricht er so deutlich aus, als wäre ich schwer von Begriff) ‹Behüte dich Gott›. ‹Pfüats eich› is hoit fia mehr.» Aha!

An einem Dienstagabend erfahre ich dann, was es mit der Weißwurst auf sich hat. Die sei ein Ausrutscher des Münchener Metzgers Mosersepp, erklärt Knoll. Die Tradition, nach der man Weißwürste nicht nach zwölf Uhr mittags essen dürfe, stamme noch aus einer Zeit, in der es weder Konservierungsmittel noch Kühlschränke gab. Nach zwölf Uhr waren die Würste damals eben verdorben. Wer versehentlich nachmittags Weißwürste aß, riskierte eine Lebensmittelvergiftung. Die abergläubische Landbevölkerung aber interpretierte die plötzlichen Tode als Gottesgericht. So bekam die «Nicht-nach-zwölf-Uhr»-Regel den Stellenwert eines christlichen Gebotes.

Als ich ihm von meiner jüngsten Weißwursterfahrung erzähle, hört er mir aufmerksam zu, ohne über meine Naivität zu lachen. «I geb no immer a bisserl Zitrone ins Wasser», ergänzt er. «Und wennst amoi a Weißwurscht dahoam in Preißn machst, na kaafst fei oane mehr. A Opferwurscht.»

«Ist das wieder so ein Aberglaube?»

«Naa, des is a Opfer fia den Gschmog. Die Wuascht muasst schneidn und ins Wassa doa, weil Weißwürscht, die ned aus Bayern san, die geben Gschmog ab. Da brauchst scho a Opferwurscht.»

Während ich Knolls Worte sacken lasse, empfinde ich tiefes Mitgefühl für all die norddeutschen Weißwürste. Ich kann sie gut verstehen. Auch ich fühle mich hier häufiger wie eine Opferwurst.

Knoll scheint meine Melancholie zu spüren, denn als ich mich an diesem Abend von ihm verabschiede, sagt er mit ungewohnter Herzlichkeit: «Servus.» Und mit verschwörerischem Grinsen ergänzt er: «Waschtl.»

UND IS DEI WEG AA NO SO STEIL, A BISSAL WOS GEHT ALLAWEIL

Eines Abends, ich komme gerade vom Fliederparkjogging, klingelt es an der Tür. Es ist Herr Untermair, der mir freundlicherweise seit meiner Ankunft aus dem Weg geht. «Am Wochenende», verkündet er, «muss ich Eigenbedarf anmelden. Für diese Wohnung.» Er sagt, seine Schwiegereltern kämen zu Besuch, und die könne er ja schlecht in einem Hotel unterbringen.

«Aber ich bezahle Miete!», protestiere ich.

«Laut Untermietvertrag haben Sie nur das Schlafzimmer gemietet, nicht das Fernsehzimmer. Dort durften Sie sich bisher aus Kulanz aufhalten. Und das soll doch so bleiben, oder?»

Dieser Schuft! Aber was soll ich machen? Mich ans Bett ketten und eine Nacht zwischen Untermairs Schwiegereltern verbringen? Nein danke. Ich muss mir eine andere Schlafstelle suchen. Blöderweise kenne ich niemanden in München, bei dem ich übernachten könnte. Außer Knoll.

Ich dusche, ziehe mir ein Hemd an, nehme zwei Augustiner Helle aus dem Kühlschrank und gehe die Treppe hinunter. Zum ersten Mal fällt mein Blick auf die blau-weiße Fußmatte. Darauf steht: «Und is dei Weg aa no so steil, a bissal wos geht allaweil.»

Vorsichtig klopfe ich an Knolls Wohnungstür. «Jo?», tönt Knolls Stimme gedämpft von irgendwo da drinnen.

«Ich bin's, der Nachbar von oben.»

«Da Waschtl?»

«Ich habe zwei Helle mitgebracht und ein Problem», rufe ich mutig zurück. Wenig später öffnet jemand die Tür. Jemand ohne Tracht. Aus Rauschebart und Leibesfülle schließe ich, dass es trotzdem Knoll ist. Allerdings sieht er ohne seine traditionelle Montur ziemlich verändert aus. Knoll trägt eine weiße Leinenhose und ein verwaschenes Hemd mit V-Ausschnitt, wie es Yogalehrer anziehen. Er bittet mich herein.

Im Flur seiner Wohnung hängen ein Hirschgeweih, einige Ölgemälde von Berglandschaften und ein Kreuz. Zwischen den bayerischen Memorabilia entdecke ich ein gerahmtes Poster von Jimi Hendrix. Zwei Ledersessel im Herrenclub-Stil flankieren einen kleinen Teetisch. Bücherregale bedecken die Wände. Auf dem Fußboden liegt ein asiatisches Sitzkissen, das recht abgesessen wirkt, davor steht eine kleine Buddhastatue. Einen Fernseher scheint Knoll nicht zu besitzen.

Er bedeutet mir, auf einem der Sessel Platz zu nehmen. «Wos is passiert?», will er wissen. «Host Schädlweh? Des kriagn olle Zuagroasten. Kimmt vom Föhn.»

Ich schüttele den Kopf. «Nein, keine Kopfschmerzen. Ein kleines Problem mit Untermair.» Ich schildere ihm die Lage.

«So a gscherter Ramme», meint Knoll. Dem stimme ich einfach mal zu.

Knoll greift sich das grüne Siebziger-Jahre-Telefon, wählt und spricht. Ich verstehe nur ein paar Wortfetzen – «Naa, des is a Netter» und «Naaaa, der is ganz harmlos». Bei diesen Worten wirft er mir einen strengen Blick zu, der besagt: «Sei harmlos!»

Mit einem «Servus» legt er auf und kommt zurück. «Die Regina, mei Freindin, hod a Dochda, bei der kannst a Nacht bleim.» Für diese gute Nachricht könnte ich ihm um den Hals fallen, schüttele ihm dann doch nur die Hand und sage: «Vielen, vielen Dank.» Er winkt ab und öffnet die beiden Biere. Wir stoßen auf die gelungene Problemlösung an.

«Und gfoits dia scho bessa?»

«Ach weißt du, ich tue mich noch ein bisschen schwer mit dem ganzen Brauchtum», gebe ich zu.

«Tradition is fei wichtig. Ma muass wissn, wo ma heakimmt und wo man higheat, sonst koa ma verlorn geh.»

Aha. Jetzt wird er lebensphilosophisch.

«Du deafst ned vergessn, dass vui fia die Touristen gmocht wead. Und wenns immer hoaßt: ‹Du bist a Seppl›, da wiast irgendwann aa a Seppl. Vui Trachtler megn des Lederhosenbusiness ned, die kemma ned zum Oktoberfest und ned amoi in die Stadt. Tradition is ned bloß Weißwürscht, Bier und Marschmusi. Des is a Hoitung, a Lebenseinstellung. Da nimmst ois, wias kimmt.»

Zum ersten Mal verstehe ich jedes Wort. Vielleicht hängt das mit seiner unbayerischen Kleidung zusammen. Oder mit dieser Wohnung, die aussieht wie die Schatzkammer eines Weltumseglers.

«Das Poster von Jimi Hendrix gefällt mir», sage ich. «Kommt das auch aus Amerika?»

«Naa, des is aus England. Des hod mia a Spezl mitbracht, der an Dschimi kennt hod.»

«Du kennst jemanden, der Jimi Hendrix kannte?»

«Freilich, dem Huberfranzl sei Schwester is damois a Gschpusi vom Dschimi gwesn. Dea hod bayerische Madln gmocht.» Soso. «Die Schwester is a Freindin von da Obermaieruschi gwesn.»

«Verstehe.» Diese Geschichte scheint mir recht zweifelhaft.

Als wir uns später verabschieden, werfe ich noch einen genaueren Blick auf das Hendrixposter. Tatsächlich: Leicht verblasst und in ziemlicher Sauklaue steht neben dem Autogramm: «For Hubbard.»

Knoll drückt mir einen Zettel in die Hand. Darauf steht «Veronika» und eine Telefonnummer. «Danke, Knoll», sage ich. «Du hast was gut.»

«Ah geh», brummt er. «Des passt scho.»

ACH, SCHMARRN!

Hallo», sagt die Frauenstimme am anderen Ende der Leitung. Sie klingt sowohl unaufgeregt als auch unbayerisch. Ich sage: «Ich bin der Typ, der gern bei dir übernachten würde.» Sie lacht und legt auf.

Ich Depp! Also rufe ich noch einmal an, entschuldige mich für die unglückliche Ausdrucksweise und berufe mich direkt auf Knoll. Jetzt fällt der Groschen. Ja, sagt die Stimme, ihr Mitbewohner drehe gerade im Ausland, und deshalb könne ich in seinem Zimmer schlafen. Sie will nicht wissen, wie alt ich bin, wie ich aussehe, gar nichts – nur, ob ich ein paar Bier mitbringe. Wir verabreden uns für Samstagnachmittag um vier.

Den ganzen Samstagvormittag über räume ich die Wohnung für Untermairs Schwiegereltern auf. Dann fauche ich Ludwig zum Abschied ins Gesicht und mache mich auf den Weg.

Veronika wohnt in einem Münchener Stadtteil namens Schlachthofviertel. Dort laufen Studenten in Cordjacketts, Frauen mit Schleier und Betrunkene mit Fahne herum. Ich entdecke ein paar unprätentiöse Kneipen, verwitterte Altbauten und türkische Supermärkte. Das Schlachthofviertel erinnert mich ein wenig an die schöneren Ecken von Kreuzberg.

Summend öffnet sich die Haustür, ich steige die Treppen hoch. Kurz vor dem dritten Stock erspähe ich durch die Geländerstreben ein Paar schwarze Chucks, bloße Knöchel, Beine in engen Blue Jeans, ein *Ramones*-T-Shirt, eine blonde Bobfrisur und schließlich ein Lächeln, das ich schon einmal gesehen habe. Ist das nicht die Schöne aus der Muffathalle? Sie streckt mir die Hand entgegen. Tatsache:

«Ich bin Roni», sagt sie.

«Hallo», entgegne ich und zähle eins und eins zusammen. «Bist du Veronika? Knoll schickt mich.»

«Eigentlich nennen mich nur Hubert und meine Mutter so, meine Freunde sagen Roni zu mir.»

Sie schaut mich von der Seite an und kneift die Augen zusammen: «Hey, sind wir uns nicht neulich in der Muffathalle begegnet?»

Aus irgendeinem Grund werde ich rot.

«Äh, ja – bis dein Freund auftauchte.»

«Mein *Ex*freund. Wir sind schon lange getrennt. Entschuldige bitte. Der benimmt sich leider fast immer total daneben.»

«Na ja, deshalb ist er wahrscheinlich auch dein *Ex*freund», plappert mein Mund drauflos. Sehr originell. Egal. Sie schaut mir in die Augen. Ich bin begeistert.

«Komm rein», sagt sie und zeigt mir das Zimmer ihres Mitbewohners, in dem ich mein Gepäck ablade.

«Hast du Hunger?»

«Bitte keine Umstände», antworte ich.

«Du redest ja lustig», meint Roni. Das hat mir noch niemand gesagt. «Jetzt machen wir dir erst mal ein Helles auf und bestellen Pizza. Du bist ja total verklemmt.» Auch das war ich bisher eher selten. Aber irgendwie macht mich ihre Gegenwart tatsächlich verlegen.

Eine Dreiviertelstunde später habe ich meinen Pullover ausgezogen und sitze Roni im T-Shirt beim dritten Bier gegenüber. Sie lacht und scherzt und wirkt dabei gar nicht so bayerisch, wie ich es mir von Knolls Ziehtochter erwartet hätte. Sieht man einmal davon ab, dass sie Brauwesen- und Getränketechnologie an der Technischen Universität Weihenstephan studiert. Essen und trinken müsse schließlich jeder, habe Ziehvater Knoll gesagt, und außerdem würden die meisten bayerischen Braumeister gleich nach dem Studium ins Ausland weggekauft. Und tatsächlich: Roni hat in der bayerischen Lebensmitteltechnologie ihre Berufung gefunden.

«Da bist du wahrscheinlich die einzige Frau an der ganzen Uni, oder?»

«Nein, aber in vielen Seminaren schon. Das ist ja manchmal auch nicht schlecht.» Roni grinst.

Ich lehne mich zurück. Mit ihrer zierlichen Figur wirkt sie nicht, als ob sie in der Lage wäre, mehr als zwei Maßkrüge auf einmal zu tragen. Aber ich habe das Gefühl, dass sie locker mehr als zwei Maßkrüge austrinken und anschließend den ganzen Biergarten unterhalten könnte.

«Eigentlich möchte ich gar nicht mehr ins Ausland gehen», erzählt sie. «Im Moment schreibe ich meine Doktorarbeit bei einer kleinen Brauerei in der Nähe von Dumbling. Vielleicht bleibe ich auch einfach in München. Ist doch schön hier.»

«Das sagt Knoll auch immer», stelle ich fest.

Als ich Roni von meiner Kindheit in Tiefenwalde und meiner Jugend in Berlin berichte, hört sie mir mit einer an Stoizismus grenzenden Ausdauer zu, ohne mich zu unterbrechen. Sie hat die schöne, komische Angewohnheit, dabei ihre Schneidezähne über die Unterlippe zu schieben, sodass sie ein wenig aussieht wie ein Hase. Wenn ich meine Schilderungen ein kleines bisschen übertreibe, rutscht ihr manchmal ein «Ach, Schmarrn» heraus. Sonst spricht sie kaum Bairisch.

«Warst du jemals in Berlin?», frage ich sie.

«Ein Semester lang. An der Versuchs- und Lehranstalt für Brauereiwesen der Technischen Uni. Die Stadt hat mir überhaupt nicht gefallen.»

«Warum? War sie dir zu groß?»

«Nee, die Leute haben zu viel rumgelabert. Haben immerzu von irgendwelchen Projekten geredet: Filmprojekt, Theaterprojekt, Clubprojekt, Brauereiprojekt. Das ganze Leben in Berlin scheint mir ein Projekt zu sein; und zwar eines, das ständig verschoben wird.»

«Dafür fehlt hier die Subkultur», wende ich trotzig ein.

«So ein Schmarrn! Die Subkultur gibt's hier genau wie da. Aber in Berlin weißt du doch manchmal vor lauter Subkultur gar nicht mehr, wohin. Wenn du hier in München mal einen Monat verschläfst, verpasst du vielleicht zwei gute Konzerte. Außerdem fehlt hier dieser Selbstzerstörungsstrudel. Die Schreiber fangen einfach mal an zu schreiben, die Sprüher werden Art-Direktoren, die DJs gründen Label, und wer sich noch nicht sicher ist, landet beim Marketing.»

«Na fabelhaft.»

«Wer sich unbedingt kaputtmachen will, kann das in München genau so gut wie in Berlin – schau dir meinen Ex an. Er wollte immer ein T-Shirt Label gründen, aber stattdessen hängt er bloß auf Partys herum. Sah der glücklich aus?»

«Nicht so richtig.»

«Nach unserer Trennung bin ich nach Berlin gezogen. *Geflohen* trifft's wahrscheinlich besser.» Sie stockt. «Die meisten Leute, die nach Berlin gehen, laufen vor irgendwas weg. Die Leute, die nach München ziehen, suchen etwas.»

«Einen Job.»

«Oder ein neues Leben.»

Später am Abend kommt unser Gespräch auf Knoll. Ich will ja nicht indiskret sein, aber warum lebt er eigentlich in Daglfing bei den Untermairs – und nicht in Dumbling bei seiner Regina?

«Das ist eine lange Geschichte.» Roni runzelt die Stirn.

«Ich würde sie gerne hören», sage ich.

Roni fängt an zu erzählen: «Damals war ich sieben und gerade in Dumbling eingeschult worden. Mein Schulweg führte über die Hauptstraße vor unserem Haus. Weil die Autos fast nie angehalten haben, hat Knoll eines Nachts einfach einen Zebrastreifen hingemalt.»

«Aber das muss doch jemandem aufgefallen sein.»

«Ist es auch. Irgendwann stand der Bürgermeister vor der Tür und hat Knoll aufgefordert, die Streifen zu entfernen.»

«Und?»

«Er hat so getan, als wisse er von nichts. Die Leute von der Stadt konnten ihm nichts nachweisen, also hat die Stadt das auf eigene Kosten weggemacht. In der nächsten Nacht hat Knoll ihn wieder neu gemalt. So ging es hin und her, und irgendwann hat der Vermieter, ein Spezl vom Bürgermeister, Knoll auf frischer Tat ertappt und ihm die Wohnung gekündigt.»

«Und dann ist Knoll nach Daglfing gezogen», ergänze ich. «Er hat kapituliert.»

«Nicht ganz. Denn seit seinem Wegzug treiben die Dumblinger Bauern ihre Kühe über die Hauptstraße durch das Dorf von einer Wiese zur andern. Zweimal täglich. Zehn Minuten vor Schulbeginn und nach Schulschluss.»

Ein Happy End wie aus dem Heimatfilm, denke ich. Irgendwie süß. Je mehr ich trinke, umso besser gefällt mir Roni. Gegen zwei Uhr morgens würde ich sie gern mal küssen. Aber irgendwie sendet sie trotz ihrer acht Biere keinerlei Signal, das darauf schließen ließe, dass sie mir bei einem Annäherungsversuch nicht sofort eine scheuern und mich aus der Wohnung werfen würde. Liegt das an ihrem Exfreund oder an meiner Berliner Herkunft?

Ich schlage ihr vor, sie morgen zum Frühstück einzuladen. Roni hört auf zu lachen. «Nein, tut mir leid, ich bin schon verabredet», sagt sie.

Nach diesem Vorstoß ist die Luft raus. Ich verabschiede mich, um ins Bett zu gehen. «Hoffentlich kannst du überhaupt schlafen», sagt sie.

«Keine Sorge, ich habe vorhin ein paar Bier getrunken.»

«Ich meine wegen dem Föhn.»

«Den höre ich gar nicht. Ich habe einen gesunden Schlaf.»

Da lächelt sie doch noch einmal ihr wundervolles breites Lächeln.

Am nächsten Morgen steht die Tür zu ihrem Zimmer sperrangelweit offen, und Roni ist verschwunden. Auf dem Küchentisch liegt ein Zettel:

Wenn Du in drei Wochen noch nicht wieder in Berlin bist, kannst Du mich ja mal anrufen. Roni.

LEKTIONEN IM LEIMSTÜBERL I: UND BERG HAMS DA AA

Am Abend sitze ich wieder mit Knoll im Leimstüberl. Am liebsten würde ich mit ihm über bayerische Frauen sprechen, und warum die so unnahbar sind. Am besten, ich beginne mit einigen unverfänglichen Fragen. Also: «Wohin ging denn deine erste Reise?»

«Nach Amerika, da ...»

«Magst du mir davon erzählen?»

«Wennst mi ned oiwei unterbrichst. In Amerika, da ...»

«Entschuldige, was heißt oiwei?»

«Ja, genau des moan i.»

«Kommt nicht wieder vor.»

«Zerscht amoi bin i per Autostopp durch die Staaten gfahren.»

«Kann man da gut trampen? Mich hat früher auf dem Dorf nie einer mitgenommen.»

«Naa, i hob mei Lederhosn oghabt, da ham die gwusst: Des is a Guada.»

«A Guada?», rutscht es mir versehentlich heraus.

«Herrgottsakra!» Oh, das hat ihn verärgert. «Sieghst, du hast as scho wieder gmacht.»

«Sixt?»

«Des geht so ned. Wie soi i dia wos verzäin, wennst mi ned vaschtehst. Da müsst i dia ja zerscht amoi boarisch erklean.»

Ich zucke mit den Achseln. Vielleicht ist das gar keine so schlechte Idee. Deduktiv herangehen. Vom Bairischen zu den bayerischen Frauen im Allgemeinen und zu Roni im Besonderen. Warum nicht?

Als Erstes eröffnet mir Knoll, dass ich niemals werde sprechen können wie ein gebürtiger Bayer. Da könne er machen, was er «wui». Er sei allerdings bereit, mir die wichtigsten Eigenheiten der bayerischen Sprache beizubringen, damit ich in Konfliktsituationen angemessen einheimisch reagieren könne. Ich bin ganz Ohr.

Die Grundzüge des Bairischen seien, den Mund zu halten und zuzuhören. Oft genüge ein Schulterzucken oder Kopfnicken. Der Wunsch, sich immer und überall äußern zu wollen, sei ein altes preußisches Problem. Knoll kennt das von seiner Freundin.

Meine erste Lektion nennt er das «Survival-Kit»: zwei Phrasen, auf die ich mich beschränken soll, wenn ich es nicht schaffe, «de Goschen» zu halten.

1. Falls mir mal jemand versehentlich auf den Fuß treten, ein Bier über die Jacke schütten oder sich im Skilift vordrängeln sollte, wäre die beste Reaktion darauf: «Des passt scho.» Oder noch bairischer: «Basst scho.»

2. Auf keinen Fall dürfe ich diese Worte anwenden, wenn jemand nur alkoholfreies Bier oder vegetarisches Essen im Haus hat, beim Schafkopfen betrügt oder anstelle des *Münchener Merkur* die *Süddeutsche Zeitung* liest. Beim letzten Beispiel schaut er mich eindringlich an, obwohl ich gar nichts gemacht habe. Wie auch immer. In solchen Situationen soll ich auf die universelle Redewendung Nummer zwei zurückgreifen: «Ja mei.»

Das bedeutet in etwa: «Da kann man nichts machen.» Steigt Markus Söder in der CSU auf oder der TSV 1860 in die 3. Bundesliga ab: «Ja mei.» Steigt der Hendl- oder der Bierpreis auf dem Oktoberfest: «Ja mei.» Wird man durch einen plötzlich aufkommenden Blizzard in einem bayerischen Dorf von der Außenwelt abgeschnitten: «Ja mei.»

«Am wichtigsten is des Gfui fia den rechten Moment.» Er hält inne und schaut mich an. «Host mi?»

«Ja mei», sage ich und nicke. Aber weil mir das nicht genug erscheint, hebe ich zur Bekräftigung mein Bier und proste ihm zu. Dabei schiebe ich das Kinn und die Unterlippe vor, versuche möglichst bayerisch zu schauen und mich auch ein bisschen so zu fühlen. Knoll nickt.

Für richtig brenzlige Situationen, etwa wenn es sich körperlicher Gewalt zu entziehen gelte, gibt er mir noch eine dritte Phrase mit auf den Weg: «I muaß bieseln.» Er grinst zufrieden.

Zum Abschluss der Lektion erzählt er mir doch noch die Geschichte seiner Reise. Einmal habe er in Japan ein Bewässerungssystem für Reisfelder aufgebaut und sich bei der Gelegenheit ausführlicher mit dem Buddhismus beschäftigt. «Des is fei a guade Sach, Waschtl. Dea Buddha is a gmiatlicha Mo, dea wo ned vui laufen moag, mit am stattlichn Ranzen. Japan is ned so schlecht. Und Berg hams da aa.»

«Und warum bist du dann zurückgekommen?»

«S hoaßt, da Buddhismus zoagt Wege zu Glück und Harmonie. Da hob i mi highockt in so ana Meditation. Und i hob erkannt, dass die Voastufe zum Nirwana nur oans sei ko: Gemütlichkeit. Und die gibt's do bei uns in Bayern.»

«Verstehe.»

Regina stellt zwei neue Biere auf den Tisch. Sie hat den Monolog mitangehört, schaut Knoll von oben herab an und zieht eine Augenbraue hoch: «A geh. Mir hast du erzählt, du bist wegen meinem Schweinsbraten zurückgekommen.»

Knoll: «I muaß bieseln.»

Ein paar Tage später drückt mir unsere Redaktionssekretärin zwei Pressekarten für die Münchener Staatsoper in die Hand: Mozarts *Così fan tutte*, inszeniert von einem jungen, wilden Berliner Regisseur. Die Sitzplätze liegen vorn im Parkett. Eine gute Gelegenheit, Roni wiederzusehen. Die drei Wochen sind zwar noch lange nicht um, aber: Passt scho. Ich rufe sie an.

«Klingt super», findet sie (und ich erst). «Da können wir uns mal so richtig aufbrezeln.»

«Müsste es nicht aufbrezen heißen?» Ich gebe mich pedantisch.

Roni lacht: «Ah, so a Schmarrn!»

Am großen Abend werfe ich mich in meinen einzigen Anzug – einen Flohmarktfund, der erstaunlich gut sitzt, aber leider etwas nach Mottenkugeln riecht. Um kurz vor sieben beziehe ich Posten im pompösen Säulenfoyer. Die Sommernacht ist angenehm lau, und immer mehr Menschen, die aussehen wie Prominente, Manager oder Geldadelige, defilieren an mir vorbei. Aus dem Augenwinkel sehe ich eine cremefarbene Vespa mit lautem Geknatter die Maximilianstraße heraufkurven und direkt vor der Oper halten. Der manipulierte Rennauspuff röhrt, dann erstirbt der Motor. Die Leute drehen sich um. Eine Frau in einem roten, schulterfreien Abendkleid steigt ab, zieht den Helm vom Kopf und richtet ihren blonden Bob im Seitenspiegel. Roni sieht so toll aus, dass sich nicht nur Männer, sondern auch Frauen nach ihr umdrehen. Ich bin auf einmal ganz aufgeregt und beginne zu schwitzen, was meinem Mottenkugel-Aroma eine ungute Zusatznote verleiht.

Roni scheint das nicht zu stören. «Hast du jemals versucht, in so einem engen Kleid eine Vespa anzutreten?», fragt sie mich.

«Ja», scherze ich. «Während meiner wilden Phase in Berlin. Dieser fabelhafte Fummel hätte mir damals sicher auch gut gestanden.»

Roni dankt mir das Kompliment mit einem Augenaufschlag. «Gehen wir», sagt sie und legt ihre leichte Hand sanft von innen an meinen Oberarm.

Es klingelt schrill, dann beginnt die Ouvertüre. Um uns herum herrscht eine feierliche Atmosphäre. Auf der Bühne herrscht gar keine Atmosphäre. Das Bühnenbild besteht aus einem vergrößerten Foto des Kolosseums, vor dem zwei Bistrotische stehen. An einem lehnt eine Art überdimensionale Tageskarte, auf der mit Kreide geschrieben steht: «Heute: Neapel, 18. Jahrhundert».

An den Tischen prahlen zwei Italiener singend mit der angeblich unerschütterlichen Liebe ihrer Frauen, zweier Schwestern. Mit dem unerklärlichen Selbstbewusstsein zweitrangiger Operntenöre schmettern sie ihre Arien gegen das Parkett, dass die Spucke nur so durchs Scheinwerferlicht segelt. Interessanterweise werden die beiden bei falschen Tönen noch lauter. Es ist ein Kampf gegen Mozart. Roni wirkt trotzdem gebannt.

Ein Typ namens Don Alfonso (weißer Gigoloanzug) erzählt, dass alle Frauen gleich seien, nämlich leicht zu haben, und schlägt den Spießbrüdern vor, die Treue der Schwestern auf die Probe zu stellen. «So ein Sack», flüstert meine Begleiterin mir ins Ohr.

Die Geschichte nimmt ihren Lauf, die zu laut und zu schief singenden Italiener verpassen noch das ein oder andere Mal ihren Einsatz, tun schließlich so, als zögen sie in den Krieg, und kehren später als Kaufleute verkleidet zurück, um die Frau des jeweils anderen rumzukriegen. Aus unerfindlichen Gründen läuft währenddessen ein Nackter quer über die Bühne (wahrscheinlich ein Relikt von der Schwanzwiese).

Danach wird's langatmig. Roni beginnt raschelnd, im Programmheft zu blättern. Hinter uns räuspert sich mahnend eine ältere Frau, die wahrscheinlich Frau Direktor heißt. Neben ihr sitzt der Herr Direktor im Lodenanzug. Er kann nur mit Mühe die Augen offen halten.

Die Schwestern auf der Bühne bleiben standhaft, allerdings nur gerade so. Daraufhin schlucken die Abgewiesenen Gift und kippen um. «Jawoll!», kommentiert Roni, als wäre ein Tor gefallen. Einer der toten Italiener schlägt noch mal kurz die Augen auf, um zu sehen, wer sich da über seinen Tod freut. «Recht so», murmelt auch der Mann im Lodenanzug, woraufhin ihn die Direktorin zischend maßregelt.

Nachdem die beiden singenden Lumpen reanimiert wurden, erliegen die Schwestern auf der Bühne schließlich doch noch ihrem aufdringlichen Charme. «Das ist ja schlimmer als auf der Wiesn», flüstert Roni.

«Also bitte!», empört sich die Frau hinter uns.

Ein livrierter Platzanweiser läuft gebückt herüber und geht neben uns in die Hocke. «So mäßigen Sie sich doch, sonst muss ich Sie bitten, den Saal zu verlassen.»

Der Gatte der Direktorin mischt sich ein. «Recht hats. Des is doch a Schmarrn», ereifert er sich und deutet nach vorn. «Des kann ma ja ned mit oschaung!»

«Keine Diskussion!», herrscht der Ordner und zieht wieder ab.

Auf der Bühne wird nun eine Doppelhochzeit zwischen den Ehefrauen und den Italienern vorbereitet. Roni gähnt demonstrativ und reckt sich. Jetzt reicht es der Direktorin. Sie springt auf: «Das ist ja die Höhe!», ruft sie und beginnt zu zetern. Selbst die Darsteller sind nun auf uns aufmerksam geworden und halten inne. Der Begleiter der Direktorin nutzt den ruhigen Moment: «I hob gleich gwusst, dass des ned taugt. Hätt ma liaba an Polt ogschaut!», grantelt er.

Ich muss lachen. Der Ordner baut sich vor mir auf. «Ich muss Sie höflich bitten zu gehen!»

«I kimm aa mit.» Der Herr Direktor bahnt sich seinen Weg über die Knie der Gattin nach draußen. Auch ein paar andere Opernbesucher stehlen sich davon. Roni hakt sich bei mir ein, und wir verlassen den Saal.

Zum ersten Mal in meinem Leben bin ich aus der Oper geflogen und schäme mich ein bisschen. Roni allerdings sieht aus, als hätte sie die Oper rausgeworfen und nicht umgekehrt.

Später, in einer Kneipe um die Ecke, wischt sich Roni mit dem Ärmel ihres Abendkleides den Bierschaum von der Oberlippe und erklärt mir, was ihr – neben Bühnenbild und Sängern – an *Così fan tutte* nicht gefallen hat: «Die Geschichte taugt mir gar nicht. Aber vielleicht bin ich auch einfach nur beziehungsgeschädigt.»

«Wieso?»

«Ach, ich bin diese ganzen Don Alfonsos leid. Alle reden über Treue und Fremdgehen, als wäre die Liebe eine Sportart. Jeder sucht die eine wahre Verbindung, aber keiner nimmt sich mehr Zeit, die Gefühle wachsen zu lassen. Das geht mir manchmal auf die Nerven. Heute muss alles so schnell gehen, zackzack, ab ins Bett und dann arrivederci amore, ciao. Das kann es doch echt nicht sein, oder?»

Ich nicke verlegen. Eigentlich hat Roni soeben mein bisheriges Liebesleben ziemlich pointiert zusammengefasst. Ich kann mir gerade noch verkneifen zu sagen, dass ich das Konzept Zackzack, ab ins Bett gar nicht so übel finde.

Roni kaut nachdenklich auf der Unterlippe. Dann stützt sie die Ellbogen auf die Theke, trinkt noch einen Schluck und lenkt das Thema auf ein sicheres Feld. Sie schaut mein Bier an und bemerkt, ohne zu probieren, es sei wirklich gut gezapft. Und dann erklärt sie mir auch, warum: «Die

Schaumkrone sollte zwei Finger breit und überall im Glas gleichmäßig mit der Flüssigkeit verbunden sein. Wenn sich am Boden und an den Wänden auch noch kleine Bläschen bilden, ist es ein gutgezapftes Bier.»

Ich höre gar nicht richtig zu. Meine Aufmerksamkeit wird ganz davon aufgebraucht, sie anzustaunen. Jemand wie sie ist mir in Berlin noch nie begegnet. Wenn dort eine Frau irgendwo rausfliegt, ist sie meist eines dieser Berliner-Schnauze-Mädchen oder eine aus dem vielzitierten Prekariat. Meine Berlinerinnen waren meist viel zu bemüht, dem Szene-Reglement zu entsprechen, cool zu sein und allen zu gefallen. Roni sagt einfach, was sie denkt, und steht dazu: Eine ehrliche, in sich selbst ruhende Frau, die irgendwann auch noch ihren Doktor im Bierbrauen machen wird. Ich merke, dass ich schon ein wenig verliebt in sie bin. Ja mei.

LEKTIONEN IM LEIMSTÜBERL II: LASS MA OAN ZAMMKLAPPN

Seit sechs Wochen bin ich nun in München, aber außer mit Roni und Knoll habe ich noch keine Freundschaften geschlossen. Manchmal habe ich den dummen Gedanken, Roni kümmere sich nur um mich, weil Knoll sie darum gebeten hat. Doch selbst wenn das so wäre: Ich werde sie schon noch von meinen Qualitäten überzeugen. Wie das gehen soll, weiß ich allerdings noch nicht.

«'s gibt Sachn, die san hoid so», erklärt mir Knoll. «Die nimmst hoid so hi.» Ich hatte ihn gefragt, warum die Bayern zu einer einzigen Brezel schon Brezn sagen und zu zwei Brezeln, wo man ja erst das N hinten anhängen müsse, ebenfalls Brezn.

«Des is a Gfuissachn.»

«Du meinst: eine Gefühlssache?»

«Naa, des lernst mit da Zeit, oder eben ned. Des is wie Haxn, da sagst ja aa ned ‹I hätt gern a Haxe›. Du wuißt ja lerna, wias richtig hoaßt.»

«Wie es auf Bairisch heißt.»

«Sog i ja. Nur weils ihr Preißn immer scho so gscheit daherreds, glaum olle, des Preißisch is des rechte Deutsch.»

«Aber Bairisch hatte doch die gleichen Chancen, Gebrauchssprache zu werden.»

«Ah geh, wie denn? Ihr Preißn lassts oan ja ned zu Wort kemma.»

Ich spüre, dass dies nicht der richtige Moment für einen lustigen Spruch ist, und verkünde feierlich: «Ich werde sie in Ehren halten, die bayerische Sprachen.»

Leider habe ich zurzeit kaum Gelegenheit, Knoll das zu beweisen. Am Wochenende muss ich arbeiten, oder ich bekomme Besuch. Jochen erzählt anscheinend in Berlin herum, dass man erstklassig für einen Kurzurlaub zu mir nach München trampen oder für einen Zwanziger mit der Mitfahrzentrale hierherfahren kann und dass es immer lustig sei.

Die Berliner benehmen sich hier wie auf Klassenfahrt. Sie wollen alle nur das Eine: ins Hofbräuhaus gehen. Immer wieder. Dort knutschen sie mit betrunkenen Australierinnen und finden Bayern und München plötzlich gar nicht mehr so schlimm. Einige meiner Gäste versuchen sogar, mit den Einheimischen Phantasiebairisch zu reden, was noch schlimmer klingt als das echte. Und ich muss immer wieder so tun, als hätte ich den gleichen, kuriosen Entdeckerspaß. Obwohl ich nicht nur am Wochenende hier bin.

Einmal, als Jochen gerade wieder zu Besuch gekommen ist, ruft Roni an und fragt, ob ich Lust auf eine Bergwanderung habe.

«Ich habe meinen Stammgast da», sage ich.

«Ist doch super, kannst du mitnehmen, dann sieht der auch mal was von der Welt.» Roni rät uns, festes Schuhwerk und eine Jacke mitzunehmen.

Am nächsten Tag stehen wir Punkt sieben vor der Haustür – als Wanderer verkleidet, nein, als *Gangsta*wanderer: Jochen trägt spitz zulaufende Swear-Lederschuhe («Aus London», betont er) und eine Jeans, dazu einen blauen Strickpulli. Ich habe meine altbewährten, ehemals weißen Chucks herausgekramt, trage Baggypants und einen weißen Kapuzenpulli mit Bergmotiv. Darunter steht «Cypress Hill».

Um Viertel nach sieben halten drei Autos vor dem Haus: ein Kombi, ein Jeep und ein Fiat Panda. Roni steigt aus dem Panda, ich stelle ihr Jochen vor. Der sagt tatsächlich «Servus». Wir winken den Gestalten in den anderen beiden Autos zu. Am Steuer des Fiats sitzt Nunja, die ich mal gemeinsam mit Roni im Englischen Garten getroffen habe. Daneben ihr Freund Jan. Der war damals auch dabei. Beide begrüßen mich wie einen alten Bekannten. «Hey», sagt Jan, «wir kennen uns doch von der Schwanzwiese.» Jochen schaut mich verwundert an, sagt aber nichts. Dann quetschen wir uns zu dritt hinten auf die Rückbank des Fiats und fahren los.

Wir verlassen München über den Ring in Richtung weites Land. Da es im Wagen sehr eng ist, sitze ich dicht an Roni. Sie duftet ganz leicht nach einem Parfüm, das mich an eine alte Jugendliebe erinnert. Ich fühle mich wie ein Schuljunge und konzentriere mich ganz auf meinen Oberschenkel, der direkt neben ihrem liegt.

Aus dem Fenster sehe ich entlang der Dorfstraßen bald nur noch weiße oder leicht gelbliche Einfamilienhäuser. Die Vorgärten werden ordentlicher, zuerst nehmen die hellbraunen Holzvertäfelungen zu, dann sehe ich immer mehr Bauernhöfe. Zweimal müssen wir anhalten, weil jemand Kühe über die Straße treibt. Nach einer Stunde Fahrt mehren sich die Kurven. Mir wird ein bisschen übel.

Wir erreichen den Parkplatz unterhalb der Höllkropfspitze. Trotz ihres gefährlichen Namens sei sie bloß einer der harmloseren Münchener Hausberge, erklärt Roni. So nennen die Münchener alle Berge, die in der Nähe ihrer Häuser liegen. Auf dem Parkplatz vor der Höllkropfspitze lerne ich die anderen zehn Mitglieder unserer Wandergruppe kennen. Sie haben alle ziemlich extravagante Spitznamen: Tatsch, Flop, Johnny oder Tennis zum Beispiel. Ich kann mir erst mal nur die der beiden kleinen und ewig blödelnden Zwillingsbrüder merken. Sie heißen Copy und Paste.

Eigentlich sieht die Truppe sehr nett aus, wie junge Eltern vom Prenzlauer Berg. Vielleicht sind die Jungs hier sogar noch lässiger angezogen. Bis auf die Wanderschuhe: braun, schwarz, klobig mit bunten Schnürsenkeln. Die sind so was von hässlich, dass die Berliner, also Jochen und ich, definitiv die besten Schuhe anhaben. Aber das war ja klar.

Während der ersten paar hundert Meter versteckt sich Jochen wie ein kleines Kind hinter Bäumen oder versucht, die anderen zu überholen. Aber schon nach zwanzig Minuten hat er sich ausgetobt. Nach zwei Kilometern Aufstieg durch einen Tannenwald über einen steinigen und steilen Pfad denken wir Berliner ganz anders über die Schuhfrage. Unsere Füße tun weh. Ich spüre jeden Stein, weil meine Gummisohlen zu dünn sind. Jochen tun die Zehen in seinen spitzen Schuhen weh. Aber die Luft auf dem Berg ist gut, die Leute sind lustig, und wir sehen sogar ein paar Rehe. Ich verspüre zum ersten Mal in meinem Leben den Drang, ein Wanderlied zu schmettern. Interessanterweise habe ich auch schon seit ein paar Minuten die passende Liedzeile im Ohr: «Aber dennoch hat sich Bolle janz köstlich amüsiert.»

Noch eine halbe Stunde später: Jochen und mir steht der Schweiß auf der Stirn. Wir beißen die Zähne zusammen. Roni marschiert, in ein Frauengespräch mit Nunja vertieft, an der Spitze der Truppe. Dieses schweigsame Wandern beruhigt. Irgendwann falle ich in einen meditativen Trott. Mein Kopf wird total leer. Nach zwei Stunden machen wir die erste Pause an einem klaren Gebirgsbach. Wir ziehen die Schuhe aus und tauchen die schmerzenden Füße hinein. «Die Heifte hamma», stellt Copy fest. «Lass ma oan zammklappn.»

Ich habe absolut keine Ahnung, was er meint.

«Ah geh. Erst, wemma oben sind», entgegnet Paste. «I will mi ned scho wieda valaufn.»

Roni setzt sich neben mich und taucht die Füße ins kalte Wasser. Sie erzählt mir von den Zwillingen: «Copy und Paste waren mal die besten Sprüher Münchens. Die sind früher gern auf Mission nach Berlin gefahren. Damals waren sie jünger und noch kleiner als heute. Selbst wenn sie die Arme ausgestreckt haben, kamen sie nicht bis an die obere Fensterkante. Wenn du früher in Berlin einen Zug gesehen hast, der bloß unterhalb der Fenster besprüht war, war das wahrscheinlich einer von ihren.»

Die kleinen Münchner haben's faustdick hinter den Ohren. Meine Achtung vor der Berliner Ghettojugend fällt im gleichen Maße, in dem der Berg ansteigt.

Als wir weiterziehen, geht Roni nun auch mal neben mir. Weil ich einmal völlig außer Atem anhalte und heftig schnaufe, bietet sie mir an, meinen kleinen Rucksack zu tragen. Natürlich lehne ich ab. Der Weg wird nun immer steiler, manchmal ist da nur noch eine hohe Felswand, an der wir uns im 45-Grad-Winkel mit einem alten Seil hochziehen müssen. Einmal fehlt das Seil, und Roni reicht mir ihre Hand, um mich hochzuziehen. Ich ergreife sie. Als wir die Stelle überwunden haben, lasse ich die Hand einfach nicht mehr los. Doch Roni weicht mir aus und deutet auf Jochen und Copy, die leise in ein Gespräch vertieft sind. «Schau, da bahnt sich eine erste Völkerfreundschaft an.» Ich schaue ihr tief in die Augen. Sie blinzelt, als wisse sie nicht, ob sie mir trauen könne.

Punkt ein Uhr mittags kommen wir endlich oben an: Am Rand einer Bergwiese mit lauter braunen Kühen steht eine Almhütte, davor auf einer Holzveranda ein paar Tische. Wir setzen uns. Die Luft ist so klar, dass sie in der Nase brennt. Ich ziehe sie tief in die Lunge, versuche, sie eine Weile dort zu halten, und lasse sie mit einem «Aaahhh!» heraus. Nicht einmal damals, zwischen den Bäumen in Tiefenwalde, habe ich so gut geatmet. Ich lasse den Blick über das malerische Alpenpanorama schweifen. Ein paar hundert Meter oberhalb der Hütte steht das Gipfelkreuz. So was kannte ich bisher nur von Postkarten.

Eine etwa Zwölfjährige mit echten Alpenmädchenzöpfen kommt aus der Almhütte gelaufen und fragt uns, was wir essen und trinken möchten. Es gibt Brotzeitteller mit steinhartem, aber leckerem Schinkenspeck, etwas weniger harten getrockneten Mettwürsten, frischgebackenes Graubrot mit Kümmel und saure Gurken. Dazu trinken wir würzige Buttermilch, die mich zu einem weiteren wohligen «Aaah!» verleitet. Das kleine Mädchen mit den Zöpfen starrt die ganze Zeit auf Jochens Füße. Dann fragt sie: «Wieso host du so blede Schua o?»

«Die werden auch hier eines Tages modern sein.» Jochen blinzelt ihr verschwörerisch zu.

«Des glaub i ned», entgegnet die Kleine. «Damit kimmst hia doch ga ned nauf.» Sie macht auf dem Absatz ihrer Wanderschuhe kehrt, dass die Zöpfe nur so fliegen.

Nach dem Essen krempeln wir die Hosenbeine hoch und dösen in der Mittagssonne. Copy kommt an unseren Tisch und fragt, ob wir den Gipfel besteigen und oben vielleicht allmählich mal einen «zammklappn» möchten.

«Yep», sagt Jochen, grinst verschwörerisch und steht auf. Mit einem Kopfnicken bedeutet er mir mitzukommen. Ich könnte zwar gut noch ein bisschen in der Sonne sitzen, aber da ich noch lieber einen echten Gipfel erklettern möchte, komme ich mit – obwohl ich keine Ahnung habe, was oder wen Jochen dort oben mit seinem neuen Freund zusammenkloppen möchte.

Hinter der Alm führen in den Fels gehauene Stufen bergauf. Bis zum Gipfel sind es genau dreihundertzweiunddreißig. Oben angekommen habe ich Seitenstechen. Wir setzen uns unters Gipfelkreuz und schauen hinab ins Tal. Jochen und Copy sind noch immer in ihr Gespräch vertieft. Ab und zu trägt der Wind ein «Alter» von Jochen oder ein «Oida» von Copy zu mir herüber.

Zwischen den Bäumen blitzen vereinzelt die neonfarbenen Jacken anderer Wanderer auf. In Berlin haben wir uns oft über alte Touristenpärchen in gleichfarbigen Gore-Tex-Jacken lustig gemacht. Aber der Gedanke, in fünfzig Jahren mit Roni hier heraufzusteigen, fühlt sich nicht verkehrt an. Selbst wenn wir die gleichen Jacken tragen sollten.

Copy zieht Gras und Blättchen aus der Beintasche seiner Cargohose. Endlich kapiere ich, was er mit «zammklappn» meint: Er dreht einen Joint. Jochen lehnt indessen am Kreuz und sagt kein Wort. Er genießt den Ausblick. Der Joint geht herum, Jochen zieht ein paar Mal und nickt Copy anerkennend zu. «Hast recht», haucht er, wobei kleine weiße Wölkchen aus seinem Mund aufsteigen. «Das fönt nicht schlecht.»

«Wos macht des?», fragt Copy.

«Das fönt», wiederholt Jochen kurzatmig.

Copy nickt. «Poppenbacher Südhang, Oida», erklärt er stolz.

Auch Paste zieht ein paar Mal. Dann reicht er den Joint an mich weiter. Wären wir jetzt in einem Berliner Club, würde ich vielleicht mitrauchen, aber hier an der guten Luft scheint mir selbst ein kleines Tütchen fehl am Platz. Ich winke ab. «Nee danke», sage ich. «Heute nicht.»

Der Zwilling starrt mich verwundert an: «I hab nie gsen, dass a Berliner an Dübel ablehnt», sagt er. Dann dreht er sich wieder dem Panorama zu. «Ja mei», murmelt er schulterzuckend und raucht weiter.

Ich schaue zu Jochen hinüber. Der sitzt immer noch ganz selig unterm Gipfelkreuz und schaut auf die umliegenden Berge. Der Himmel ist hellblau, auf den Gipfeln liegt Schnee. Jochen lächelt. Aus dem Augenwinkel läuft ihm eine Träne über das Gesicht.

LEKTIONEN IM LEIMSTÜBERL III: MIT DA HUNDSGEFICKTEN

Knoll bringt mir den bayerischen Artikel «da» bei, den ich bereits aus vielen Reggae- und Rap-Songs kenne. Aus «In da Club» zum Beispiel. Im jamaikanischen Patois benutzt man ihn bei «Power to da People» oder «Give thanks to da Lord». Hier in Bayern sagt man: «Des is da Sepp und des da Toni.»

«Woaßt, Waschtl», sagt Knoll. «Du bist a Guada. Mi ham Fremdsprachn in da Schui ned interessiert, i hob imma an Fimmfa oder an Sechsa ghabt. Oba manchmoi san die Leit, die Fremdsprachen redn, bessre Leit.» Knoll erzählt mir von seiner ersten Reise nach Amerika. Gerade angekommen in New York, stieß er auf eine Kneipe namens «Das deutsche Eck» in der 54. Straße. «Da hob i mi vorgstellt und gfragt, ob i bei wem übanachtn ko. Die ham gsagt, scho, wenn i des Horst-Wessel-Lied sing. Des is aus da Musikbox kemma. Aba mit so am Schmarrn hob i nix am Hut, oiso bin i wieda ganga.»

Knoll legte sich am Busbahnhof in eine Ecke und schloss die Augen. Kurz darauf wurde er von einem Afroamerikaner mit «so am Haarbuschl» geweckt. Der Mann machte Knoll mit Gesten klar, dass er hier besser nicht übernachten solle, und nahm ihn mit in ein Studentenheim. Dort gab es glücklicherweise einen Kommilitonen, dessen Vater in Heidelberg stationiert gewesen war und der ein wenig deutsch sprach. Das Heim gehörte einer studentischen Unterorganisation der Black Panthers. Knoll blieb eine Woche und lernte, dass Afrika genauso unter dem amerikanischen Joch gelitten habe wie Bayern unter dem der Preußen. Außerdem hörte er «a tolle Trompetenmusi» und lernte die wichtigsten englischen Grundbegriffe. Dann zog er weiter.

Mit dem Sprechen hapert es noch, doch mein Verständnis des Bairischen macht allmählich Fortschritte. Das liegt an Knolls unschlagbar einleuchtenden Beispielen. Unser Thema heute: die instinktiven Einschübe *fei* und *ge* beziehungsweise *geh*.

Fei sei Bairisch und habe keine norddeutsche Entsprechung, erklärt Knoll. Wenn man unbedingt wolle, ließe es sich vielleicht mit *übrigens* oder dem mahnenden Sinn des Wörtchens *aber* übersetzen. Zum Beispiel in dem Satz «Des is *fei* ned wahr, dass Preißen scheener is wie Bayern». Oder: «Du lasst *fei* die Finger von meim Krustenschweinsbraten.»

Das Wörtchen *geh*, im Gegensatz zum *ge* traditionell mit langem e gesprochen, komme von dem Verb gehen und bedeute am Anfang des Satzes «Jaja» oder, grob gesagt, «Geh weiter», im Sinne von «Lass mich bloß damit in Ruhe»: «Ah geh, so a Schmarrn!»

Ge am Ende eines Satzes dagegen sei auch bekannt als *gell* und bedeute so viel wie «Es möge gelten». Zum Beispiel: «Bayern is fei scheener wia ois andre, ge?» oder «Bringst no a Hoibe, ge?»

Die instinktiven Einschübe heißen so, weil man ihre Anwendung eigentlich dem Instinkt überlässt. Echte Bayern fügen sie aus dem Bauch heraus in Sätze ein, die andernfalls nicht bayerisch genug klingen würden. Falsche Bayern benutzen sie fatalerweise inflationär, wodurch sie sich fei tierisch blamieren.

Wiederum Gefühlssache sei die vielfache bayerische Verneinung. Sie soll zeigen, wie unerschütterlich ein bayerisches Nein ist. Knolls Beispiel: «I ess nia koan Salad ned.»

Wir sind gerade in die neue Lektion vertieft, als ein Daglfinger an unseren Tisch tritt, den ich schon mal im Supermarkt gesehen habe. Knoll stellt uns vor. Der flüchtige Bekannte heißt Loisl. Mit ernster Miene verkündet Loisl, der Stockheimeredmund sei krank geworden, und nun fehle ein vierter Mann zum Schafkopfen. Knoll nickt mir zu: «Des schaugst dir guad o. Da konnst wos lerna.»

Seit frühester Kindheit haben wir in meiner Familie regelmäßig Doppelkopf gespielt. Von Kollegen weiß ich, dass Schafkopf dem Doppelkopf verwandt ist. An einem Vierertisch, in einer dunklen Ecke des Leimstüberls, erwarten uns Loisls Mitspieler: ein kleines, faltiges Großväterchen und ein dicker Typ mit rotgepunktetem Hemd und passend geflecktem Gesicht. «Habe die Ehre», grüßt Knoll und stellt mich als «den Waschtl» vor. Ich setze mich neben Knoll ans Kopfende. Schweigend verteilt der Loisl die Karten. Kaum hat der Opi die ersten vier aufgenommen, knallt er stumm ein 10-Cent-Stück in die Tischmitte und blinzelt listig in die Runde. Die anderen Spieler ziehen fast synchron die Augenbrauen hoch. Der Opa nimmt noch einmal vier Karten auf, sieht sie sich an, zeigt ein zahnloses Grinsen und sagt «I daat spuin». Die drei anderen Männer antworten der Reihe nach:

«Recht!»

«Recht!»

«Recht!»

Daraufhin schlägt der Alte mit der flachen Hand auf den Tisch, dass es nur so knallt. «Mit da Hundsgefickten!», ruft er. Wird schon stimmen. Die anderen nicken.

Dann geht's Schlag auf Schlag. Routiniert ziehen die Typen Karte für Karte. Das kenne ich von früher, aus der Zeit, als ich meinen Opa noch aus der Kneipe abgeholt habe. Seine Doppelkopfbrüder haben auch nicht geredet, sondern einfach nur gezockt.

Als die erste Partie zu Ende ist, erklärt mir Knoll, dass sich Schafkopf vor allem durch eines von allen anderen populären Kartenspielen abhebt: durch ein bayerisches Blatt. «Da gibt's koane Damen.» Die anderen drei nicken eifrig. Offenbar haben sie alle schon üble Erfahrungen mit Damen gemacht. «'s gibt aa koa Kreiz, koa Pik und koa Karo», fährt

Knoll fort. «Bloß a Herz.» Wieder nicken alle, als hätten sie mit Herz wiederum ausschließlich gute Erfahrungen gemacht. «Die andern Farben san Schellen, des is wie Karo, Gras schaugt aus wie Pik, und Eichel is hoid Kreiz», erklärt er. «Statt die Damen muasst die Sau suacha.»

Also im Prinzip wie beim Doppelkopf. Wenn man sich erst mal an das bayerische Blatt gewöhnt hat, ist das Spiel gar nicht so schwer. Hubert lässt mich über die Schulter schauen.

«Wer spricht?», fragt er in die Runde. «Immer der, der fragt», kommt es im Kanon zurück. Nachdem die anderen den Kopf geschüttelt haben, verkündet Knoll: «Auf die Blaue.» Jedes Spiel dauert nur wenige Minuten. Wenn alle ihre Karten gelegt haben, schieben die beiden Verlierer den beiden Gewinnern Geld zu.

Nach etwa einer Stunde darf ich probeweise für Knoll einspringen. Es ist tatsächlich ganz einfach, und ich hole einen Stich nach dem anderen. Einmal, als der Opa zögert, obwohl der Stich bereits mir gehört und es völlig klar ist, dass er nun bloß noch eine Karte mit hohen Punkten dazuzulegen braucht, rufe ich instinktiv: «Schmier rein!»

Sofort werfen der Rotgefleckte und Loisl ihre Karten auf den Tisch. «Gredt wead ned», mahnt Knoll streng. «Des is koa Bauernsprechstund da.»

Nach zwei Stunden bin ich integriert. Der Geber setzt aus, die anderen vier spielen. Vor mir sammelt sich ein kleiner Haufen aus 5- und 10-Cent-Stücken. Auf einmal flutscht es. Knoll und ich nehmen die anderen drei regelrecht aus. Um Punkt zehn verabschiedet sich Knoll, weil er ins Bett muss. «Und du, Waschtl?», fragt mich Loisl. «Bleibst?»

«In Ordnung, noch eine Runde.»

Nach der dritten Runde bin ich einen Großteil meines Vermögens wieder los. Inzwischen beeinträchtigt der Bierkonsum mein Urteilsvermögen. Außerdem scheint die Stimmung umzuschlagen. Und zwar zu meinen Ungunsten. Also bitte ich um ein letztes Spiel.

Die anderen beiden sind einverstanden, aber der Punktgesichtige, der mittlerweile völlig betrunken ist, starrt mich über den Tisch feindselig an. Dem Los der Karten folgend, müssen ausgerechnet wir das letzte Spiel als Partner bestreiten. Da ich mich schon nicht mehr richtig konzentrieren kann, bediene ich aus Versehen falsch. Punktgesicht schmettert die Karten auf den Tisch. «Des ko ja ned sei. Des wead deia. Mia spuin jetza so lang, bis i mei Geid wieda hob!» Loisl und der Opa schauen irritiert.

Ich entschuldige mich für den Fehler, aber der Betrunkene regt sich nur noch mehr auf. Der Opa deutet mit einer Kopfbewegung zum Ausgang, Loisl zwinkert mir zu. Und dann steigen irgendwo tief aus meinem Unterbewusstsein Worte auf. Worte, die ich selbst kaum verstehe. Worte, die dennoch aus *meinem* Mund kommen: «I muaß amoi bieseln.»

Der Rotgefleckte brummt irgendetwas Unverständliches und beginnt, zornig zu mischen. Ich stehe auf und nicke den beiden anderen zum Abschied zu. Sie erwidern meinen verborgenen Gruß und lächeln. Auf dem Weg lege ich einen 20-Euro-Schein für meinen Deckel auf den Tresen. Anstatt links die Treppe zu den Toiletten hinabzugehen, trete ich durch die Tür nach draußen ins Freie.

IS DES SCHEE

Am nächsten sonnigen Samstag klingelt das Telefon. Roni ist dran. Ob ich gemeinsam mit Nunja, Jan und ihr eine Bootstour durchs Dumblinger Umland machen möchte?

Ja, ich will!

Also verstauen wir zwei in große Kisten verpackte Schlauchboote in Nunjas Panda. Roni und ich quetschen uns auf die Rückbank. Es ist so voll, dass ich Roni auf den Schoß nehmen muss. «Jetzt hast du endlich mal so richtig engen Kontakt zu den Einheimischen», scherzt sie. Ich schweige und genieße die Fahrt.

Bald biegen wir von der Straße auf einen Forstweg ab, durchqueren ein Wäldchen und fahren an einer riesigen Wiese vorbei. Am Waldrand steht ein Holzhäuschen. Davor glitzert ein kleines Flüsschen – es ist die Amper. Die ganze Szenerie ist so idyllisch, dass ich es kaum ertrage. Ein paar bayerische Familien lassen ihre grellfarbigen Schlauchboote zu Wasser. Kinderlachen liegt in der Luft.

Wir ziehen uns im Auto um. Ich blinzele. Roni trägt einen Bikini mit buntem Blumenmuster, dazu einen breitkrempigen Sonnenhut. Ich selbst habe zur Feier des Tages mein Hawaiihemd angezogen, einen weißen Panama Jack aufgesetzt und das Outfit mit einer alten Pilotensonnenbrille gekrönt, die das halbe Gesicht verdeckt. Nunja findet, ich sehe aus wie Johnny Depp in *Fear und Loathing in Las Vegas*.

«Ich finde, er sieht eher aus wie Willi, der Freund von Biene Maja», meint Roni.

Wir packen die Boote aus ihren Pappkartons und stecken die zweiteiligen Aluminiumruder an den Plastiknippeln zusammen. Vor der kleinen Holzhütte am Steg bieten geschäftstüchtige bayerische Buben für einen Euro die Dienste einer elektrischen Luftpumpe an. Unter Druckluft verwandeln sich die zerknüllten Plastikfolienbatzen in irgendetwas Schlauchbootähnliches. Nicht besonders vertrauenerweckend, wie ich finde. Ronis Boot ist außen gelb und innen blau, am Seitenrand prangt der Schriftzug «Tiger II». Nunja und Jan besteigen «Tiger III».

Ich lasse «Tiger II» sanft ins Wasser gleiten, wate ein paar Meter hinterher und ziehe ihn (oder es) zum Steg, wo Roni einsteigt. Ohne meine Reaktion abzuwarten, legt sie sich vorn quer über den Bug, ihren Kopf auf den einen Rand, die Kniekehlen über den anderen. Ihre rechte Hand schwebt im Wasser. «Ach, bin ich froh, einen Experten an Bord zu haben», säuselt sie geziert. Ich nicke männlich.

Auch Nunja hat sich dekorativ ausgebreitet und lässt ihre Finger durchs Wasser gleiten. Jan wirft sich in die Ruder. Hier unten scheint die Rollenverteilung klarer als in Berlin. Ich ziehe also mein Hemd aus und beginne mit voller Kraft zu pullen. Die Dame Roni wiegt fast nichts, wir kommen zügig voran. Nach drei Minuten bricht das rechte Paddel in der Mitte durch, genau an den Plastiknippeln. «Scheiße!», stellt meine feine Dame fest.

Jetzt ist eines der beiden Ruder bloß noch halb so lang, weshalb wir deutlich an Tempo verlieren. Ein paar hundert Meter weiter vorn verschwinden Nunja und Jan gemächlich um eine Amperkurve. Ich reiche Roni das intakte Paddel, und wir machen es wie die Indianer: einer vorne, einer hinten. Im Zickzackkurs fahren wir die Amper herunter. Unablässig ziehen Einheimische in Kajaks, Kanus und Schlauchbooten an uns vorbei, was mich irgendwie anficht. Dann reißt uns eine unberechenbare Unterströmung so nah ans Ufer, dass wir beinahe kentern. Roni will uns mit ihrem langen Ruder abstoßen. Dabei bricht es durch.

«So», kommentiert sie fröhlich, «jetzt sind beide wieder gleich lang.» Sie reicht mir ihr kleines Paddel herüber und legt sich mit einem erleichterten Seufzer an ihren angestammten Platz im Bug. Ich stecke die Ruder erneut durch die Schlaufen und versuche, normal zu pullen. Die Flächen reichen allerdings gerade eine Handbreit unter die Wasseroberfläche. Also muss ich den Hebelverlust durch Schnelligkeit ausgleichen: «Tiger II» mutiert zum Schlauchboot mit rotierenden Stummelpaddeln. «Wir sollten es in Kolibri umtaufen», findet Roni.

Trotz unserer Behinderung kommen wir gut voran, da die Amper nun ein wenig an Fahrt gewinnt. An einer kleinen Schleuse haben wir die anderen eingeholt und heben unseren Kolibri aus dem Wasser, um ihn ein paar Meter über Land zu tragen. Als ich den Fuß an Land setze, rutsche ich aus und stürze mitsamt meinem coolen Outfit ins Wasser. Es ist perfekt temperiert: genau richtig, zwischen badewannenwarm und freibadkalt.

Ein Familienvater zieht mich unter lautem Gelächter an einer Hand heraus. Da ich nun sowieso schon nass bin, versuche ich als Antriebsalternative, das Schlauchboot schwimmend zu schieben, anstatt zu rudern. Aber das ist blöderweise noch anstrengender.

Glücklicherweise treibt eben ein zwei Meter langer Ast auf dem Wasser vorbei. Damit werde ich Roni nun wie ein Gondoliere über die Amper staken. Meine Idee funktioniert prima. Roni stippt ihren Zeh ins Wasser, und ich schaue mir, lässig stochernd, die Gegend an.

An einer riesigen Trauerweide am Ufer spielen Kinder, springen von den Ästen ins Wasser, lachen und planschen. Auf den nächsten Metern begegnen wir noch mehr Eingeborenen. Sie sitzen gemütlich vor ihren kleinen Häuschen auf dem Steg oder baden im Wasser. Alle haben rote Bäckchen, sehen gesund und ausgeglichen aus. Ich verspüre einen starken Drang, ihnen Glasperlen für ihr Land anzubieten.

Ronis schrilles Kreischen reißt mich aus meinem kolonialistischen Tagtraum. Wir verlieren bedenklich an Fahrt. Mit Schrecken muss ich erkennen, dass ich uns in einen tümpeligen Ausläufer aus abgestandenem Brackwasser navigiert habe. Die Luft flirrt und stinkt nach Fäulnis; ein toter, verdorrter Baum reckt seine spitzen Äste aus dem flachen Wasser und streckt sie wie Krallen nach unserem Boot aus. Mit einem unüberlegten Stakser schiebe ich das Boot genau unter die Zweige. «Igittigitt, da sind lauter Spinnen», ruft Roni.

Ich gebe mich überlegen: «Halb so wild.»

Leider kann ich die Fassade nur kurz aufrechterhalten. «Iiiih!», kreischen erst Roni, dann auch ich. Denn da sitzen tatsächlich hunderte kleiner schwarz-weißer Kreuzspinnen in ihren Netzen zwischen den trockenen Zweigen. Als das Boot gegen den Baumstamm drückt, regnen sie wie kleine Schneeflocken auf uns herab. Roni quietscht noch lauter und drischt mit dem Minipaddel auf den Baum ein. Ich versuche, uns mit dem Stab vom Ufer abzustoßen, doch der versinkt bloß tief im Schlamm. Es bleibt mir nur eines: In voller Montur klettere ich über den Schlauchbootwulst und stürze mich in den fauligen Morast. Ich versinke bis zur Hüfte.

Als meine Füße etwas Halt finden, wate ich todesmutig unter den Spinnenbaum. Die weißen Weben ziehen sich über mein Gesicht und meine Haare; ich schlage hysterisch um mich. Zum Glück ist Roni gerade vollauf damit beschäftigt, ihrerseits Tierchen und Zweige abzuwehren. Ich habe meine Fassung zurückgewonnen. Mit der Kraft eines Mannes, der seine Frau aus einem brennenden Auto befreit, stemme ich das Boot hoch und befreie es aus der Spinnenbaumfalle. Meter für Meter schiebe ich uns ins fließende Gewässer zurück. Dort angelangt rufe ich: «Wir sind draußen.»

Ohne eine Sekunde zu zögern, steht Roni auf und springt in die Amper. Über ihrem Kopf klatschen kleine Wellen zusammen, auf denen sich zwei Spinnen drehen. Ich hechte kurzentschlossen hinterher, tauche, suche Roni – und finde sie.

Nixengleich durchteilen wir das dunkle Grün. Es ist wunderschön. Ich könnte ewig hier unten bleiben. Nein, könnte ich nicht. Meine Lunge brennt.

Als wir japsend wieder hochkommen, fragt Roni: «Wo ist denn das Boot?» Ich sehe es gerade noch um die nächste Amperkurve verschwinden. Wir kraulen um die Wette.

Ich komme als Erster an, wenn auch nur mit einer gefühlten Nanosekunde Vorsprung. Roni dreht den Tiger um, lässt Wasser hineinlaufen und spült Spinnen, Zweige und Schlamm heraus. Kurz darauf sitzen wir wieder im Trockenen.

«Das war sehr mutig von dir, in diese stinkende Brühe zu springen. Du hast mir ein bisschen das Leben gerettet.»

«Ach, das habe ich doch gern gemacht.»

«Danke», flüstert Roni und rückt ganz nahe an mich heran. Sie streichelt mir über den Nacken und küsst mich eine ganze Sekunde lang auf die Wange. Ich schließe die Augen und drehe meine Lippen dahin, wo ich ihren Mund vermute. In diesem Moment wird es nass um meinen Hintern. Erschrocken reiße ich die Augen wieder auf. Unser vormals pralles Boot sieht aus wie ein Luftballon am Morgen nach einer wilden Party. Einer der Zweige muss ein Loch in die Außenhaut gebohrt haben, aus dem nun die Luft entweicht. Wenige Sekunden später sinken wir.

Zum Glück ist die Amper hier nicht allzu tief, das Wasser geht uns bis zur Hüfte. Wir ziehen die leere Hülle und ein paar Bierflaschen hoch. Roni hört gar nicht mehr auf zu lachen, was mir irgendwie unheimlich vorkommt. Hoffentlich hat sie durch das Bootsunglück nicht den Verstand verloren. «Dreh dich halt mal um!», ruft sie und zeigt mit dem Finger hinter mich.

Ich schaue über meine Schulter und sehe zwanzig Meter

weiter einen Steg, an dem einige Schlauchboote festgezurrt sind. Daneben ragt ein Schild aus dem Wasser. «Zum Amperschiffer» steht darauf. Dahinter, auf einem grasbewachsenen Hang, sitzen Nunja, Jan und etwa zwanzig weitere Ausflügler auf ihren Handtüchern. Einige beginnen zu klatschen und zu pfeifen. Jemand ruft «Bravo!». Roni und ich schauen uns an, verbeugen uns vor dem Publikum und waten an Land.

Dort erwartet uns ein kleiner Biergarten unter einer großen Kastanie. Wie suchen uns einen Tisch in der Sonne und bestellen Schweinebraten und Bier. Ich ordere eine Maß und lerne, dass es eigentlich *Mass* heißt, mit kurzem a und scharfem s. «Wie eine Masse Bier», klärt mich Jan auf. Nachdem wir gegessen haben, fahren Jan und Nunja mit «Tiger III» zum Parkplatz und holen das Auto. Roni und ich legen uns auf die Wiese und schauen den vorbeifahrenden Booten zu.

Das wäre jetzt der passende Moment, um einen von Jochens Sprüchen loszulassen und auf diese Weise eine neue Runde im Paarungsreigen zu eröffnen. Aber irgendwie ist mir nicht danach. Meine Berliner Spruchweisheiten passen nicht so recht hierher, nicht zu Roni.

«Weißt du», sagt Roni, «für dich als Hauptstädter klingt das vielleicht ein bisschen provinziell, aber ich könnte mir gut vorstellen, hier eines Tages mit einer großen Familie in einem kleinen Häuschen zu leben.»

Ich denke gar nicht groß nach, sondern antworte aus dem Bauch heraus: «Ich auch.»

SCHDRENGST DI HOID AMOI A BISSERL O

Am nächsten Morgen, es ist ein Sonntag, hämmert Knoll in aller Herrgottsfrühe an meine Wohnungstür. «WASCHTL! KATASTROFE!», ruft er. Ich falle vor Schreck fast aus dem Bett. Der Wecker zeigt sieben Uhr morgens. «Was ist denn los?», frage ich verschlafen. «Komm rein, ist offen!»

«Naa, du kimmst außa!», höre ich ihn rufen, dann sich entfernende Schritte auf der Treppe. Hoffentlich ist Roni nichts passiert! Ich springe aus dem Bett, schlüpfe rasch in meinen Trainingsanzug und laufe nach unten. Vor der Tür steht Knolls roter Pick-up mit laufendem Motor. «Steig ei!», befiehlt Knoll vom Steuer aus und lässt das Gas aufheulen. So hektisch habe ich ihn noch nie erlebt.

«Aber ich habe mir nicht mal die Zähne geputzt», wende ich ein.

«Jetzt kimm!»

Wider alle Vernunft klettere ich auf den Beifahrersitz. Mit quietschenden Reifen fährt Knoll los, die Indianertrommel am Rückspiegel baumelt wild hin und her.

Ein paar Minuten vergehen, ohne dass einer von uns etwas sagt. Knoll schaut abwechselnd auf den Verkehr und seine Armbanduhr. Ich mache es mir im Sitz bequem. Als ich gerade einnicke, beginnt Knoll zu reden. «Mei Spezl, der Seppi, is krank.»

«Das tut mir leid», murmele ich.

«Du konnst ja nix dafia. Da Luzifer is eam aafn Fuaß tretn.» Knoll macht eine Pause, als grübele er nach, wie man dieses Problem lösen könne. Wir verlassen den Stadtring und fahren auf die Autobahn. Ich bin mir nicht sicher, ob ich verstanden habe, worum es hier geht. «Dein Kumpel ist krank, weil ihm Luzifer auf den Fuß getreten ist?»

«Ja.»

«*Der* Luzifer?»

«Naa, ned da Deiwi, da vierhufige Luzi.»

«Luzifer ist ein Pferd?»

«Naa, a Ox.»

«Und jetzt bringen wir den Seppi ins Krankenhaus?»

«A geh. Da isa gestern scho gwesn. Da Luzi hod heit a wichtigs Rennen, und da Seppi hätt'n reiten soin. Jetzt ko da Seppi ned wega seim Fuaß. Und jetzt muass a andrer an Luzi reitn.»

«Aber was hast du damit zu tun?»

«Da Seppi is a Spezl von mir.»

«Und was habe ich damit zu tun?»

«Du bist hoid aa a Spezl. Und du wiegst ned so fui wie die andern Spezln. A Ochsnreiter deaf ned so schwer sei.»

«Nein, Knoll, tut mir leid, aber das geht jetzt ein wenig zu weit. Ich reite auf keinen Fall auf einem Ochsen.»

«Is ned lang her, da hosd no gsogt, i hätt wos guad.»

«Ja, hast du auch, aber nicht so etwas.»

«Warum ned?»

«Weil ich noch nie geritten bin. Schon gar nicht auf einer Kuh!»

«Auf am Ochsn.»

«Das ist doch das Gleiche!»

«Naa, a Ochs is größer.»

«Knoll, ich kann nicht …, nein, das geht nicht!»

Knoll nickt. «Des geht scho!»

Ich schweige und überlege, wie ich aus dem Dilemma noch herauskommen könnte. Ich schulde Knoll einen Gefallen – er fordert ihn ein. «Aber was, wenn ich verletzt werde?», frage ich und fühle mich wie ein Weichei. «Solche Stiere sind doch aggressiv.»

«Da Luzi is koa Stier mea», erklärt Knoll. «Der is zwickt, oiso kastriert.» Damit seien die geschlechtsspezifischen Aggressionen gezügelt, sodass ihn der Bauer auf dem Feld einsetzen kann. «Der Luzifer is a ganz a Liaba.»

Na gut, dann glaube ich das eben.

Der Luzi, erklärt Knoll weiter, sei nicht nur lieb, sondern auch talentiert: ein echter Rennochse. Seppis Rennochse, um genau zu sein. Bei der Anmeldung zu seiner ersten Meisterschaft offenbarte die Jury dem Seppi allerdings, dass ein Ochsenrennen-Team aus einem Ochsen, einem Reiter und einem Treiber bestehen müsse. Also suchte sich Seppi ein Team zusammen. Der Reiter sollte, wie ein Jockey, möglichst klein und leicht sein, der Treiber dagegen ein stämmiger Bursche, der den Ochsen am Start bei den Hörnern packen kann. Knoll selbst sei der erste Treiber in Seppis Team gewesen. Bis eines Tages dessen Tante Lissy auf den Hof zog.

Sie besaß alle Eigenschaften, die einen kräftigen Typen auszeichnen, im Überfluss: Masse, Kraft und die Fähigkeit, andere durch die Gegend zu scheuchen. Lissy war gerade Witwe geworden und suchte nun nach einer neuen Aufgabe. Die fand sie auf Seppis Hof und im Ochsentreiben.

Seit Monaten fiebere die gesamte bayerische Ochsenrennen-Szene dem heutigen Rennen um den niederbayerischen Verbandspokal entgegen, sagt Knoll. Luzifer habe in den vergangenen zwei Monaten alle Vorausscheidungen gewonnen. Er müsse nur noch ein Mal laufen, um den Titel, und zwar heute. Kopfschüttelnd schließt Knoll seinen Vortrag mit den Worten: «Und nacha verletzt si da Seppi.»

Inzwischen haben wir die Autobahn verlassen und fahren über einspurige Landstraßen, auf denen uns nur selten Autos entgegenkommen. «Des Oanzige, wos schiafgeh ko, is as Wetta.» Knoll deutet aus dem Fenster. Am Horizont ziehen dunkle Wolken auf. «Wenns regnt, foit des Rennan ins Wassa. Nacha müss ma no a Jahr wartn.»

Nach einer Stunde Fahrt durch kilometerlange Waldstücke, vorbei an weiten Wiesen mit hüfthohem Gras, lassen wir die dunklen Wolken hinter uns und gelangen auf die Sonnenseite des bayerischen Landes. Hinter dem Ortsschild *Seling* biegen wir links ab. Die kleine Straße ist von parkenden Autos gesäumt. Wir fahren an einer Kirche vorbei und halten auf einem offenen, abgemähten Feld. Dort stehen ein schwarzer Bus und einige Autos mit großen geschlossenen Anhängern. Darauf kleben Schilder mit Warnungen wie «Viehtransport» oder «Achtung, Rindvieh».

Das Ochsenrennen soll auf dem angrenzenden Acker stattfinden. Dort haben sich Hunderte von Menschen versammelt. Ein Teil der örtlichen Dorfjugend sitzt auf einem Bierwagen mit dem Aufdruck «Selinger Bräu», andere stehen an einer Würstchenbude. Die meisten jedoch drängen sich vor der mit rot-weißem Baustellenband abgesperrten Rennstrecke: eine vierspurige Bahn von dreihundert Metern Länge, über deren einem Ende ein weißes Banner gespannt ist. Darauf steht «Start» und «Sparkasse Seling». Am anderen Ende der Bahn ist das «Ziel» ohne «Sparkasse Seling». Eine interessante Anlagestrategie.

Knoll bahnt uns den Weg durch die Menschenmenge bis zum Start. Dort will uns ein dicker Bauernlümmel mit einem schwarzen Security-Shirt den Zutritt verweigern. «Nua Teilnehma», grunzt er. «Geeenau!», antwortet Knoll und schiebt ihn zur Seite. Der Ordner schaut irritiert, hält ihn aber nicht auf. Ich will folgen, werde aber festgehalten. «Des is koa Tanzschau da», raunzt er und deutet auf meinen schwarzgoldenen Trainingsanzug. Da sage ich es zum ersten Mal: «Ich bin der Reiter.»

Der Bauernlümmel schaut mich ungläubig an. «Moment.» Er dreht sich um, seine Augen suchen einen Vorgesetzten. Unterdessen hat Knoll im VIP-Bereich seinen Spezl ausfindig gemacht. Ein dicker, fast zwei Meter großer Pfundskerl winkt dem Ordner lässig mit einer Pranke zu. Der Bauernlümmel hebt kopfschüttelnd das Absperrband und schubst mich durch. Dabei brummelt er ein desillusioniertes «Na Servus!».

Ich laufe zu Knoll und dem Fleischberg. Der hat eine Riesenwampe und ein rosiges Gesicht, in welches der dünne Schnurrbart nicht so recht passen will. Aus freundlichen blauen Augen zwinkert er mir zu. Knoll stellt uns vor: «Waschtl, des is die Lissy. Lissy, da Waschtl.»

Meine Kinnlade klappt herunter. Die Lissy! Das alles wirkt eher wie eine Inszenierung aus «Verstehen Sie Spaß?». Allmählich könnte mal der Moderator hinter einem Ochsen hervorspringen und die ganze Sache aufklären. Leider kommt keiner.

Treiberin Lissy strahlt mich voller Herzlichkeit an. Mit festem Griff drückt sie mir die Hand. «Servus», sagt sie leise. Und ich: «Habe die Ehre.»

Dann gehen uns die Gesprächsthemen aus. Lissy packt mich am Arm «Kommst mit zu die Oxnboxn, i stell dia an Luzi vor.» Sie zieht mich weg. Knoll winkt zum Abschied.

Die Ochsenboxen entpuppen sich als zeltartiger Kuhstall. Hier riecht es würzig, ein wenig stechend, aber nicht so unangenehm wie auf einer Großstadttoilette. Ich zwinge mich, mir nicht die Nase zuzuhalten, denn ich möchte keinen der Anwesenden brüskieren. Außerdem bin ich ja selbst auf dem Land aufgewachsen. Die Ochsen aber hatte ich anders in Erinnerung – kleiner.

Luzifer ist ein Bulle von einem Ochsen. Seine Schulterhöhe dürfte bei etwa eins siebzig liegen – genau wie meine. Als er uns sieht, dreht er den Kopf und schnaubt wild in meine Richtung. Lissy packt ihn bei den Hörnern und legt ihre Stirn an seine. Das beruhigt ihn ein wenig, sein Muhen verwandelt sich in ein seltsames Gemisch aus Schnurren und Röhren. «Du konnst'n scho olanga», sagt Lissy. Ich greife über den provisorischen Raumtrenner in Luzifers Box und tätschele ihm den Rücken. «Ned so zaghaft», kommentiert Lissy. «Des merkt dea ned.» Also greife ich fester zu. Ich kann seine Muskeln spüren. Das Fell ist warm und fest, es lässt sich nicht hin- und herwabbeln. Luzifer ist durchtrainiert. Unwillkürlich erinnere ich mich an die Schautafeln beim Fleischer: hier das Filet, da die Lende, dort die Schulter. Ich fühle mich ein wenig schuldig.

Es heißt, dass man Krankheiten bei Tieren an den Hufen erkenne. Luzifers Hinterhufe glänzen. Lissy bemerkt meinen Blick: «Des san a paar schene Haxen, ge?», fragt sie.

«Auf jeden Fall», antworte ich. «Es tut bestimmt höllisch weh, wenn er einem damit auf den Fuß tritt.»

Eine tiefe Stimme antwortet aus Luzifers Box: «Des is korrekt.» Sie gehört einem kleinen Mann in blauer Latzhose. Er humpelt auf uns zu. In der einen Hand hält er eine Bürste, in der anderen einen Eimer. Er mustert mich.

«Du bist da Reiter, ge?»

Ich nicke.

«Seppi», sagt Seppi und streckt mir die Hand entgegen. «I woaß scho, du bist da Waschtl.»

Erneut nicke ich. Dies ist schließlich eine Ausnahmesituation.

«Bist scho amoi auf an Ochs gritten?»

«Nein. Ist das schwerer, als auf einem Pferd zu reiten?»

«Des woaß i ned, auf am Pferd bin i no nia gritten.»

«Ich auch nicht.»

«Du gfoist ma.»

«Du mir auch. Schon mal runtergefallen?», frage ich.

«Naa, du haitst di am Gurt fest, da foist ned oba.»

«Warum hält man sich nicht am Sattelknauf fest?»

«Weis ko Sattel ned gibt.»

«Oh.»

«Den Luzi konnst eh bloß mit am fliegenden Start reitn.»

«Mit einem fliegenden Start?»

«Freilich. Des Kommando kimmt, die Lissy schiabt o, du springst nauf, und ab geht die Post.»

Ich glaube, ich werde blass.

«Gemma naus», schlägt Seppi vor. «Du schaugst a bisserl krank aus.» Er wendet sich an Lissy. «Kimmst mit?» Aber Lissy scheint gerade nicht ansprechbar zu sein. Der riesige Ochse hat seinen Kopf auf ihre Schulter gelegt. Die beiden sind in eine Art sodomitische Meditation versunken.

Vor dem Zelt sitzen vier Mädchen auf der Wiese. Die Größte spielt Gameboy, die anderen schauen ihr über die Schulter. Auf ihren T-Shirts stehen Teamnamen wie «Haching Oxboys» oder «Die Bullen».

«Fui Reiter san Madeln», erklärt Seppi, «die san leichter wia die Buam. Glei is die Vorrunde, da Sieger kimmt no ins Finale. Da konnst amoi lurn.»

«Danke, ich muss gar nicht.»

«Ah geh! Lurn heißt schauen.» Er schüttelt fassungslos den Kopf und bahnt uns den Weg durch die Menge. In der ersten Reihe, direkt an der Rennstrecke, treffen wir Knoll.

Vier kräftige Mannsbilder ziehen und schieben gerade die Ochsen hinter die Startlinie und rücken ihre Köpfe zurecht, bis sie nach vorn zum Ziel schauen. Am Horizont ziehen allmählich dunkle Wolken auf. Es wird ein wenig kühler. Knoll und Seppi wechseln besorgte Blicke.

«Aufgepasst, glei geht's los», verkündet die Lautsprecherstimme. «Drei, zwoa», die Treiber legen ihre Hände auf die Ochsenhintern, «oans!» Die Tiere preschen los. Das große Mädchen wird von der Wucht ihres Ochsen nach vorn gerissen, ihre Beine wirbeln hoch, sie landet bäuchlings auf dem Rücken des Tieres. «Sieghst», raunt Seppi, «a fliegender Start.» Er nickt anerkennend.

Das kriege ich nie hin! Die Reiter liegen flach auf den Rücken ihrer Tiere und treiben sie mit den Hacken an. Nur ein Ochse steht noch hinter der Startlinie. Seine Reiterin, kaum älter als neun, drischt schluchzend und mit hochrotem Kopf auf ihn ein. Daraufhin trottet er ein paar Schritte weiter und beginnt, gemächlich zu grasen. Das Publikum verfolgt das Drama gebannt. «Fehlstart», kommentiert Seppi.

Ein großer, wettergegerbter Mann läuft auf das weinende Mädchen zu, hebt es vom Ochsen und trägt es auf dem Arm fort. Das Publikum applaudiert.

«Wer is'n jetz ois Erster im Ziel gwesen?», fragt die unsichere Stimme des Moderators. «Nummer drei oda die vier?»

«Vier!», grölt ein Security-Bursche neben der Ziellinie. Die fliegende Starterin reißt ihre Arme in die Luft. Zwei Dorfjungs heben sie auf ihre Schultern und tragen sie zurück an den Start. Der Himmel zieht sich immer mehr zu. Ein erster Regentropfen landet auf meiner Wange.

«Mia macha glei weida, weis schaut nach Regen aus», tönt es aus den Lautsprechern. «Herrgottsakra», fluchen Knoll und Seppi und schieben mich zum Start.

«Mia kennas amoi mit am normalen Start versucha. Wenn da Luzi di ned abwirft, kannts klappn», meint Seppi.

Ich nicke.

Der Security-Mann zieht das weiß-rote Band für mich hoch, als wäre es das Seil eines Boxrings. Ich schlüpfe hindurch und laufe, gefolgt von Knoll und Seppi, an den Start. Lissy schiebt soeben Luzifer auf Startposition eins. Er trägt nun einen blauen Gurt aus gerolltem Leinen um den Hals. Als ich etwas daran ruckele, scharrt er ungeduldig mit den Hufen. Lissy kommt nach vorn und nimmt seinen Kopf in den Arm. «Und jetza versuachst naufzumsteign», befiehlt sie. Todesverachtend schwinge ich mich hoch. Sofort bäumt sich Luzifer auf, und ich rutsche seitlich an seiner Flanke wieder herunter. Seppi schüttelt den Kopf. «Naa, des gehd ned, mia mocha an fliegenden Start.» Na toll!

Neben mir heben stämmige Väter bereits die kleinen Reiterinnen auf ihre Ochsen, die alle ganz ruhig stehen bleiben. Knoll kommt zu mir. «Waschtl, du host mia vom Karate vazäit. Des hod grod ned so ausgschaut. Schdrengst di hoid amoi a bisserl o!»

Genau das habe ich jetzt gebraucht! Ich beruhige meine Atmung, konzentriere mich. Früher konnte ich ein Brett zertreten, das jemand auf 1 Meter 80 Höhe gehalten hat. Da werde ich mich wohl noch auf einen 1 Meter 70 hohen Ochsen schwingen können! Ich stelle mich seitlich von meinem Gegner auf und greife mit beiden Händen nach seinem Halsgurt. Auf meinem rechten Bein liegt kein Gewicht mehr. Ich hebe das Knie leicht an. Den Oberkörper beuge ich über Luzifers Rücken. Ich spüre seine Hitze, sehe, wie sich das glänzende Fell durch schnelle Atemstöße hebt und senkt. Wieder scharrt er mit einem Vorderhuf. Ich atme tief ein und aus. Knoll nickt zufrieden und tritt zurück.

Die Lautsprecher übersteuern kurz, dann ertönt die Stimme des Sprechers: «Wenn alle fertig san, dad ma gern starten. Des Unwetter geht glei los.» Seppi reckt den erhobenen Daumen in Richtung Tribüne. Ich höre die Lautsprecherstimme «Drei, zwoa …» Mit einem Donnerschlag explodiert die Luft. Orkanartiger Regen ergießt sich auf die Rennstrecke. «Oans!»

«LOS!», ruft Lissy und rempelt Luzifer mit einem Bodycheck über die Startlinie. Ich werfe mich mit voller Wucht nach rechts und schleudere mein Bein über den Ochsenrücken. Luzifer reißt mich nach vorn, auf seinen Rücken, nach draußen. Plötzlich ist alles nass und laut, wie im Krieg. Mit beiden Händen umklammere ich den Leinengurt und presse mein Gesicht zwischen Luzifers Schulterblätter. Sein beißender Geruch steigt mir in die Nase, meine Beine krallen sich um seinen Körper, als wäre ich ein Affenbaby. Mein Mund steht offen, kann sein, dass ich schreie. Regen prasselt auf meinen Rücken und durchnässt den Adidas-Anzug. Aus den Augenwinkeln sehe ich Leute unter die Bäume fliehen. Einige aber bleiben trotz des Sturms stehen und starren mich mit offenen Mündern an. Ich sehe keine Ochsen vor uns. Hinter mir höre ich Lissy «Hothothothothot» rufen. Ich ramme Luzifer die Hacken in die Flanken. Er beschleunigt noch einmal, stürmt ins Ziel. «Bahn frei!», brülle ich, aber da kommen schon ein paar kräftige Bauern angerannt, greifen Luzifer an den Hörnern und drehen ihn zur Seite. Ich habe es geschafft! Mein Herz rast, ich bin unfähig, von Luzifers Rücken abzusteigen. Erst jetzt galoppiert das lange Mädchen über die Ziellinie. Da taucht Lissy neben mir auf. Wie ein Kind hebt sie mich von Luzifers Rücken. Der Regen wäscht alle Aufregung von mir ab. Ich fühle mich wie neugeboren.

Die Lautsprecher übersteuern. «Ja, des wor fei a beeindruckende Darbietung», kommentiert der Moderator. Die meisten Zuschauer haben sich unter den Bäumen oder dem Dach der mobilen Bierbude in Sicherheit gebracht. Ein Ochse steht noch am Start und schaut missmutig in den Regen hinaus, ein anderer sitzt quer auf der Rennstrecke. «Jetzt gemma schnei ins Zelt», befiehlt die Lautsprecherstimme. «Gwunna ham da Luzifer, die Lissy und da Waschtl.» Die Zuschauer klatschen.

Auf Lissys Rücken reite ich ins Festzelt. Dort lässt sie mich runter. «Bist gritten wia d'Sau», lobt sie und schenkt mir ihr tolles Lächeln. Jemand drückt mir ein trockenes T-Shirt in die Hand. Darauf steht «Ochsenverband Niederbayern» und ein Logo, das dem von Red Bull verblüffend ähnelt. Knoll taucht neben mir auf und reicht mir eine Maß. Ich trinke in großen Schlucken und setze den Krug halbleer wieder ab. Wie in Trance lasse ich das weitere Procedere über mich ergehen: Gratulanten, ein großer Pokal, immer wieder Hochgehobenwerden von Lissy, die scheinbar Spaß daran gefunden hat.

Einige Zuschauer, erzählt Knoll, hätten nach meinem Namen gefragt. Auch ein paar Leute vom Verband. Und als er mich auf dem Ochsen gesehen habe, da sei ihm ein guter Name eingefallen. Er grinst verschwörerisch: «Da wuide Waschtl.» Ich schaue ungläubig. Knoll nickt. «Du bist auf'm Luzifer gsessn, host brüllt wie am Spieß und bist gritten wia da Deifi.»

Roni fällt mir ein. Sie hat mal gesagt, einen wirklich guten Spitznamen müsse man sich verdienen. «Der wilde Waschtl», wiederhole ich flüsternd.

NUNTER KIMMST IMMER

Ein neuer Ruck. Die Gondel pendelt unheilvoll am Seil. Einige ältere Damen rufen «Huch!» und wanken tapsig umher. Ich spüre eine Hand auf meiner Schulter und drehe mich um. Roni! «Keine Angst», flüstert sie. «Ich bin schon achtmal in einer Gondel stecken geblieben. Es geht gleich weiter.» Ich wage nicht aufzuatmen, weil es immer noch so streng riecht.

«Leider hakt die Gondel a bisserl», hatte die Frau an der Talstation noch gesagt, bevor sie mir die Tickets aushändigte. Aber statt ihren Einwand ernst zu nehmen, hatte ich nur müde genickt.

Morgens um halb sechs waren wir aufgestanden, um zum «5. Weisenbläser- und Tanzmusikantentreffen im Allgäu» zu fahren. Auf dem Plakat neben dem Ticketschalter stand: *11:30 Uhr katholische Bergmesse mit musikalischer Begleitung an der Station Heldenried.* Zwar war die Blasmusik von Knolls Kapelle der Hauptgrund unserer Exkursion, aber wann hat ein Berliner schon einmal die Chance, eine echte Bergmesse zu erleben?

Das Faszinierende, aber auch das Dumme an einer Bergmesse ist, dass sie auf einem Berg stattfindet. Da ich nicht ganz schwindelfrei bin, habe ich Gondelfahren immer gehasst. Aber vor Roni wollte ich mir keine Blöße geben. Und, ja, die Gondel hatte schon auf dem Weg nach oben gehakt. Immer, wenn wir einen Trägermast passierten, ruckelte die Kabine, dass ich uns schon am Berghang zerschellen sah.

Knoll war mit seiner Blaskapelle vorgefahren. Da er sich nicht für mich schämen sollte und Ronis Mutter auch dabei war, hatte ich extra ein weißes Hemd, eine Krawatte und eine karierte Anzughose angezogen.

Oben auf der Alpenpanoramaterrasse der Bergstation saßen die erwartungsgemäß braungebrannten Naturburschen neben üppigen jungen Frauen. Und natürlich die gefürchteten Gore-Tex-Rentner. Die meisten Besucher aber waren Musikanten im besten Mannesalter, in grünen und braunen Lederhosen mit phantasievoll geschnörkelten Kräuter- und Blumenapplikationen. Dazu trugen sie mehrheitlich dicke «Wadlstrümpfe». Das sind popelfarbene Schenkel-Schweißbänder für die Beinmuskulatur, die offenbar als Dekolleté des bayerischen Mannes gilt. Selbst Knoll zeigte heute erstaunlich viel Bein. Auf dem Kopf trug er, wie die anderen Musikanten, einen kleinen schwarzen Hut. An seinem Exemplar jedoch prangte am meisten Gedöns: ein großer weißer Puschel, ein Edelweiß-Anstecker, das bayerische Löwenwappen und eine kleine blaue Blume – eigentlich eher ein Hut für die Queen.

In meiner Kluft fiel ich auf wie ein Konfirmand bei den *Hells Angels*. Zumal auch die Frauen der Musikanten tiefausgeschnittene Dirndl trugen. «Ich habe auch so eins», hatte mir Roni ins Ohr geflüstert. «Bekommst du nicht langsam Lust auf eine Lederhose?»

«Auf keinen Fall. Es gibt Dinge, die macht man einfach nicht.»

«Schade, würde dir bestimmt gut stehen.»

Auftritt Knoll: «Meine Herren, des is da Waschtl, er schaugt zwar aus wia a Vertreter, is aba a Guada.» Die Anwesenden nickten mir vom Tisch aus zu und musterten mich. Ich lockerte die Krawatte und ließ sie lässig um meinen Kragen hängen.

«Da hinten», erklärte Knoll und deutete mit dem Finger hinter sich, «beginnt Österreich.» Ich konnte keinen Unterschied zwischen den Bergen verschiedener Nationen erkennen und setzte mich erst mal hin. Eine ältere Frau verteilte Liedzettel und drückte auch mir einen in die Hand. «Des is ned zum Überprüfen, ob die andern richtig singa», witzelte sie, «des is zum selba singa.»

Ich wollte Knoll einen verschwörerischen Blick zuwerfen, aber der war plötzlich verschwunden. Dann begann die Messe: Ein Pfarrer verlas Metaphern über das Wandern und die größere Nähe von Alpenvölkern und dem Himmel. Als sich die Menschen eine halbe Stunde später zum Abendmahl in Richtung Altar in Bewegung setzten, flohen wir.

Ein paar hundert Meter unterhalb der Bergstation trafen wir Knoll mit einem Musikerkollegen an einer Bierbude wieder. «Oans hab i in olle dene Musikerjahrn glernt», sagte Knoll. «Rechtzeitig abhaun.»

Dann stellte er mir seinen Kollegen vor: «Des is da Huberfranzl, der spuit die Tuba. Des is da Chef von da Obrigkeit.» *Die Obrigkeit* – so nannte sich Knolls Blaskapelle.

«Leider bin ich musikalisch nicht sehr begabt», gestand ich und fragte Huberfranzl, was denn das Besondere am Weisenblasen sei. Jetzt zum Beispiel im Unterschied zur Marschmusik.

«An Marsch spuist hoit so oba. Beim Weisenblasen gibst as ganze Gfui nei», erläuterte Huberfranzl mit ernstem Gesicht. «Des is die traurige Schwester von da Marschmusi.»

«Ah geh, jetzat red hoid ned so gscheit daher», mischte sich Knoll ein. «Des Weisenblasen is da Bluhs. Da Bluhs von Bayern: traurig, aba schee. Und mit Paua. Mia spuin an Bluhs grad so, wie an da Dschimi gschpuit hod. Bloß ohne die elektrische Gitarrn.»

Kurz darauf war der Gottesdienst zu Ende, und Die Obrigkeit musste «Kein schöner Land» vortragen. Meinem Gefühl nach auf halber Geschwindigkeit. Dabei schauten alle Musikanten sehr traurig. Eine interessante Erfahrung, die ich dennoch nicht länger machen wollte als nötig. Deshalb schlug ich Roni einen kleinen Spaziergang vor. Ganz romantisch. Sie hatte Lust. Ihre Mutter auch.

Als wir zur Bergstation Heldenried zurückkehrten, hatte Die Obrigkeit gerade Pause. Aber nur von der Musik, denn je später es wurde, umso mehr Touristen fanden den Weg herauf. Sogar eine Gruppe Asiaten trieb sich auf der Panoramaterrasse herum. Sie zeigten mit den Fingern auf die Bayern oder bauten sich direkt vor ihnen auf und schossen ihnen Blitze in die Augen.

Da ich als einziger Mann am Tisch keinen Trachtenanzug trug, wurde ich nicht fotografiert. «Des is ungerecht», fand Knoll und setzte mir seinen Hut auf den Kopf. Huberfranzl legte mir seinen Lodenmantel über die Schultern. Nun sah ich auf den ersten Blick aus wie ein Bayer. Auf den zweiten Blick wirkte mein Aufzug mit Hemd und Krawatte, der karierten Anzughose, Lodenmantel und Hut einfach nur völlig bescheuert. Ein guter Grund, mich jetzt doch zu fotografieren.

«How do you call your style?», fragte mich ein junger Japaner mit seltsam italienisch anmutendem Akzent. Wie ein fernöstlicher Pete Doherty trug er enge Designerklamotten, Nietenzeugs und einen eleganten, schwarzen Hut. Um seinen Hals hingen gleich zwei Fotoapparate, ganz klar die Accessoires des Profis.

Bevor ich ihn wegschicken konnte, zwängte sich Roni zwischen uns. Mit ernstem Gesicht sagte sie: «His style is brandnew. It's called Bavarian Anarchy.» Das freute den Modeheini. «Awesome! You're an Anarchist from Bavaria?»

Knoll schaltete sich ein: «Naa, der do ned. He is from Germany, next to Bavaria. From Börlin, City of Hipness.»

Der Asiate flippte fast aus: «O yeah, Berlin is *so* cool! I am a fashion photographer from Tokyo and I'm looking for the real hot shit, you know, the freshest styles. May I take your picture?»

«Sure», sagte Roni und trat zur Seite.

«Greatgreatgreat!», brabbelte der Fotograf und schoss eine ganze Serie. Ich spielte mit, schob mein Kinn vor und versuchte, finster dreinzuschauen. Dann bat er mich, aufzustehen. Ich tat ihm den Gefallen, posierte, öffnete den Lodenmantel ein Stück und schob Knolls Hut tiefer ins Gesicht. Roni stand hinter dem Fotografen und schaute professionell ernst. Als sich unsere Blicke begegneten, konnte ich mich nicht länger zusammenreißen und lachte laut los.

«Wonderful», giggelte der Fotograf. «You're so real.»

Schließlich bedankte er sich bei Roni mit insgesamt drei Küsschen (links-rechts-links-Kombination) und überreichte ihr seine Visitenkarte. Sie warf einen Blick darauf und steckte sie ein. Die beiden sprachen noch kurz, und er schrieb sich irgendetwas auf. Ich setzte mich wieder zu Knoll und den anderen, von wo aus ich dem Verrückten zum Abschied mit meiner Halben zuprostete.

Huberfranzl schüttelte mir die Hand. «Jetzat host grad dein ersten Preiß dableckt», gratulierte er mir. Ich schaute hilfesuchend zu Knoll. Der konnte offenbar meine Gedanken lesen. «Ned abgleckt», dolmetschte er. «Verarscht, meint da Franzl!»

Nach diesem kurzen Höhepunkt verlor die Veranstaltung leider vollends ihren Reiz. Die Obrigkeit schaffte es zwar tatsächlich, eine gewisse existenzielle Schwere in ihre Musik zu legen, aber bei den anderen Kapellen war der «bayerische Bluhs» kaum spürbar. Als ein Trompeter ankündigte, die nächste Weise wolle man «unsam hochvaehrten großen Landesvater, dem Straußfranzjosef,» widmen, gab ich Knoll den Hut und Huberfranzl den Mantel zurück. Hatte Knoll nicht selbst gesagt, man solle stets rechtzeitig abhauen? Außerdem sollte die letzte Seilbahn um fünf Uhr ins Tal fahren. Roni und ich verabschiedeten uns. Regina wollte mit der Obrigkeit nachkommen. «Mia tringga gemütlich aus», erklärte Knoll. «Aber wie wollt ihr denn hier wieder runterkommen?», fragte ich. «Laufen?»

«Ah geh», Knoll winkte ab. «Nunter kimmst immer.»

Knoll hat recht behalten. In der Gondel scheppert jetzt eine näselnde Männerstimme nur wenige Zentimeter neben meinem Ohr aus einem staubigen Lautsprecher: «Grüß Gott, meine Damen und Herren. Sie miassen entschuidigen, i hob grad ghead, dass no a boa Leit oben san und i no a bisserl oabeiten muass. Da hob i schnell a kleine Pausn eiglegt.»

Erleichtertes Gemurmel in der Gondel. Niemand regt sich auf oder schimpft auf den Liftwärter. «Siehste», sagt Roni und zwinkert mir zu.

Unten angekommen, setze ich mich ans Steuer des Wagens. Nachdem wir eine Weile gefahren sind, erzählt mir Roni, dass der Fotograf für ein bekanntes Modemagazin arbeite und uns eine Ausgabe zuschicken wolle. Kurz darauf verfahren wir uns. Um halb elf stehe ich endlich vor meiner Wohnungstür. Daran klebt ein kleiner gelber Zettel. Darauf steht: «Erster. Knoll.»

TAPFER SAN MIA SCHO, ABA BLED SAN MIA NED

Das Weisenblasen hatte einen Vorteil: Mein Weltbild, das dank Knolls beharrlicher Propaganda erste Risse bekommen hatte, ist wieder im Lot. Anscheinend liegt Bayern doch nicht so weit vom Klischee des folkloristischen Deppenstaates entfernt, wie man mir hat weismachen wollen. Vor einer Woche bin ich endlich mal wieder nach Berlin gefahren. Schon beim Anblick der ersten Häuser habe ich gespürt, wie diese Stadt atmet und pulsiert: Überall neue Kneipen und Cafés, Häuser wurden abgerissen oder gestrichen, Straßen gesperrt. Obwohl ich mitten in der Nacht angekommen bin, fand ich die Stadt hell erleuchtet. Hunderte junger Leute auf den Straßen, an der einen Ecke ein Trommler, an der nächsten übte der Nachwuchs rappen. Da ich direkt von der Arbeit gekommen war, trug ich noch immer Hemd und Jackett. Einige Friedrichshainer starrten mich feindselig an, wie einen Anlageberater, der auf einem Gruftiefestival Lebensversicherungen verkaufen will.

Doch kaum hatte ich mein Jackett bei Jochen über einen Sessel geworfen und die erste Dose Bier geöffnet, fühlte ich mich wie neugeboren. Endlich wieder um die Häuser ziehen, Zwei-Euro-Döner essen und bis zum Morgengrauen in meiner ehemaligen Stammkneipe hocken! Die Gäste begrüßten mich dann auch mit einem Kopfnicken, als wäre ich nie weg gewesen. Viele erstaunlich hübsche und erstaunlich junge Gesichter waren dazugekommen.

«Es ist ein Phänomen», kommentierte Jochen, als wir Samstagnacht gegen drei an der Theke lehnten. «Immer weniger Babys kommen auf die Welt – und hier laufen immer mehr Kinder herum.»

«Wahrscheinlich sind auch wir älter geworden.»

«Nicht wir – *du*. Hast ganz schön graue Haare bekommen, mein Lieber.»

«Ach, die hatte ich doch schon vorher.»

«Den Kindern gefällt's jedenfalls.» Jochen deutete auf zwei erstaunlich hübsche, erstaunlich junge Mädchen, die uns gegenübersaßen und irgendetwas Durchsichtiges aus Gläsern durch schwarze Strohhalme zogen. «Die eine sieht schon die ganze Zeit zu dir rüber.»

«Ist mir gar nicht aufgefallen.» Ich gähnte demonstrativ. Natürlich wollten wir noch in eine weitere Bar gehen, aber ehrlich gesagt hätte ich auch nichts dagegen gehabt, mich schlafen zu legen. Als ich meine Jacke anzog, standen die beiden Kindfrauen auf und kamen zu uns herüber.

«Hi», raunte die größere der beiden mit dunkler Stimme. Sie überragte mich um einige Zentimeter, war gertenschlank und hatte an diesem Abend ordentlich Erdbeer-Lipgloss aufgelegt. «Ich habe mich gerade gefragt, ob du der einzige Mann unter all diesen Jungs bist.» Gute Frage. «Ich schätze, du bist mindestens 27?» Mit dem Handrücken strich sie mir über die Brust.

«Dreißig.»

Die jugendliche Verführerin schaute mir tief in die Augen und ließ die Hand auf mir ruhen. «Und du willst wirklich schon gehen?», fragte sie.

Ich beschloss, sie vor den Kopf zu stoßen. «Weißt du, hier bumst es einfach nicht.»

Sie lächelte nur zweideutig. «Da kennst du uns aber schlecht.»

Nicht zu fassen! So etwas war mir in all meinen Jahren in Berlin noch nicht passiert. Der heimliche Traum aller Männer – ein Dreier, so nah wie noch nie.

Aber irgendwie hatte ich keine Lust. Vielleicht waren die beiden zu jung, vielleicht war ihre Masche zu plump. Wahrscheinlich lag es aber auch daran, dass ich schon den ganzen

Abend an Roni denken musste. Jedenfalls sagte ich: «Danke, kein Bedarf.»

Die Verführerin zog ihre Hand zurück, als hätte ich mich in eine ansteckende Krankheit verwandelt. «Ist ja auch schon spät», zischte sie. «Geh mal lieber nach Hause, Opa.»

«Geht's noch, Alter?!», fragte Jochen, als wir draußen waren. «Ist dir klar, dass du eben einen Dreier mit zwei Ia-Bräuten abgelehnt hast?» Er schien ehrlich gekränkt.

«Jochen, ich bin schwer in Roni verliebt.»

Mein bester Freund legte mir den Arm um die Schultern. «Dass ich das mal von *dir* hören würde ...»

«Ich habe sogar überhaupt keine Lust auf andere Frauen.»

«Diese Roni muss ja eine Granate im Bett sein.»

«Keine Ahnung.»

«Was soll das denn heißen?»

«Wir waren noch nicht im Bett. Ich will es langsam angehen lassen. Sie ist halt anders als die Frauen hier. Ehrlicher und netter. Die kann man nicht einfach so angraben. Ich muss mir ihre Liebe erst verdienen.»

«Alter, du bist echt noch verrückter als früher.»

Am Sonntag schliefen wir bis mittags und frühstückten gefühlte dreißig Stunden lang bei strahlendem Sonnenschein in einem Café am Boxhagener Platz. Ich zahlte.

Jetzt sitze ich mal wieder im Leimstüberl und warte auf Knoll. Montagabend ist hier «Schweinziabend». Das Arrangement «Schweinebraten komplett» kostet ab 18:00 Uhr nur sechs Euro. Es beinhaltet zwei daumendicke Din-A5-Scheiben Schwein, einen Kartoffelknödel, dazu Krautsalat mit viel Speck und einen Williamsbirnenschnaps, Willi genannt, «zum Zersetzen». Als Knoll kommt, grüßt er «HabedieEhre», nimmt Platz und bestellt. Wir haben uns angewöhnt, beim

Essen nicht zu reden. Danach stürzen wir gleichzeitig den Willi herunter. «Hea amoi, Waschtl», beginnt Knoll. «Du deafst ned oiwei weglaafa. Do wiast no kreizunglücklich. Des Weisenblasn hod dir ned so taugt, des hob i scho gmerkt.»

Weil ich weiß, dass jetzt noch mehr kommt, schweige ich erwartungsvoll. Die Erfahrung gibt mir recht:

«I hob an Neffen, den Urs, der is a Rankler. Am Samstag gibts des Großrankeln in Bad Steiring an da Grenze zu Österreich. Do sieghst amoi die harte Seitn von Bayern.»

Rankeln, lerne ich, ist eine Art bayerisches Judo. Klingt gar nicht übel, das muss ich zugeben. Also rauschen wir am Wochenende in Knolls rotem Pick-up durch das Morgengrauen über die Salzburger Autobahn nach Steiring. Roni und Regina sind auch mitgekommen, weil sie Urs schon lange nicht mehr gesehen haben. Und weil Regina findet, dass rangelnde Burschen doch «nett anzuschauen» seien. Knoll hat eine neue Kassette eingelegt: amerikanischen Country-Folk, eine flotte Mischung aus Ska und Polka. Roni wippt mit dem Kopf und singt lauthals mit. Ihre Stimme ist wirklich fabelhaft. «Is des schee», denke ich und fühle mich sofort von mir selbst ertappt.

Je weiter wir hinausfahren, umso weniger junge Menschen sehe ich. Neulich habe ich in der Zeitung gelesen, dass Niederbayern damals, in den Neunzigern, wegen der Ansiedlung von BMW und dem Flughafen in Erding eine Zuwandererwelle erlebt hat. Heute sind diese Zuwanderer 40 bis 50 Jahre alt, eine ehemals junge Generation, die langsam, aber sicher in Niederbayern vergreist. Das kann man hier ganz gut sehen: An der Steiringer Hauptstraße stehen ausschließlich Thermalbäder, Kurhäuser, Kliniken und von der Bürde des Alters geknickte Senioren herum. Roni, die kurz eingenickt war, wacht auf, hebt den Kopf von meiner Schulter und reibt sich die Augen. «An dir schläft man gut», flüstert sie.

Ein Schild mit der handgemalten Aufschrift «Ranggeln da lang bittschee» weist uns den Weg zum Kurpark. Die Sonne strahlt, es riecht nach frischgemähtem Rasen. Von der Terrasse einer Seniorenresidenz aus winken uns ein paar alte Herrschaften zu. Erst als wir zurückwinken, hören sie auf.

«Rankeln die im Altersheim?», frage ich Knoll im Scherz. Der schüttelt bloß den Kopf und bedeutet uns, ihm zu folgen. Schon aus etwa zweihundert Metern Entfernung sehe ich eine improvisierte Grilltheke. Als ich näher komme, kann ich den Text auf dem Pappschild am Grill lesen: «Rankelburger 3,50 €».

An einem kleinen Tischchen zahlen wir zwei Euro Eintritt und bekommen dafür weiß-blaue Pappanstecker. «Schmerzensgeld ned inklusive», scherzt der Kassierer. «Aba auf boarischen Boden foid ma weich.»

Auf einer von Fußwegen umzingelten Kurparkwiese markieren Bierbänke eine Arena von etwa dreißig Metern Durchmesser. Die eigentliche Kampffläche besteht aus einem mit Sägemehl bestreuten Kreis, der gefährlich nah an der Zuschauertribüne liegt. Allmählich füllen sich die Bänke mit älteren Bayern, Mittvierzigern und jungen, stämmigen Fußballkapitänstypen: wettergegerbte Gesichter, strohfarbenes Haar, Lachfalten und blitzend weiße Zähne. Einige von ihnen haben Frau und Kinder mitgebracht.

Hinter einem Biertisch mit Pokalen steht eine Art Schaustellerwagen für die Rankel-Jury. Roni und Regina haben hinter dem Park ein paar Holzbuden entdeckt, in denen Anwohner Salben und Cremes aus Wiesenkräutern verkaufen. Knoll und ich setzen uns mit dem Nacken zur Sonne in die erste Reihe. Zeit für eine fachkundige Einführung:

«Rankeln is wia a nette Rauferei. Ziel is, den andern auf die Schuitern zu schmeißn», erklärt Knoll. Die Kämpfer dürfen nicht schlagen oder treten, lerne ich. Auch Schmerzgriffe, Haltegriffe und Armhebel seien verboten. «Mia san ja ned in Kina.»

Die ersten Kämpfer ziehen sich zwischen den Bierbänken um. Ihre Ranklerkluft erinnert ein wenig an einen Judoanzug: weiße Hose, kurzärmliges Hemd, beides aus grobem, festem Stoff. «Des is die Pfoad», erklärt Knoll. «Früher is die aus am guaden Leinen gwesn, heit is des bloß no Sintetik.» Der alte Kulturpessimist!

Immer mehr stämmige Kerle rotten sich zusammen, ziehen ihre T-Shirts aus und zeigen Muskeln. Roni und Regina sind gerade rechtzeitig von ihrem Wiesenkräuterbummel zurückgekommen und schauen den Kämpfern interessiert beim Umziehen zu. Zu interessiert, für meinen Geschmack.

Neben uns hat sich eine Sportlertruppe mit identischen Trainingsanzügen niedergelassen. Auf den Rückseiten ihrer Oberteile steht «Rankelkader Tirol». Es sind sehnige, gutfrisierte Typen, die eher nach Profiturnen als nach alpinen Kampfsportlern aussehen. Einer von ihnen hat die Ausstrahlung eines Pitbulls. Die Gruppe schart sich um einen weißhaarigen Managertypen, der ein Klemmbrett in der Hand hält. «Die Deppen aus Tirol», stellt Knoll vor.

Vom anderen Ende der Manege schreitet ein Riese im gelb-grünen Brasilien-Trikot entschlossenen Schrittes auf uns zu: Er ist gut zwei Meter groß und fast ebenso breit – eine Kreuzung aus DJ Ötzi und Hulk Hogan. In der hohlen Hand versteckt er eine Zigarette. Direkt vor Roni bleibt er stehen und entblößt eine gelbe Zahnreihe. «Servus, Großstadtkusine.»

«Servus, Urs. Rauchst immer noch?» Sie umarmt ihn freudig. Mit Handschlag begrüßt der Riese Regina und Knoll. Der stellt uns vor: «Urs – Waschtl, Waschtl – Urs.»

«Na Waschtl, mogst aa rankeln?», fragt Urs und knufft mich mit der Faust gegen die Schulter. Aua. Der ist wohl als Kind in den Zaubertrank gefallen.

«Nee, lieber nicht», kontere ich. «Früher habe ich nämlich Karate gemacht, ich möchte niemanden versehentlich verletzen.»

«Da bin i aba froh, dass wenigstens oana meine Kusine vor dene …», jetzt wird seine Stimme so laut, dass die Tiroler Mannschaft ihn hören *muss*, «vor dene Zipfeln da beschützen ko.»

Die Angesprochenen werfen ihm böse Blicke zu. Mittlerweile haben auch sie ihre Joggingjacken mit der Ranklerkluft vertauscht. Auf ihren Rücken prangen stilisierte Snowboardfahrer. Darunter steht «Ti-Boards. Always on Top». «Die san so jämmerlich!», murmelt Urs.

«Was habt ihr denn gegen die?», frage ich.

«Des is a oide Gschicht», erzählt Knoll. «Voa zehn Jahr hod a Tiroler Rankler den Büagamoasta vo Steiring gschmissen. Grad da vor seina Haustür. Des ham die Leid dene ned verziehn.» Urs ballt die Fäuste und nickt grimmig.

In diesem Moment tritt ein kleiner Mann mit Mikrophon auf die Kampffläche. Er begrüßt die Sportler aus dem schönen Alpenraum, alle Zuschauer und Funktionäre. Danach erklärt er das Rankeln für eröffnet.

Von einer der Bänke am Rand des Sägemehlkreises erhebt sich eine Kapitänstype, gibt einer blonden Frau und einem blonden Knirps einen Kuss und betritt dann die Kampffläche. Auch der Tiroler Pitbullmensch schreitet über den Rand des Kreises, bückt sich, greift etwas Sägemehl und verreibt es zwischen den Handflächen. Der blonde Hüne ist einen Kopf größer als er. Beide kommen in der Kreismitte zusammen und geben sich kurz die Hand. Der Schiedsrichter pfeift.

Die Männer springen zurück, belauern sich in gebückter Stellung: rechte Hand hoch, linke Hand runter, immer abwechselnd. Der Kapitän versucht, seinen Gegner mal am Gürtel, mal in den Kniekehlen zu packen, doch der Tiroler schlägt bloß grinsend dessen Hände weg. Plötzlich setzt er zum Gegenangriff an, packt den Blonden und schleudert ihn über die Hüfte. Der Mann segelt durch die Luft, donnert auf den Rücken und bleibt reglos liegen. Er atmet nicht. Erst nach einer Schrecksekunde beginnt sein Brustkorb wieder, sich in Stößen zu heben und zu senken. Die Zuschauer klatschen. «Wahrscheinlich a Rippn prellt», kommentiert Urs neben mir.

Der Schiedsrichter pfeift ab. Nach einer kurzen Verschnaufpause rappelt sich der Besiegte auf, gratuliert seinem Gegner und schleicht gebeugten Hauptes zurück zu Frau und Kind, das gleich auf Papas Schoß klettert und ihn in den Arm nimmt. Der siegreiche Pitbull reißt die Arme hoch und springt einen Salto. Dann schielt er zu Roni rüber, als wäre sie ein Reh, das er demnächst reißen wird. Er zwinkert ihr sogar zu. Doch Roni Reh starrt gerade sehr interessiert in die Luft.

«Sieghst den?», fragt Urs und deutet auf den Pitbullmenschen. «Des is da Hogmoa.»

«Der Hogmoa?»

«Das heißt, ea is da stärkste Moa weit und breit.»

«Der Hogmoa hat gerade deine Cousine angezwinkert», lasse ich Urs wissen.

«Nacha soitst vielleicht amoi mit eahm redn», schlägt Urs vor, schnippt seine Zigarette auf den Boden und zerquetscht sie mit dem nackten Fuß. «Wenn i mit eahm fertig bin.»

«Der Metzgerhansi, Weissbach, gegen den Huberdaniel aus Steiring», ruft die Jury. Ein bärtiger Bauer und ein drahtiger Knecht messen sich in wilder Balgerei. Nach wenigen Sekunden liegt Metzgerhansi unter Huberdaniel. «Hoch da, Hansi», brüllt ein zwirbelbärtiger Trainer vom Rand des Kreises. Der Unterlegene schlägt mit der Faust auf den Rasen und stemmt sich hoch. Er wirft Huberdaniel ab, kommt wieder auf die Beine und fieselt sich das Gras aus dem Mund.

«Sieghst», sagt Knoll. «Aa wennst di amoi niedahaut, immer aufstehen – im Rankeln wia im Leben!»

Längst zieren grünbraune Grasflecken die weißen Hosen der Kämpfer. Als Nächstes soll Urs gegen einen muskulösen Glatzkopf antreten. Die beiden kommen beim Schiedsrichter zusammen, schütteln sich die Hände, plaudern kurz wie alte Bekannte. Dann der Startpfiff. Sofort suchen sie am anderen den richtigen Griff, jedoch eher neckend als fordernd. Der Glatzkopf zieht Urs am Hemd, es rutscht hoch. Urs lacht. Zwei Minuten lang befummeln sich die beiden, bis Urs seinen Gegner hochstemmt und beinahe zärtlich auf den Rasen legt. Nach dem Abpfiff stellt er ihn wieder auf die Beine, die beiden umarmen sich kumpelhaft. «Des is Völkerverständigung», murmelt Knoll neben mir. «Wenn olle rankeln dadn, gabs ko Kriag ned mehr.»

Der nächste Gegner des Tiroler Hogmoas ist ein 150-Kilo-Brocken, der ebenfalls ein Sponsor-Logo trägt: «Best Burgers Bolting». Viermal attackiert der Modellathlet den Koloss vergeblich, zerrt ihn durch den Kreis und versucht ihn zu werfen. Einmal gelingt es ihm, der Dicke steht senkrecht auf dem Kopf, kippt auf den Rücken, doch seine Schultern berühren nicht den Boden. Sein Hintern ist einfach zu rund, als dass er flachgelegt werden könnte. Knoll tippt mich an: «Jeda zwoate Bayer is angeblich zu dick. Da sieghst, wozu's guad is.»

Wieder springt der Hogmoa den Dicken wild entschlossen an, rutscht an ihm runter und versucht, ihn über die Schulter zu heben. Er drückt und stemmt aus den Knien. Plötzlich reißt seine Hose und gibt den Blick frei auf einen durchgeschwitzten grauen Herrenslip. Roni klatscht in die Hände und pfeift. Der Tiroler verliert die Körperspannung. Der Dicke nutzt die Gelegenheit und rollt sich auf den Rücken seines Gegners. Jemand ruft: «Hias, du bist ja bsuffa, des is da Hogmoa, ned dei Oide.»

Der Dicke streichelt dem Tiroler über den Kopf und lacht.

Urplötzlich wälzt sich der Hogmoa zur Seite und auf den Oberkörper des Dicken. Dann stemmt er dessen Schultern mit aller Gewalt ins Gras. Der Schiedsrichter pfeift ab, die Kämpfer geben sich die Hand und kehren zu ihren Mannschaften zurück.

Roni hat sich gerade einen Rankelburger gekauft: eine dicke Wurst im Brötchen. Als sie an einem Ende hineinbeißt, sieht der Hogmoa herüber und flüstert mit dem Managertypen. Die beiden lachen anzüglich. Ich will aufspringen, aber Knoll drückt mich wieder runter. «Ruhig, Waschtl! 's gibt a oids boarisches Sprichwort: ‹Tapfer san mia scho, aba bled san mia ned›.»

Ich atme tief durch. Roni hat nichts gemerkt, sie schaut zu Urs, der gerade auf der Kampffläche einen weiteren Gegner über die Schulter wirft.

Eine halbe Stunde später haben sich die meisten Bayern und Tiroler gegenseitig aus dem Weg geräumt. Im Kampf um den ersten Platz stehen sich nun Urs und der Hogmoa gegenüber. Der Tiroler hat sich anscheinend wieder gefangen und spielt mit Urs. Dessen Kopf glüht lila. Die beiden wälzen, zerren und wuchten sich immer näher an uns heran. Ich habe Angst, dass Roni einen Fuß ins Gesicht bekommt. Die Kämpfer sind nun so nah bei uns, ich kann sie flüstern hören:

«Hosch a Problem mit deine Augn?», fragt der Tiroler. «Du zwinkersch so.»

«Naa», keucht Urs, «des is bloß, weil du so a schiacha Vogel bist.»

Der Hogmoa schaut hoch und grinst Roni frech ins Gesicht. Dann hakt er seine Beine an Urs' Schultern, macht eine Rolle, die Urs auf den Rücken schmettert, und gewinnt. Urs bleibt erschöpft liegen. Der Hogmoa erhebt sich und kommt auf Roni zu. Kurz vor ihr bleibt er stehen. «Bisch du do Hauptgewinn, Siasse?», fragt er.

Jetzt reicht's! Ich springe auf.

«Wos willsch du denn?», fragt er und schaut mich herablassend an. Gerade will ich ihn in die Eier treten, da drängt sich der weißhaarige Manager zwischen uns.

«Loss des liabo», beruhigt er seinen Schützling. «Der Typ isch koan Gegno fuer di, und di Olte ischs net wert.»

Mir platzt der Kragen. Natürlich ist sie es wert! «Halt die Fresse, du verschimmelter Alm-Öhi», höre ich mich sagen. Na gut, vielleicht brülle ich ein bisschen. Der Öhi hat es jedenfalls gehört. Er dreht sich um und kommt mir so nah, dass ich seinen Pfefferminzatem riechen kann. Er starrt mich finster an, sagt aber nichts.

«Gibt's ein Problem?», frage ich. Ich spüre Knolls Hand auf meiner Schulter und schüttele sie ab. «Eigentlich kämpfe ich ja nicht gegen Leute aus dem Altersheim – aber für dich mache ich eine Ausnahme.»

Der Typ grinst nur. «Los donn, eini in Ring.»

Ein Tiroler läuft zum Jurywagen und regelt alles mit den Veranstaltern. Um mich herum haben sich ein paar Schaulustige versammelt. «Recht so», murmelt einer, «So wills da Brauch» ein anderer. Knoll und Urs tauchen neben mir auf. «I hob a zwoate Pfoad, die ko i da leihn», sagt Urs. Roni schaut besorgt. Aber ein bisschen scheint sie mein Wagemut doch zu beeindrucken. Dass ich Berliner Schluffi ihre Ehre im Ring verteidigen will, hat sie wohl nicht erwartet. Um ehrlich zu sein: ich auch nicht.

Ich ziehe die Pfoad an. Der Stoff ist so schwer wie der meines alten Karateanzugs. Da mir keiner seine Hose leiht, lasse ich einfach die Jeans an. Knoll geht zur Jury und flüstert dem Ansager etwas ins Ohr. Der nickt und ergreift das Mikro: «Und zum Ende der Veranstaltung hamma an unverhofftn Hehepunkt: Zum ersten Moi seit zehn Jahr hod si oana traut, den Tiroler Hogmoasta rauszumfordern. Ihr wissts, da Gnadenbringeranton hod damois unsan Büagamoasta gschmissn. Jetzt kimmt die Rache Bayerns.» Seine Stimme hebt sich wie die eines Boxpromotors: «Herausforderer is oana von uns: da amtierende niederbayerische Meister im Ochsenrennen – Waaaaschtl aus Minga!» Die Leute klatschen.

Ich rühre mich nicht von der Stelle. «Ein Hogmoasta???», frage ich Urs. Aber der schiebt mich wortlos in den Kreis zum Schiedsrichter, der angesichts der historischen Herausforderung sein Hemd ausgezogen hat. «Toni, Waschtl, ihr hobts eia Pfoad o, na konns losgeh: Bayern gegen Tirol.»

Die Leute haben sich von den Bierbänken erhoben. Der blonde Junge klettert vom Schoß seines Vaters und tritt an den Sägemehlrand. «Für Bayern, Waschtl!», ruft er mit festem Stimmchen. «Für Bayern, Waschtl!», wiederholt sein Vater. Andere Zuschauer greifen die Worte auf: «Für Bayern, Waschtl!» Es ist mehr als ein Schlachtruf. Es ist ein Schwur. Ich bekomme eine Gänsehaut.

Der halbnackte Schiedsrichter tritt vor. «I wui a saubern Kampf ham», befiehlt er. «Koane Fisimatenten!» Ich nicke, der Tiroler nicht. Der Schiedsrichter gerät sofort in Rage. «Toni, du woaßt, wovon i red.» Jetzt nickt auch Toni. «Gebts eich die Händ!» Ich strecke meine Rechte aus, mein Gegner klatscht sie zur Seite.

Der Schiedsrichter bläst in seine Trillerpfeife, ich springe nach hinten. Gnadenbringertoni stürzt auf mich zu und versucht, mich am Revers zu greifen. Ich schlage seine Hände weg, wie ein Mädchen, das auf einen Verflossenen eintrommelt. Es gelingt ihm nicht, mich zu packen. «Sauber, Waschtl!» Das ist Knolls Stimme. «Jetz an Knüpfer!» Einen was? Unaufmerksamkeit – ein fataler Fehler. Gnadenbringertoni bekommt mich am Gürtel zu fassen, dreht seine Hüfte, hebt mich hoch, ich verliere den Bodenkontakt, mein Gürtel reißt und Gnadenbringertoni fällt nach hinten. Die Bayern lachen erleichtert auf. Ich ziehe die Überreste des Gürtels aus den Schlaufen und werfe sie hinter die Abgrenzung, vor die Füße eines Zuschauers. Der löst nun seinen und reicht ihn mir in den Ring. Es kann weitergehen. Ich konzentriere mich darauf, die Griffe meines Gegners abzublocken. Einmal packt und wirft er mich, aber ich mache eine Rolle vorwärts und stehe wieder auf.

Als Gnadenbringertoni erneut auf mich zugeprescht kommt, packe ich seine Arme, stemme eine Fußsohle in seinen Bauch, lasse mich nach hinten fallen, ziehe den Alten zu Boden und werfe ihn über mich. «Ohh!», staunt das Publikum. Ich selbst staune auch. Aber da steht Gnadenbringertoni schon wieder.

«Los, Waschtl!», höre ich Roni rufen.

«Jetza!», fordert Knoll.

«Du hoschs so gewellt», zischt Gnadenbringertoni, packt mich am Arm und verschwindet aus meinem Blickfeld. Plötzlich spüre ich seine Hände an meinen Füßen, werde hochgerissen, hebe ab und schwebe mit einem Mal waagerecht in der Luft. Vor Schreck halte ich den Atem an. Aus etwa eineinhalb Metern Höhe krache ich auf den Rasen. Uff! Meine Rippen knacken, ein Stich fährt durch meine Lunge, ich kann nicht atmen.

«A ansatzlos gereckta Schulterschwinger!», ruft der Schiedsrichter anerkennend. «Sieger is da Gnadenbringertoni.» Das Publikum applaudiert höflich. Allmählich bekomme ich wieder Luft. Mein Gegner beugt sich über mich und reicht mir seine hornige Rechte. Ich ergreife sie, er zieht mich auf die Füße. «Olles in Ordnung?», fragt er. Ich nicke. «Tuat mir load, wos i uebo deine Frau gsog hon», entschuldigt er sich. «Wor lei zum Motiviern.»

«Danke, aber leider ist sie gar nicht meine Frau», keuche ich.

Wir geben uns die Hand. Jetzt klatschen noch mehr Leute. Gnadenbringertoni legt meinen Arm um seine Schultern und schleppt mich zu unserer Bank. «Du hosch Talent. Sollasch oefto rangln», empfiehlt er mir. Lieber nicht. Mit wackeligen Knien taumele ich zu Knoll. Mir ist schwindelig, und Kopfschmerzen habe ich auch. Dann nimmt mich Roni endlich in den Arm. Dadurch bekomme ich zwar wieder weniger Luft, aber das ist mir gleich.

«Jetz is guad», mischt sich Knoll ein. Kaum hat mich Roni losgelassen, drückt er mich an *seine* Brust. «Waschtl, i bin fei echt stolz auf di», sagt er feierlich. Roni wirft mir einen schmelzenden Blick zu.

Auf der Rückfahrt habe ich noch eine Frage: «Knoll, hast du eigentlich gewusst, dass der Alte ein berühmter Rankelmeister ist?»

«Ja scho.»

«Warum hast du mir das nicht gesagt?»

«Sonst wärst ned otretn.»

Schweigend fahren wir durch die ewig gleiche Landschaft, zurück durch die Dörfer, in denen uns die ewig gleichen alten Gesichter anschauen. Knoll sieht mir durch den Rückspiegel direkt in die Augen.

«Waschtl, Bayern is des deutsche Zuwandraland Nummer oans – a Million Preißn seit Anfang da Siebzger! Heuer hätt ma weniga Leit, wenns ihr ned gwesn wärts.» Er seufzt. «I sogs ned gern, aber im schlimmsten Fall seids ihr Zuazogna die nächste Generation. Da missen mia eich an Weg weisn, damit unser Tradition erhoitn bleibt. Und dazua gheart aa a Kampf mit am Tiroler.»

Ein paar Minuten später fügt er hinzu:

«Ned jeda is ois Bayer geborn, Waschtl. Wos zählt, is, ob du das Herz von am Bayern hosd.»

LEKTIONEN IM LEIMSTÜBERL IV: A SAGGLZEMENT TUAD KOAM WEH

Bairisch funktioniert wie eine dieser Geheimsprachen, bei denen Kinder «eifeiflefei» oder «ofoflefof» in die Wörter einflechten. Man muss nur die Tricks kennen:

Harte Konsonanten werden weich gesprochen. Aus «p» wird «b», aus «t» wird «d», aus «k» wird «g». Aus «en» am Ende eines Wortes wird «a», wie bei: «Mogst wos dringa?»

«Und wennst da ned sicha bist, betonst hoid einfach a jede Silben», schlägt Knoll vor.

Irgendwann beginne ich, die Mimik der Bayern zu imitieren. Und tatsächlich: Es hilft, den Unterkiefer vorzuschieben, die Mundwinkel nach unten zu ziehen und tief aus der Kehle zu artikulieren, eher mit zu viel Nachdruck als mit zu wenig.

Es wird Zeit für meine letzte Lektion – das Fluchen. Knoll erklärt mir den Unterschied zum Granteln: «Des Granteln is a Lebenseinstellung. Des Fluchen is a Unsitte, die ko ma lerna.» Und wenn man schon fluchen müsse, solle man dies aus vollem Herzen tun. Dabei dürfe man, und dies sei die einzige Regel, niemals den Namen des Herrn missbrauchen. «Aba wennst di a bissal afregst, deafst'n scho oruafa», erklärt Knoll. «Herrgottsakra!» sei erlaubt, «Kruzifix!» auch.

Die nächste Stufe ist das exzessive Anrufen von Alltagsgegenständen: «Beim Fluacha kimmts mehr auf die Show an ois auf die Bedeitung. Da muasst scho amoi laut wern: SAGGLZEMENT!», ruft Knoll plötzlich. Ich zucke unwillkürlich zusammen.

«A Sagglzement tuad koam weh», erklärt er. Wenn es aber hart auf hart komme, müsse man persönlich werden. «Du bist auf der Brennsuppn dahergschwumma», findet Knoll sehr beleidigend. Ich verstehe nicht, warum. Knoll druckst herum. «De Brennsuppn is hoit wos Dreckertes.»

«Oh!»

«Ja.»

«Wenn ich das verstehen würde, wäre ich tatsächlich beleidigt», gebe ich zu.

Als Nächstes kommen wir zum Unausweichlichen, zur Androhung körperlicher Gewalt: «Die letzte Stufn is, bevors schnaggld. Des muaßt fei scho ankündigen.»

«Wie denn?»

Knolls Miene verfinstert sich. Er stemmt sich vom Tisch hoch, droht mit dem Zeigefinger und schimpft: «Pass bloß auf, glei foit da Watschenbaum um.»

«Der Watschenbaum?» Ich glaub, ich steh im Wald. «Knoll, jetzt mal ehrlich: Das macht doch niemandem Angst.»

«Des san boarische Beleidigungen. Die san wichtig, wennst Probleme mit am g'standn'n Mannsbuid host.» Knoll setzt sich wieder hin und überlegt. Erneut springt er auf und ruft: «Du weast dia glei a Fozzn eifanga!»

Vor Schreck klappt meine Kinnlade herunter. Knoll hebt die flache Hand. «Heh? Mogst a Fozzn?» Er schaut mich prüfend an.

«Nun ja …»

«Woaßt übahaupt, was a Fozzn is?»

«Äh, klar», antworte ich. Das ist mir wirklich ein bisschen zu heftig.

Knoll sieht mich misstrauisch an. «A Fozzn is a Watschn, a Ohrfeign.»

«Oh.»

Er setzt sich wieder und schüttelt mutlos den Kopf.

«Weißt du, Knoll», erkläre ich, «in Berlin bin ich Konflikten eher aus dem Weg gegangen.»

«Naa, a Moa muass si stellen. Sonst kimmt eam des Problem nachglaufn.»

Zur Feier meiner letzten Lektion gönnen wir uns ausnahmsweise mehr als die üblichen zwei Biere. Beim vierten vertraut Knoll mir an, dass er sich doch so einige Male gewünscht habe, hochdeutsch sprechen zu können. Vor einem Jahr etwa habe er sich bei Karstadt in München eine Waschmaschine gekauft. Man gab ihm eine Telefonnummer, unter der er den Liefertermin erfragen sollte. Knoll rief an und sah sich mit einem Sprachcomputer konfrontiert.

Auf die Frage nach seinem Namen antwortete er selbstverständlich «Knollhubert». Ein solcher Name, antwortete die Computerstimme kühl, sei nicht im System gespeichert. Er solle doch bitte seine Telefonnummer angeben. Also diktierte Knoll «Nui-achde-neine-fümwe-oans-oans-neine-fümwe-zwo-zwo». Auch eine solche Telefonnummer war nicht im System.

Nachdem Knoll etwas Zeit damit verbracht hatte, den Computer zu beschimpfen, rief er schließlich bei Karstadt an, um sich über die «blede Maschin» zu beschweren. Ein Verkäufer erklärte ihm, dass er einfach langsam, deutlich und vor allem hochdeutsch sprechen solle. «I hob mi gfuit wia a dumma Bua», murmelt Knoll niedergeschlagen.

«Du bist doch Ingenieur, erfinde doch einfach ein bayerisches Sprachsystem», schlage ich vor. «Dann verkaufst du das Patent und wirst damit reich!»

«Waschtl, des is do fui zu anstrengend.» Zur Bekräftigung nimmt er einen Schluck Bier.

«Apropos anstrengend», Knoll wechselt das Thema, «in zwoa Wochn is wieda so weit.» Ein tiefer Seufzer. «Die Wiesn.» Das Oktoberfest kenne ich natürlich bereits aus dem Fernsehen: eine ehemals bayerische Brauchtumskirmes, die heute von Australiern, Amerikanern und Leuten wie mir dazu missbraucht wird, sich ins Koma zu trinken und unter dem Deckmantel der Gemütlichkeit alle Hemmungen fallenzulassen.

«Kinesenzirkus!» Knoll seufzt.

«Du gehst bestimmt nicht hin, oder?»

«Doch, amoi, mit da Obrigkeit. Die ham a Box reserviert. Konnst mitkemma, wennst mogst. Des soitst scho amoi gseng ham, damitst woaßt, wos des foische Bayern is. – Die Vroni kimmt a mit.»

Er sieht mich vielsagend an.

Mit einem Mal sprudelt es aus mir heraus: «Ach Knoll, irgendwie komme ich mit Roni nicht weiter. Ich habe schon das Gefühl, dass sie mich mag, aber sie lässt mich einfach nicht an sich ran.»

«Ja, es is hoit ned immer ois so einfach.»

«Zum ersten Mal seit Jahren bin ich richtig verliebt, aber immer, wenn ich den ersten Schritt gehen will, kommt etwas dazwischen, oder, offen gesagt, ich traue mich nicht.»

«Vielleicht traust di ja auf da Wiesn?»

«Na ja. Ein bisschen romantischer könnte das schon laufen.»

«Is des ned a schens Gfui? Lass da Zeit, Waschtl. Die Vroni hod fei ganz a schlechte Erfahrung gmacht. Desweng is ja aa nach Berlin ganga. Des is jetza drei Jahr her, und sie hod seither koan Freind ned ghabt. Die wart aufn weißen Ritta, der dahergritten kimmt und sie zur Frau nimmt.»

«Aber ist das nicht ein wenig altmodisch?»

«Bei ihra Mutta hods funktioniert.»

Ein paar Tage später ruft Jochen an. «Alter, rate mal, wer zum Oktoberfest nach München kommt?»

«Keine Ahnung, Paris Hilton?»

«Fast. Ich.»

«Und du rufst an, um zu fragen, ob du bei mir übernachten kannst?»

«Nee, ich rufe an, um dir mitzuteilen, dass ich bei dir übernachten werde.»

«Und wenn ich keine Zeit habe?»

«Natürlich hast du Zeit. Wir machen da schwer einen drauf. Ich habe Bilder im Internet gesehen: die reinste Orgie, Alter. Bis nächsten Freitag.»

«Tschüss, Jochen.»

Am Abend bin ich mit Roni in einer Wirtschaft bei ihr um die Ecke verabredet. Sie habe eine Überraschung für mich, hat sie am Telefon angekündigt.

Roni ist die einzige Frau, die ich kenne, die pünktlich zu einer Verabredung kommt. Unter dem Arm trägt sie eine schwarze Plastiktüte. Nach der Begrüßung reicht sie mir das Mitbringsel mit der Empfehlung, mich erst mal hinzusetzen und ein Helles zu bestellen. Mache ich. Dann greife ich in die Tüte und ziehe ein dickes Hochglanzmagazin heraus: die japanische *Vogue*. Das Magazin ist mit bunten Schriftzeichen bedruckt, auf dem Cover posiert ein blasses Männermodel in Hemd, Lodenmantel und einem Hut mit erstaunlich viel Gedöns dran. Darunter steht in fetten Lettern: «Bavarian Anarchy». Der Typ sieht aus wie ich. Nein, der Typ *bin* ich!

Roni grinst über beide Ohren. «Kaum wohnst du ein halbes Jahr in München, schon bist du Topmodel. Herzlichen Glückwunsch!»

Ich blättere zur Titelgeschichte, die praktischerweise auf japanisch und englisch abgedruckt ist. Die Überschrift lautet: «The Wild Side Of Bavaria». Im Artikel finde ich ein weiteres Foto von mir, dazu etliche Bilder von alten Trachtlern, Gamsbartfesten und Fingerhakel-Wettkämpfen. Der Autor schreibt: *In Zeiten der Orientierungslosigkeit und des Überflusses, in denen jeder schriller, bunter und provozierender sein will als der andere, liegt die größte Provokation in der Tradition. Während magersüchtige Models beim ersten Windstoß vom Laufsteg geweht werden, haut einen echten Bayern kaum etwas aus den Wadlstrümpfen.*

Auf drei Seiten lobt der Text die bayerischen Bräuche als «den wahren Weg, zum Mann zu reifen». Fingerhakeln sei härter als Kitesurfen, Polka treibender als Punk. Und ich stehe auf dem Cover als Ikone der neuen Bavarian Anarchy!

Roni schüttelt sich vor Lachen. Als ich mein Bier halb ausgetrunken habe, rückt sie mit einer weiteren erstaunlichen Nachricht heraus. «Ich habe mit der japanischen *Vogue* tausend Euro Fotohonorar ausgehandelt. Und ich dachte, vielleicht fahren wir davon zu zweit in ein schickes Hotel und lassen es uns gutgehen», schlägt sie vor.

YES! In meinem Bauch spielen Schmetterlinge Fangen.

«Nächstes Wochenende?», schlage ich vor.

«Nächstes Wochenende geht doch nicht», sagt Roni. «Da beginnt das Oktoberfest, und Knoll hat eine Box gemietet: zehn Quadratmeter Festzelt mit Biertisch und Bänken, für Familie und Obrigkeit.» Ach ja, richtig. «Aber lass uns einfach übernächstes Wochenende fahren, dann ist die Überweisung auch bestimmt schon da.»

«Nichts lieber als das», sage ich und meine es genau so.

Direkt hinter dem Eingang zum Oktoberfest steht ein zwanzig Meter großer roter Roboter mit Ohren wie Blumenkohl. *Hell Rider* prangt in eindrucksvollen Leuchtbuchstaben auf der Fassade des zugehörigen Fahrgeschäfts. Mechanisch bewegt der Blumenkohlroboter die Arme, sein Kiefer klappt zackig herunter. Mit metallisch nachhallender Stimme verkündet er: «Attraktionen, Abenteuer und Action pur! Eine Fahrt im *Hell Rider* ist eine Fahrt in die Hölle, hahahaha!» Zur Bekräftigung schießt aus der Fackel in seiner Hand ein Feuerstoß empor.

«Habe ich dir eigentlich mal erzählt, dass ich Feuerspucken kann?», fragt Jochen. «Geht ganz einfach – mit Feuerzeuggas.»

«Macht bestimmt mächtig Eindruck bei den Frauen, oder?»

«Wenn's funktioniert.»

Es ist noch früh am Freitagnachmittag, doch das Oktoberfest zeigt sich bereits jetzt als unüberschaubares Durcheinander: Zehntausende von Besuchern wuseln in Bierzelten, um Schießbuden und Lebkuchenstände, aus Achter- und Geisterbahnen, in Autoscooter und Kinderkarussells. Von allen Seiten jubelt und trubelt es, ein Gewirr aus Stimmen, Geschrei, Gegröle, Rummtata und Tirallala. Von Gemütlichkeit keine Spur.

Der Strom wird nur unterbrochen durch kleinere Grüppchen, die unvermittelt stehen bleiben, um sich zu prügeln, zu übergeben oder einander in die Arme zu fallen und Gassenhauer zu grölen.

«Sowat ham wa nich in Balin.» Jochen scheint fast ein bisschen eingeschüchtert zu sein. Wahrscheinlich irritiert ihn der hier vorherrschende Dresscode: Die Männer tragen fast ausnahmslos Lederhosen. Manche kombinieren sie mit kragenlosen Hemden und Wadenstrümpfen, andere mit T-Shirts oder Kapuzenpullis; Webdesignertypen haben sich ebenso der Kleiderordnung unterworfen wie ausländische Touristen. Die meisten Hosen schimmern fleckenlos, wie neu oder geborgt. Hier herrscht eindeutig Karneval.

«Hast du mal darüber nachgedacht, dir auch so 'ne Lederhose zu kaufen?», fragt Jochen.

«Kommt nicht in die Tüte», sage ich entschieden.

«Na ja», meint Jochen. «Mit den Teilen würde man in Berlin wenigstens noch auffallen.»

Ich traue meinen Ohren kaum: «*Du* würdest so was anziehen?»

«Folklore kann ehmt ooch wat Schönet sein.» Ich weiß, was jetzt kommt. Immer wenn Jochen von früher redet, fängt er an zu berlinern. «Früher bei der FDJ ham wa ooch alle blaue Hemden jetragen. Fand ick jut. Darin fühlteste da irjendwie mit allen vawandt.» Meinetwegen.

Ein Zehnertrupp angetrunkener junger Frauen zieht kreischend an uns vorbei. Auch wenn ich mit Lederhosen nichts anfangen kann, muss ich doch zugeben, dass mir Dirndl erstaunlich gut gefallen. Die grobe Bauerntracht gibt diesen Münchner Pilateskörpern das verlorene bisschen Unschuld zurück. Einige haben die Bluse unter dem Kleid so weit aufgeknöpft, dass ihre Brüste wie auf dem Präsentierteller liegen und bei jeder Bewegung verheißungsvoll wogen. Die gerafften Röckchen lassen manch schmalen Hintern erfreulich fraulich wirken. «All diese Kurven und ick ohne Bremsen!», krakeelt Jochen. Ich kriege gleich einen Mundartkoller! Vorsorglich distanziere ich mich ein wenig von ihm, aber sein Geschrei fällt in diesem durchgedrehten Ambiente ohnehin niemandem auf.

Rechts und links der so genannten Wirtegasse ragen die Bierzelte empor. Was heißt hier Zelte? Riesige Bierpaläste aus Holz und Stein, die das Hofbräuhaus in Größe und Fassungsvermögen weit übertreffen. Knoll und Roni werden wir bei der «Fischer-Vroni» treffen. Aber vorher wollen wir uns natürlich noch umschauen. Zuerst die Augustiner Festhalle: Draußen im Biergarten sitzen die Leute dicht an dicht. Drinnen schlägt uns ein Dunstgemisch aus Schweiß, Hähnchengewürz und Bier entgegen. Das Zelt ist so groß wie das Mittelschiff einer Kathedrale, die Atmosphäre das genaue Gegenteil. Auf einem Podest in der Mitte spielt eine Blaskapelle «Viva Colonia», die meisten Gäste schunkeln mit. Mein erster Reflex: Ich will hier raus. Und zwar schnell. Aber Jochen zieht mich weiter: «Auf RTL2 haben sie gesagt, nach der dritten Maß wird's richtig lustig.»

Wenigstens hat er wieder ins Hochdeutsche zurückgefunden. Trotzdem:

«Jochen, wir werden *nicht* zu dieser Prolomusik auf den Tischen tanzen, egal wie betrunken wir sind!» Ich muss Grenzen setzen. «Lass uns doch hier draußen etwas trinken.»

Jochen mault. «Draußen ist für Verlierer», meint er und schubst mich tiefer ins Gewimmel.

Aus dem Augenwinkel sehe ich zwei Betrunkene ihre Humpen beim Anstoßen so stark gegeneinanderhauen, dass sie zersplittern. Kopfschüttelnd starren die Kerle für einen Moment auf die abgebrochenen Henkel in ihren Händen und winken gleich darauf die Kellnerin zu sich.

Leute jeden Alters und jeder sozialen Schicht schunkeln auf den Bänken, prosten einander zu und zerlegen halbe Hühner mit den Fingern. Noch steht hier keiner auf den Tischen. Aber wahrscheinlich ist es dafür einfach noch zu früh. Durch die Gänge eilen Bedienungen, die Arme voller Maßkrüge. Bisher hatte ich angenommen, dieses Postkartenbild von der Frau mit den zwanzig Krügen wäre am Computer zusammengebastelt worden.

Jochen fragt ein paar Gäste, ob wir uns zu ihnen setzen

dürfen, wird aber abgewiesen. Wir laufen Reihe um Reihe ab – vergeblich. Also ab ins nächste Zelt. Im «Hippodrom» sehen wir endlich einige Amerikaner auf den Bänken stehen, und im «Schottenhammel» feiern Teenager und solche, die gern noch welche wären. Oder wenigstens welche abschleppen wollen. Nur Sitzplätze finden wir keine, weshalb Jochens Laune allmählich sinkt. Ich schlage vor, erst mal bei dieser Fischer-Vroni vorbeizuschauen. «Da können wir uns wenigstens mal hinsetzen und eine Maß trinken.» Jochen ist einverstanden.

Bei «Fischer-Vroni» finden sich, wie in jedem Zelt, längst der Seitenwände abgetrennte Bereiche mit je einem Tisch für etwa zehn Leute. Per SMS navigiert mich Roni zu ihrer Box. Dort sitzen Regina, Knoll und Die Obrigkeit. Mich kennen die Männer ja bereits, Jochen stelle ich als meinen Spezl vor. Die Männer rücken zusammen. Jochen sitzt nun in der Mitte auf der Bank, gegenüber von Knoll und dessen Kollegen, ich am Rand, Roni und Regina gegenüber. Endlich angekommen! Eine Kellnerin bringt einen Arm voll Bier. Endlich Bier! Wir stoßen mit allen am Tisch an, was eine Weile dauert. Kaum haben wir die Krüge abgesetzt, spielt die Kapelle «Ein Prosit der Gemütlichkeit». «Jeder nimmt seinen Maßkrug», befiehlt der Kapellmeister. Wir heben erneut. «Oans, zwoa, gsuffa!» Alle trinken ein paar große Schlucke, manchen läuft das Bier aus den Mundwinkeln übers Kinn. Gleich noch «Ein Prosit der Gemütlichkeit» hinterher.

So geht das von nun an alle fünf Minuten. Hier wird immer zusammen getrunken. Sobald einer unbewusst seinen Krug auch nur ein Stückchen anhebt, folgen ihm alle anderen und stoßen über den ganzen Tisch hinweg an. Und zwar der Reihe nach, nach vorn mit kurzem, nach hinten mit langem Arm. Nur Roni trinkt Radler. Sie hat versprochen, Knoll nach Daglfing und ihre Mutter nach Dumbling zu fahren, weil zur Wiesnzeit so viele Idioten in der S-Bahn unterwegs sind.

Auf unserem Tisch steht ein großer Teller Mini-Buletten. «Die hod sie neigschmuggelt», ruft Knoll und deutet auf Regina.

«Was denn?», verteidigt sie sich. «Die Preise hier kann man ja nicht unterstützen.»

Regina erzählt mir, dass sie selbst einst auf der Wiesn gearbeitet habe. Pro Tag habe sie bis zu tausend Mark verdient. Eine Knochenarbeit sei das gewesen, «aber gut bezahlt». Sie kenne Kellnerinnen, die ausschließlich auf dem Oktoberfest arbeiteten und das restliche Jahr über gar nicht mehr. Kann ich gut verstehen.

Jochen haut sich ungefragt eine Mini-Bulette nach der anderen rein. Das ist mir ein bisschen unangenehm, aber sonst scheint sich keiner daran zu stören. Im Gegenteil: «Dein Freund ist aber ein guter Esser», bemerkt Regina mit wohlwollendem Blick. Um zu beweisen, dass ich ein *noch* besserer Esser bin, bestelle ich zusätzlich ein halbes Hähnchen und Kartoffelsalat. Als ich dem Hendl gerade mit Messer und Gabel zu Leibe rücken will, ruft jemand vom Nachbartisch: «Du, bei uns isst man a Hendl mit den Fingern.»

«Alles klar!», rufe ich etwas lauter als nötig und reiße voller Elan einen Schenkel aus dem Hähnchen, dass das Fett nur so spritzt. Doch er ist so heiß, dass ich ihn sofort wieder fallen lasse. Auf meine Jeans.

«Sieghst, wennst jetz a Lederhosn ohättst, war des hoib so wuid», frotzelt der Typ von der Seite.

«Ah geh», sage ich und ignoriere den Fleck. «Des passt scho.»

Er nickt und wendet sich wieder ab.

«Du hast ja gerade Bairisch gesprochen», bemerkt Roni verwundert.

«Freilich», antworte ich. Allmählich beginnt mir das Oktoberfest zu gefallen. Unter dem Deckmantel des Karnevals wird fast jede Bemerkung als Scherz aufgefasst. Da kann ich ja nicht viel falsch machen. Vielleicht liegt es aber auch daran, dass wir inzwischen bei der dritten Maß angekommen sind.

Jochen beobachtet Huberfranzl, der soeben seine Schnupftabakdose gezückt hat und eine große Prise braunen Pulvers in die Kuhle zwischen Daumen und Zeigefinger häuft. Dann reibt er sich den ganzen Haufen ins rechte Nasenloch. Jochen starrt ihn gebannt an. Nach wenigen Sekunden kräuselt sich die Nase des Zwirbelbärtigen, die Flügel beben. Jeder normale Mensch würde an dieser Dosis ersticken. Er nicht. Routiniert zieht Huberfranzl den Schnupftabak hoch, seine Augen werden rot und feucht. «Ich dachte immer, man müsse danach niesen», sagt Jochen.

«Naa», erwidert der Schnupfer, «du muasst ja aa ned noch jeda Zigarettn huastn.»

«Mogst aa amoi?», fragt er Jochen.

«Ich bitte darum!»

Huberfranzl zeigt Jochen, wie er den Daumen abspreizen soll, damit die Sehnen eine Kuhle bilden. Dann schüttet er ihm eine ordentliche Portion braune Tabakbrocken auf die Hand – deutlich mehr, als er selbst genommen hat. «Des muasst aaf ons wegziagn», rät er. Jochen nickt, hebt die Hand unter seine Nase und reibt sich den Haufen mit aller Gewalt auf das Areal zwischen Oberlippe und Nase. Er zieht und zieht. Und zieht.

Dann dreht er die Augen gen Himmel, legt den Kopf in den Nacken, rollt ihn nach links, rechts, knackt mit den Halswirbeln. Seine Augen röten sich. Die Schnupftabakreste haben einen daumendicken braunen Balken unter Jochens Nase gemalt. «Wie der Hitler», staunt Roni. Die Obrigkeit nickt betreten. Kurz darauf wird Jochen von einem brüllenden Nieser auf die Tischplatte geworfen. Roni reicht ihm ein Taschentuch. Nachdem er sich geschnäuzt und des Nazibärtchens entledigt hat, bemerkt Jochen mit österreichischem Akzent: «Desen Kompf hobe ich wohl verlorrren!»

Darauf stoßen wir an. Als wir die Krüge absetzen, lege ich meine Hand versehentlich auf Ronis. Die zieht ihre nicht sofort weg.

In der Zeltmitte wird inzwischen ordentlich gefeiert. Dort sitzt niemand mehr. Die Leute sind aufgestanden, tanzen auf und zwischen den Bänken, grölen alte Udo-Jürgens-Schlager oder Neue-Deutsche-Welle-Hits. Eigentlich sollte ich mich allmählich mit Jochen ins Getümmel stürzen. Gerade jetzt, wo ich Roni doch endlich näherkomme!

Aber Jochen beachtet mich sowieso nicht, weil er und Huberfranzl sich noch ein Näschen Schnupftabak genehmigen. «Amoi», erzählt der Chef der Obrigkeit, «hod ma mei Bua Zimt ins Schmalzlerdoserl gfuit.» Jochen schaut ihn ungläubig an. «Du konnst da ned vorstellen, wia des brennd. I hob sogar ins Krankenhaus fahrn müssn.»

«Ich schätze mal, sie haben dir die Stirnhöhle ausgespült und Wattestöpsel reingesteckt», ergänzt Jochen. Huberfranzl schaut ihn ungläubig an, Jochen nickt. Quer über den Tisch umarmt einer den anderen wie einen verloren geglaubten Bruder.

Noch eine Maß später: Jochen hält seinen Sitznachbarn eng umschlungen und schunkelt hin und her. Ich habe in all dem Trubel Besseres zu tun: Händchen halten mit Roni. Wie selbstverständlich greifen unsere Finger ineinander, lösen und finden sich wieder. Ich kann vor Glück gar nicht aufhören zu grinsen. «Darauf habe ich lange gewartet», sage ich. Roni kann mich nicht verstehen, aber sie scheint es mir von meinen Lippen abgelesen zu haben und lächelt ihr Julia-Roberts-Lächeln. Ihr Mund formt langsam und deutlich die Worte «Ich auch». Dann beugt sie sich vor und ruft mir ins Ohr, wie sehr sie sich auf unser gemeinsames Wochenende freue. In diesem Moment könnte ich vor lauter Glück die Welt aus den Angeln heben.

Knoll, der in der vergangenen halben Stunde immer wieder in eine Art Sekundenschlaf gefallen ist, schreckt hoch. «Jetzt gemma aber boid amoi hoam», sagt er mit einem Seitenblick auf Regina, die mit ihrem Sitznachbarn munter von links nach rechts schunkelt. Roni sieht mich betrübt an. «Warte einen Augenblick», sagt sie zu mir und steht auf.

«Wennts ihr feiern woits, soitst aa do nei gehn», rät uns Knoll.

«Was immer das heißt», lallt Jochen. Unsere Bierkrüge sind ohnehin fast leer.

«Wo ist denn meine Tochter?», fragt Regina und packt schon mal ihren Fleischpflanzlteller zurück in die übergroße Handtasche. Kurz darauf kommt Roni wieder. Sie hat ein kleines Lebkuchenherz gekauft, etwa so groß wie ein Frühstücksteller. In dem rosa Zuckerguß-Herzrahmen steht in weißer Schrift «Spatzl». Darunter klebt ein kleiner Gummifrosch. Roni strahlt. «Ich dachte mir, das gefällt dir», sagt sie und hängt mir das Herz um. «Pass gut darauf auf!» Ich verspreche es.

«Es wird Zeit», fordert Knoll, fast schon im Kasernenton. Die Obrigkeit steht geschlossen auf, um ihm zu folgen. Wir verabschieden uns von allen. Roni gibt mir zum ersten Mal einen Kuss auf den Mund. «Ruf einfach morgen an», flüstert sie und löst ihre Hand so langsam wie möglich aus meiner. Knoll verdreht die Augen. «Lass sie doch!», rüffelt Regina. Ein paar Meter weiter dreht sich Roni noch einmal um und schenkt mir zum Abschied ein Lächeln. Ich seufze.

«So, mein Guter», resümiert Jochen. «Nun sind wir allein auf dem Oktoberfest, und es sieht verdammt danach aus, als würde das hier dein Junggesellenabschied.»

Ein Kellner stellt etwa zehn Maßkrüge auf den Tisch. Ein Prosit der Gemütlichkeit. Ich ertappe mich dabei, wie ich im Takt zur Musik wippe. Mein neuer Sitznachbar versichert mir, es sei ihm egal, wo ich herkomme. Außerdem habe er vor einem halben Jahr ein Haus gekauft und sei seit zwei Wochen geschieden. Darauf stoßen wir an. Etwas später zieht er mich auf die Bank, und wir singen gemeinsam: «Ich fand sie irgendwo, allein in Mexiko – Aniiiita!» Als die Leute hinter uns auch auf die Bank klettern, drohe ich im Geschubse das Gleichgewicht zu verlieren und stelle einen Fuß auf den Tisch, um nicht umzukippen. Gegenüber tanzt Jochen. Seinen Arm hat er um die Schultern eines Kumpels des Geschiedenen geschlungen. Sie grölen: «Ich nehm dich mit nach Haus und zieh dich nackend aus – Aniiiita!» Beim wilden Tanzen auf der Bank schwappt sein Bier dem Nebenmann aufs Hemd. «Des is die Wiesn-Taufe!», jubelt der Begossene.

Im Gang, ein paar Meter weiter, tanzen zwei «Hasen», also Frauen, im Dirndl miteinander. Sie halten sich an den Händen und drehen sich unter den Armen durch. Ich will ja gar nicht hinschauen, aber es scheint mir, als ob ich die eine von irgendwoher kenne. Der nächste Hit:

In München steht ein Hofbräuhaus
doch Freudenhäuser müssen raus,
damit in dieser schönen Stadt
das Laster keine Chance hat!

Als ich von den Toiletten zurückkomme, hält Jochen eines der Mädchen im Arm. Das andere steht ihm gegenüber auf der Bank, neben dem geschiedenen Bayern. Dort ist noch Platz. Das Mädchen im Dirndl zieht mich herauf.

«Hey Spatzl», sagt sie mit Blick auf das Lebkuchenherz, «schön, dich wiederzusehen.» Sie lächelt anzüglich. Jetzt erkenne ich sie wieder: Es ist Theresa Schlugt, die Pornosekretärin aus dem Flugzeug nach München.

«Wie läufts bei Louis Wutten?», lalle ich. Doch es bleibt

keine Zeit für tiefgründige Gespräche, wir müssen singen und tanzen: «Heyyy Baby!» Alle machen «Uh! Ah!». Und dann: «I wanna knowhowhowhow if you be my girl».

Dieses Lied habe ich immer gehasst. Egal. Prost! Der Typ auf der anderen Seite greift ohne hinzuschauen an Theresa vorbei an meinen Hintern. Ich haue ihm auf die Flosse, er schaut Theresa irritiert an. Doch die grinst nur und legt seine Hand diesmal korrekt um ihre Taille.

Ich ertappe mich bei dem Gefühl, dass ich meine Hand auch gern auf Theresas Hintern legen würde. «Heyyy Spatzl!», grölt Jochen. Er hält längst Theresas Freundin im Arm, ihre Hand steckt unter seinem T-Shirt. Das Lebkuchenherz baumelt ständig hin und her und stößt immer wieder beim Tanzen gegen meine Ellbogen. Bevor ich mich noch beim Anstoßen damit stranguliere, nehme ich es ab und hänge es an einen Metallwinkel unter den Biertisch. Die Band singt:

Marmor, Stein und Eisen bricht
aber unsere Liebe nicht
alles, alles geht vorbei
doch wir sind uns treu

Theresa spitzt die Lippen und zwinkert mir zu. Ihr Dirndl hat einen beachtlichen Ausschnitt. Mittlerweile hat sie einen Arm um die Hüfte des Geschiedenen gelegt, den anderen Arm um meine Taille geschlungen. Zu dritt hüpfen wir auf der Bank. Gegen Ende von «Marmor, Stein und Eisen bricht» wird der Geschiedene plötzlich blass und setzt sich abrupt hin. Die Band ruft zum «Prosit der Gemütlichkeit», und wir recken unsere Krüge. Mit letzter Kraft führt der Geschiedene seinen Humpen an die Lippen – und übergibt sich.

Theresa flüchtet sich an meine Brust, wie die Mädchen im Horrorfilm. «Ihhh», schreit sie und schiebt mich von der

Bank. Ich springe herunter, sie hinterher. Nun hat die Bank ein Gleichgewichtsproblem, klappt an unserem Ende hoch und unter dem Geschiedenen nach unten. Der sackt auf den Boden. Jochen stellt ihn wieder auf die Beine. «Bringt ihn raus», ordnet er an. Ein Kumpel des Geschiedenen gehorcht sofort. Der Dritte in ihrem Bunde nimmt beim Weggehen den vollgekotzten Krug mit. Ordnung muss sein.

Beim Hochklappen scheint die Bank eine beleibte Frau hinter uns touchiert zu haben, die nun anfängt, Theresa zu beschimpfen. Ich stelle mich schützend vor sie. Darauf hat ein älterer Rockertyp nur gewartet. Auf seiner Jeanskutte prangt ein Aufnäher mit dem Schriftzug «Heimatboy». Er schiebt die Dicke einfach zur Seite, schimpft auf mich ein und schubst mich vor die Brust. Theresa will mich wegziehen. Ein Blick zu Jochen, meinem Pitbull. Der stürmt auf den Typen zu, wird aber von Theresas Freundin zurückgehalten. Mit einem Mal kommen von überall Security-Leute, packen uns am Schlafittchen, und ehe wir und es versehen, stehen wir draußen vor dem Zelt an der frischen Luft. Jochen lacht. «So ist das mit der Münchener Schickeria: In einer Sekunde biste drin, in der nächsten wieder draußen.»

Die Mädchen haken sich bei uns unter, und wir starten einen Rundgang über das Festgelände. Schon nach zwanzig Metern kommen wir an einem Schießstand vorbei. «Ihr müsst uns Rosen schießen», bittet Theresa und macht schöne Augen. Ich bezahle zehn Schuss für mich und zehn für Jochen. Wir treffen nichts. Noch einmal zehn Schuss, wieder daneben. Weil ich so wanke, versuche ich, Halt am Pfosten zu finden. Vergeblich. Plötzlich merke ich, dass mich zwei Arme von hinten umschlingen, und spüre ein Kinn auf der Schulter. «So geht es besser», haucht mir Theresa ins Ohr.

Ich reiße mich zusammen, bringe endlich Kimme und Korn auf eine Linie. Am Ende der Linie verschwimmen die weißen Plastikröhrchen, in denen die Rosen stecken. Theresa drückt sich an mich. «Eine rote, bitte», haucht sie. Ich drücke ab. Es kracht, und eine rote Rose fällt umgeknickt zwischen die anderen. Theresa küsst sachte meinen Hals. Mit einem Mal fühle ich mich unbezwingbar, wie ein Sechzehnjähriger, der glaubt, ihm liege die Welt zu Füßen. Jochen grinst mich an. «Du strahlst ja wie früher!»

Ich versuche gerade, mir darüber klar zu werden, ob er recht hat, da legt sich eine schwere Hand auf meine Schulter. Hinter mir steht Heimatboy aus dem Bierzelt. «Du!», ruft er mit von Zorn gerötetem Gesicht. «Wos feit dia ei, einfach so abzumhaun, du hosd di ned amoi entschuidigt, du Hosnscheissa.»

«Schuljung, Heimatboy», lalle ich.

«Jetz is zu spät, Bürscherl.»

Es wird Zeit zu zeigen, was ich von Knoll gelernt habe: «Sagglzement!», rufe ich und stampfe mit dem Fuß auf. Der Mann schaut überrascht. «Du kommst hier in deiner Brennsuppe dahergeschwommen und willst dich mit mir anlegen?» Die Frau des Streithahns fängt an zu kichern. Der Typ wirkt verunsichert. «Pass bloß auf», lege ich wütend nach. «Sonst fällt noch der Watschenbaum auf dich drauf.» Die Frau winkt ab. Allmählich muss auch der Typ schmunzeln. Das bringt mich nur noch mehr in Fahrt.

«Willst du vielleicht eine Fotze?», rufe ich wild gestikulierend und funkele ihn drohend an. Jetzt lacht der Streithahn aus vollem Hals. Mir wird bewusst, dass ich versehentlich mit dem Finger auf Theresa und ihre Freundin gedeutet habe. «Naa», winkt der Typ ab. «Die konnst bhoiten. Nix fia unguat.» Er dreht er sich zu seiner keuchend kichernden Frau um und zieht lachend von dannen. Siegreich wende ich mich zu den Meinen um.

«Einen Schnaps!», fordert Jochen. Wir ziehen zur nächsten Bude.

«Kennt ihr *Tequila Bavaria*?», fragt Theresas Freundin.

Wenig später bekommt jeder von uns einen Obstbrand, dazu eine Scheibe Schinkenspeck und ein Tütchen scharfen Senf. Theresas Freundin leckt sich den Senf von der Hand, stürzt den Obstler und beißt in den Schinkenspeck. Jochen funkelt sie lüstern an. War klar, dass er das scharf findet. Dann sind wir an der Reihe. Drei bayerische Tequila später sind wir bereit für den *Hell Rider*.

Jochen und seine Begleiterin steigen in den ersten fahrbaren Höllenkessel, Theresa und ich in den zweiten. Die Bügel klappen zu, die Fahrt geht los. Theresa ergreift meine Hand. Links und rechts funkeln falsche Sterne. Der Wagen ruckelt eine Steigung hinauf. Theresa schmiegt sich an mich. Ich denke an Roni, bin aber zu betrunken, um die fremde Hand loszulassen. Es klackert, bis wir auf einem Gipfel ankommen. Auf einmal schießt unser Gefährt bergab und direkt in eine Kurve. Durch die Schwerkraft wird Theresa gegen mich gepresst. Sie legt ihre Hand an mein Kinn, dreht meinen Kopf zu sich und küsst mich. Sie hat volle weiche Lippen. Ihre Hände streichen über meinen Hals, an meiner Brust herunter bis zum Haltebügel. «Das hätte ich am liebsten schon damals im Flieger gemacht», säuselt sie.

Jetzt dreht sich der Kessel um die eigene Achse. Kaum hört das Drehen auf, küssen wir uns wieder. Im Dämmerlicht blinzele ich zu Jochen und seiner Beifahrerin hinüber. Auch ihre Silhouetten sind zu einer verschmolzen.

Dann ist der Höllenritt zu Ende. Die Wagen halten, wir steigen aus. Jochen zwinkert mir zu, ich zwinkere zurück. Es ist wie früher in Berlin. Wortlos steuern wir zum Taxistand. Völlig klar, was nun passieren wird. Jochen sitzt vorn, ich mit den beiden Mädchen hinten. «Nach Daglfing», lalle ich. Die Fahrt über reden wir nicht viel. Theresa und ich knutschen wild, ihre Freundin versucht, von hinten in Jochens Hose zu greifen. Dem Taxifahrer scheint alles recht zu sein, solange wir ihm nicht den Wagen vollkotzen.

In Daglfing angekommen, dauert es eine Weile, bis ich den Schlüssel finde. «Ein lustiges Häuschen», kichert Theresa. «Wohnen hier die sieben Zwerge?»

Wir stolpern die Steintreppe hinauf. Im Flur vor Knolls Wohnung entdeckt Theresas Freundin Hauskater Ludwig. «Haach, wie süß!» Sie zerrt ihn hoch, dass er vor Schreck fiept. «Wie goldig der schnurrt», kommentiert sie ihr neues Accessoire. Mir egal. Mir ist alles egal. Ich habe keinen Tropfen Blut mehr im Kopf.

Oben reißen wir die Fenster weit auf, um den Mief aus der Spießerbude zu lassen. Wir drehen das Radio an und feiern weiter. Ich habe noch ein paar Biere im Kühlschrank. Jochen setzt sich in den Sessel, ich auf den Schemel, die Mädchen springen auf unsere Schöße. Wir knutschen.

Nach einer Weile verziehen sich Jochen und seine Braut ins Schlafzimmer. Theresa knöpft ihre Schürze ab und hebt das Dirndl. Sie trägt nichts darunter. Bei diesem Anblick brennen meine letzten Sicherungen durch.

Gerade will ich über sie herfallen, da holt mich ein merkwürdiges Geräusch in die Realität zurück. Irgendwas kreischt da draußen, als würde es abgestochen. Kurz darauf höre ich eine Sirene. Oder ist es ein Kind, das wie eine Sirene heult? Theresa sieht mich fragend an. Ich stehe auf und sehe aus dem Fenster; unten vor dem Haus parkt ein Krankenwagen. Ein Sanitäter beugt sich über einen kleinen Körper und tastet mit rhythmischen Bewegungen an ihm herum. Im Schein des Blaulichts erkenne ich Knoll, der neben dem Wagen steht. O Gott, Kilian!

Ich suche meine Klamotten, finde meine Jeans, stolpere mit nacktem Oberkörper die Treppen hinunter, vorbei an Knolls offener Wohnungstür. Neben dem Sanitäter bleibe ich stehen. Mit routinierten Handgriffen massiert er den leblosen Körper. Es ist ein sehr kleiner lebloser Körper. Zu klein für einen Kinderkörper. Es ist ein Katzenkörper.

Vor Schreck und Erleichterung lache ich auf. In diesem Moment hebt der Tierarzt konsterniert die Hände und schüttelt den Kopf. «Nichts zu machen, der war schon tot, bevor er unten ankam. Herzstillstand.»

Aus den Augenwinkeln sehe ich Familie Untermair an der Haustür auftauchen. «Möada!», ruft Kilian. Er trägt eine Decke über den Schultern, wie ein Unfallopfer. Sein kleiner Zeigefinger weist anklagend in meine Richtung. Dann schiebt sich eine Figur in enganliegendem Frottier in mein eingeschränktes Blickfeld. Untermair herrscht mich an: «Ich hatte Sie angewiesen, die Fenster stets geschlossen zu halten.» Er deutet nach oben zu meiner Wohnung. Am weit geöffneten Fenster erscheint die barbusige Freundin von Theresa. Ich schließe die Augen.

«Aha. Damenbesuch!», höre ich Untermair kreischen. «Laut Hausordnung ist das nicht gestattet.» Spucketröpfchen umnebeln mein Gesicht. Nicht der richtige Moment, um die Augen wieder zu öffnen. Ich tue es trotzdem: Untermair glüht. «In meinem Haus dulde ich keine Perversionen, Sie Lump, Sie!», schreit er mit sich überschlagender Stimme.

Am Rand meines eingeschränkten Blickfeldes zieht roter Nebel auf. In mir steigt eine kolossale Wut empor. Volltrunken, wie ich bin, lasse ich alles aus mir herausbrechen und raste aus, wie noch nie in meinem Leben. «Die Hausordnung können Sie sich in den Arsch schieben», schreie ich. «Und wenn Sie damit fertig sind, können Sie mich am Arsch lecken, Sie Spießersau!» Wie Rumpelstilzchen hüpfe ich auf und ab und schleudere Untermair einen Fluch nach dem anderen entgegen. «Blöder Lackaffe», rufe ich. «Verklemmter CSU-Arsch. Leck mich doch! Warum kann deine Katze auch nicht auf ihren vier Pfoten landen? Hah! Weil sie genauso fett und dekadent ist wie eure bayerische Scheißgesellschaft!»

Untermair tritt ein paar Schritte zurück. «Bringen Sie den Mann zur Vernunft, Knoll, oder ich hole die Polizei», ruft er.

Knoll geht einen Schritt auf mich zu: «Waschtl, jetzat mochst amoi halblang!»

«Verdammt, ich heiße nicht Waschtl, ich bin nicht Waschtl und werde nie Waschtl sein!», rase ich.

«Waschtl, du bist bsuffa. Reiß di amoi zamm!»

«Ich will mich aber nicht mehr zusammenreißen!», bricht es aus mir heraus, «ich habe habe keine Lust mehr auf eure verlogene, bayerische Scheißmoral.» Ich drehe mich zu Herrn Untermair. «Oh, ich habe den *Damenbesuch* nicht angemeldet?», höhne ich. «Ja, sind wir hier noch im Mittelalter, Herr Unter-aller-Sau-Mair?»

«Was ist denn los?» Das ist Ronis Stimme! Sie steht in der Haustür und schaut mich verständnislos an.

«Ah, geh liaba nei, der is bsuffa!», ruft Knoll. Aber Roni kommt auf mich zu. Mein Zorn verpufft.

«Aber … was machst du denn hier?», frage ich verdattert.

«Ich wollte bei Knoll auf dich warten und dich überraschen.»

Meine Beine geben nach, ich knicke auf dem Bordstein zusammen. Roni streichelt mir über den Kopf. Ihre Hand sucht meine. «Jetzt werd du erst mal wieder nüchtern.» Mein Magen krampft sich zusammen.

In diesem Moment taucht Theresa im Türrahmen auf. Sie trägt meinen Pullover. «Hey Spatzl, kommst du bald mal wieder rauf?», säuselt sie.

Roni schaut sie an. Ihr Gesicht versteinert. Knoll dreht sich weg. Roni zittert. Sie stößt meine Hand weg. «Ha… hast du wen kennengelernt?», fragt sie mit brüchiger Stimme.

«Nein, die …», lüge ich.

«Wo ist denn dein Herz?»

«Was fürn Herz?»

«Das Spatzl-Herz», sagt sie, und Tränen steigen ihr in die Augen. Ich fasse mir vor den Bauch, wo es mal gebaumelt hat. Aber da hängt nichts mehr.

Eine Träne rinnt Roni über die Wange und kullert zum Kinn. Sie wendet sich ab und läuft zu Knoll, der sie in den Arm nimmt. Er wirft mir einen bitteren Blick zu; dann gehen die beiden zurück ins Haus.

Ich schließe die Augen. Alles dreht sich.

OIS IS VAGÄNGLICH, NUA DA KUASCHWANZ DEA BLEIBT LÄNGLICH

Es klopft. Irgendwann werde ich die Augen öffnen müssen. Dabei will ich gar nichts sehen. Erst recht nicht mich! Es macht schon keinen Spaß, mich zu riechen. Ich stinke nach Rauch wie ein Existenzialist. Wie war das noch? Die Erfahrung von Absurdität, Ekel, Angst, Tod und Langeweile bestimmt das Dasein? Hurra! Das Oktoberfest hat mir die Augen für den Existenzialismus geöffnet.

Meine Haut fühlt sich gelb an, der Kopf wie ein Schwamm, voll gesogen mit Schmerzen. Wenn ich ihn drehe, wird mir schwindelig. Ich liege in meinem Bett, in den Klamotten von gestern. Es klopft erneut. Kurz darauf steht Jochen im Türrahmen.

«Is echt nicht wahr, du lebst noch! Nach der Show, die du gestern abgezogen hast.»

«Lass mich, ich will sterben.»

Jochen schaut kopfschüttelnd auf mich herab. «Du kapierst das nie, Alter. Du musst das Leben in seiner ganzen Absurdität bejahen lernen. Das wusste schon Camus. Außerdem hast du bloß einen Kater.»

«Nein, ich hatte einen Kater. Ludwig ist tot.»

«Das war meine Schuld», gesteht Jochen jetzt etwas kleinlaut. «Das Mädchen und ich, wir haben rumgealbert, und sie hat sich ausgezogen wie eine Stripperin. Na ja, und da habe ich mir gedacht, ich zeige ihr meine Zirkusnummer, habe ein bisschen Gas aus dem Feuerzeug in den Mund genommen, angezündet und einen kleinen Feuerball rausgelassen. Die Kleine hat nur gekichert, aber das durchgedrehte Katzenvieh ist aus dem Fenster gesprungen.»

«Ludwig litt unter einem Feuertrauma.» Ich könnte heulen.

«Was ist denn mit deinem Arm?», will Jochen wissen.

Nun muss ich mich doch anschauen. Da ziehen sich eigenartige blaue Adern über meinen Unterarm, die vorher noch nicht da waren. Ich schaue genauer hin. Die Linien verbinden sich zu – ich hoffe, es ist eine Rakete. Jemand muss gestern Abend mit einem Kugelschreiber auf mir herumgekritzelt haben.

Nun strömen die Erinnerungen in allen Einzelheiten auf mich ein. O nein, Theresa. Ich Trottel! Was habe ich getan? Unter die «Rakete» hat sie ihren Namen geritzt. Mit Kuli. Hoffentlich geht das wieder weg. Hoffentlich geht das alles wieder weg.

Ich habe keine Ahnung, wie ich ins Bett gekommen bin. «Was ist denn gestern noch so passiert?», frage ich.

«Bis wohin erinnerst du dich?», fragt Jochen.

«Roni hat geweint.»

«Danach kam nicht mehr viel. Du bist einfach so hintenübergefallen. Ich habe dich hochgeschleppt, aber du hast nur noch vor dich hin deliriert. Die Mädchen sind irgendwann abgehauen. Die eine meinte noch, du sollst sie anrufen, und hat mir eine Visitenkarte in die Hand gedrückt. Was für ein Prollweib!»

Nach zwei Aspirin, einer Magnesiumtablette und einer ausgiebigen Dusche fühle ich mich kein bisschen besser.

«Meinst du, ich bekomme hier irgendwo einen Bismarckhering?», fragt Jochen. «Mein Magen blubbert.»

Leise pirschen wir uns an Knolls Tür vorbei. Dahinter ist es mucksmäuschenstill. Wahrscheinlich ist er im Leimstüberl zum Frühschoppen. Da traue ich mich heute auf keinen Fall hinein. Deshalb fahren wir in die Stadt. Jochen kauft sich eine Leberkäs-Semmel, mir ist nicht nach Essen zumute.

«Hauptsache, du kommst klar», nuschelt mein Freund mit vollem Mund. Langsam schlendern wir an der Isar entlang. Die Blätter an den Bäumen werden schon gelb, die Sonne strahlt nur noch verhalten. Es weht ein schwacher Wind. Immer noch schweigend, trotten wir vorbei an einem verwelkten Rosengarten. Dort sitzen Senioren auf Bänken – und ein junges Pärchen, das hingebungsvoll knutscht, als wäre es allein auf der Welt.

«Ich weiß, du magst das jetzt nicht hören», beginnt Jochen, «aber eigentlich ist es hier echt ganz schön. Vielleicht ziehe ich irgendwann auch mal nach München, wenn ich groß bin.»

Mit meinen Gedanken bin ich ganz woanders. Beim gestrigen Abend. Ich habe es versaut. Ich habe einfach alles vermasselt. Wie konnte ich nur so viel saufen? Und zu Bumsmusik auf der Bierbank tanzen? Und mit der Pornosekretärin rumknutschen? Und vor allem: Ronis Herz im Bierzelt vergessen? Ich Vollidiot! Wie soll Roni mir das jemals verzeihen?

«Was soll ich jetzt bloß machen?», frage ich Jochen.

«Du musst sie anrufen und dich entschuldigen», rät er mir. Ich setze mich auf eine Bank und wähle ihre Handynummer. Die Mailbox geht ran. Ich lege auf.

Nach zwei Stunden Fußmarsch an der frischen Luft erholt sich mein Körper allmählich. Aber mein schlechtes Gewissen frisst mich auf. Zurück in Daglfing, finde ich einen Brief auf meiner Fußmatte. Ich überfliege ihn. Kündigungsgrund: Hausfriedensbruch. Auszug: zum Monatsende. Unterzeichnet: Untermair. Das war es also.

Am nächsten Tag bringe ich Jochen zur S-Bahn. Mein Arbeitsvertrag läuft noch über ein halbes Jahr. Ich werde mir eine neue Wohnung suchen müssen. Und ein neues Leben.

Auf dem Rückweg wage ich mich ins Leimstüberl. Knoll sitzt nun wieder an der Theke. Ich nehme an unserem alten Stammtisch Platz, bestelle Schweinebraten, die Portion ist winzig. Schließlich halte ich es nicht mehr aus und gehe zu meinem Nachbarn hinüber.

«Knoll, es tut mir so leid, was ich gesagt habe, ich war so betrunken. Du weißt, dass ich dich unheimlich gern habe und dir dankbar bin für alles.»

Knoll schaut mich nicht mal an. «I hob denkt, du warst a Guada! Schau, dassd fortkimmst.» Er hat ja recht.

In der kommenden Woche rufe ich jeden Tag bei Roni an, aber sie ist nicht mehr zu erreichen. Nach der zweiten bangen Woche halte ich es nicht länger aus. Ich fahre abends zu ihrer Wohnung.

Ein stämmiger Typ in Unterhosen öffnet mir die Tür. Hoffentlich ihr Mitbewohner. Ich habe ihn noch nie gesehen. «Was willst du?», fragt er grimmig. Er ist so groß wie ich, aber deutlich breiter. Und behaarter.

«Ich muss Roni dringend sprechen», sage ich.

«Die kann grad nicht.» Er mustert mich von oben bis unten. An seinem breiten Kreuz vorbei schiele ich in die Wohnung. Die Tür zu Ronis Zimmer steht offen.

«RONI!», rufe ich laut. Der Typ schüttelt den Kopf und will die Tür schließen, da tritt Roni hinter ihm in den Flur. Sie ist sehr blass. Der Kerl macht keine Anstalten, mich zu ihr durchzulassen. Sie legt ihm eine Hand auf die Schulter.

«Darf ich bitte hereinkommen?», frage ich.

«Hau ab», sagt sie leise. Sie dreht sich um und verschwindet in der Wohnung. Der Typ in der Unterhose verschränkt die Arme.

«Du hast sie gehört. Verzieh dich!»

Ich habe nur diese eine Chance. Ansatzlos versuche ich, an ihm vorbei in die Wohnung zu springen. Ebenso ansatzlos rammt mich der Typ in den Boden. Ich sacke auf der Fußmatte zusammen, er knallt die Tür zu. Das Leben ist halt kein Film.

Vor der Haustür haben Kinder ein Hüpfkästchen aufs Pflaster gemalt und springen darauf herum. Ich leihe mir ein Stück Kreide und schreibe in großen Lettern auf den Gehweg «Roni, es tut mir leid.»

An der nächsten Häuserecke kommt mir ein Besenwagen der Münchener Straßenreinigung entgegen.

Im Internet habe ich unter den Kategorien: *München, egal wo* und *günstig* nach einer Wohnung gesucht und tatsächlich zwei Zimmer mit Dielen in einem sanierten Altbau gefunden – für 350 Euro! Die Wohnung liegt nicht weit von der Isar entfernt. Hier wimmelt es nur so von Einzelkindmüttern und lässigen Vätern – ein wenig wie im Berliner Prenzl'berg. Der Vermieter, ein Bär von einem Bayern, erzählte, ich sei der erste Interessent, der ihm glauben würde, dass an einer derart günstigen Wohnung inmitten von München nichts faul sei.

«Warum ist sie denn so günstig?», frage ich.

«I denk, man soid oiwei anständig sein. Aa ois Vermieter», sagt er und zuckt ratlos mit den Schultern, wie es gute Menschen eben so machen. Schon wieder steigen mir Tränen in die Augen.

Am nächsten Tag ziehe ich mit Sack und Pack im Großraumtaxi von Daglfing nach Giesing. Untermair und Knoll hinterlasse ich je einen Brief, in dem ich mich für mein Benehmen entschuldige und ihnen meine neue Adresse mitteile.

In den nächsten Wochen stürze ich mich in die Arbeit, komme als Erster und gehe als Letzter. Ich habe mir das Rauchen wieder abgewöhnt, ebenso die sozialen Kontakte. Obwohl es Herbst wird, jogge ich jeden Tag an der Isar entlang. Ich führe nun das Leben, das ich vor einem halben Jahr geplant hatte: Die Wochenenden verbringe ich immer häufiger bei Jochen, in Berlin.

Jochen hat mir eine alte Matratze organisiert, dafür beteilige ich mich finanziell an den Kohlen für seinen Ofen. Dessen Wärme ist wunderbar, viel angenehmer als die trockene Luft einer Zentralheizung. Aber bis der Ofen läuft, dauert es zwei Stunden. So schön der Sommer in Berlin auch ist, wenn es Winter wird, zeigt die Stadt ihren Bewohnern die kalte Schulter.

An meinem Geburtstag, Mitte November, veranstaltet Jochen für mich eine Party und lädt unsere alten Bekannten ein. Viele sind gekleidet, als kämen sie geradewegs aus dem Ostblock – in engen Röhrenjeans, gräßlich gemusterten Pullovern und miserablen Kombinationen aus Designer- und Second-Hand-Klamotten. Ich trage zur Feier des Tages ein Jackett. Das ist das Einzige, was vielen meiner Berliner Freunde auffällt. Unsere Gespräche laufen so:

«Hey, dich habe ich ja ewig nicht gesehen!»

«Ich bin im Frühjahr weggezogen.»

«Wohin denn? Nach London? New York?»

«Nein, nach München.»

«Nee, sag mal im Ernst, wo wohnst du denn jetzt?»

«In München.»

«Wirklich?»

«Ja.»

«Du Ärmster. Ist schlimm da, oder?»

«Eigentlich nicht.»

An diesem Punkt schauen mich meine Gesprächspartner völlig entgeistert an. Kurz darauf entschuldigen sie sich, um auf Toilette oder in die Küche zu gehen, und kommen nicht wieder. Von nun an tuscheln sie nur noch mit den anderen Osteuropäern.

Jochen setzt sich zu mir. «Mein Alter, wie fühlt es sich an, wieder im Kreise seiner Liebsten zu sein?»

«Sind das meine Liebsten?»

«Du bist ja schon wieder so existenzialistisch drauf!»

«Das wird sich schon legen.»

Aber es legt sich nicht. Anstatt mit mir MEINEN Geburtstag zu feiern, unterhalten sich die meisten darüber, auf welche Party sie im Anschluss gehen sollen.

Längere Gespräche kommen sowieso nicht zustande. Es scheint verpönt, über Gegenwart und Zukunft zu sprechen. Ich mache es gerade deshalb. Die meisten haben inzwischen endgültig ihr Studium abgebrochen. Sie schreiben für Kundenmagazine oder PR-Agenturen – zwar für wenig Geld, aber trotzdem auf Apple-Notebooks und in Cafés. Nebenbei absolvieren sie Praktika in Webdesignbüros, die aussehen wie Damenboutiquen. Eines haben alle gemeinsam: Sie wollen eigentlich ganz was anderes machen.

Jochen sieht mein miesepetriges Gesicht, geht zur Anlage und dreht die Musik auf. Nun beginnen die Ersten zu tanzen. Um kurz nach Mitternacht steht die Polizei vor der Tür. Er solle doch bitte die Musik leiser machen, bitten die Beamten. Aber Jochen macht nicht leiser. Als die Beamten zum dritten Mal anrücken, erklärt er ihnen, dass wir hier in einer freien Stadt leben und jeder machen könne, was er wolle. «Genau darum geht es doch bei dieser Party! Berlin bedeutet Freiheit, Alter!»

Zehn Minuten später kommen die Polizisten mit Verstärkung wieder und räumen die Wohnung. Alle müssen gehen, bis auf Jochen und mich, weil auf meinem Personalausweis steht, dass ich in München wohne und ich da um diese Uhrzeit wohl kaum hinlaufen kann. Als der Beamte mir den Ausweis zurückgibt, empfiehlt er trocken: «Nächstet Jahr feiernse, wo Se hinjehörn.»

Da es in München nun zu kalt geworden ist zum Joggen, habe ich mich im «Isar-Power-Gym» angemeldet. Ich weiß, Fitnesscenter sind etwas für Proleten, aber falls Roni mir eines Tages vergeben sollte, möchte ich ihr wenigstens einen attraktiven Körper bieten. Und mit den Gorillas dort muss ich mich ja nicht anfreunden.

Mein Fitnesscoach heißt Lutz. Er scheint einer dieser Münchner Sportstudenten zu sein, die sich zum Modeljob etwas dazuverdienen und auf dem Höhepunkt ihrer Karriere eine Nebenrolle in einer deutschen Telenovela übernehmen. Weil er doppelt so breit ist wie ich, nenne ich ihn insgeheim den doppelten Lutz. Er mustert mich von oben bis unten und fragt schließlich, ob ich überhaupt jemals Sport gemacht habe. Ich sage: «Ja.»

«Das ist aber schon länger her, oder?»

Dann fragt er mich, was ich mir denn für eine Figur wünsche. «Na ja, wenn ich es mir aussuchen kann, so in etwa wie der junge Brad Pitt», antworte ich. Er nickt mit ernstem Gesicht und notiert sich etwas auf seinem Klemmbrett.

Wir drehen eine Runde durch das Fitness-Studio, vorbei an einer gläsernen Turnhalle, in der ein Mann einigen Frauen etwas vorhampelt. «Power-Striptease», erklärt der doppelte Lutz ungerührt. Wir schreiten eine Reihe von Geräten ab. Auf jedes muss ich mich setzen und etwas Schweres drücken, schieben oder ziehen. Schon bei der dritten Maschine komme ich mächtig ins Schwitzen.

«Komm, streng dich an», motiviert mich mein Trainer. «Der Mensch ist das einzige Tier, das arbeiten muss.» Diese blöden Muskelprotze mit ihren dämlichen Sprüchen.

«Oh, wie weise», keuche ich. «Ist das von dir?»

«Nein», sagt der doppelte Lutz. «Von Kant.»

Dann lässt er mich allein mit meinen Vorurteilen und den Apparaten. Ich arbeite mich mühsam durchs Programm. Manche Maschinen sind besetzt, weil irgendwelche Typen ihre Handtücher auf die Sitzflächen gelegt haben, wie im Strandurlaub auf Mallorca. Die meisten Menschen hier sprechen hochdeutsch, zwei berlinern, einer sächselt. Dazu gibt's noch einige Engländer. Nur das bayerische Idiom fehlt. Offensichtlich verträgt sich Fitnesstraining nicht mit Gemütlichkeit.

Nach meinem Trainingsparcours dusche ich und freue mich kurz über ein Schild im Duschraum, auf dem «Intimrasur verboten» steht. Zum krönenden Abschluss meiner Lektion setze ich mich an die Fitnesstheke, weil ich das schon immer mal machen wollte. Lutz empfiehlt mir einen Proteinshake mit Erdbeergeschmack.

«Du interessierst dich für Kant?», frage ich ihn.

«Ich habe meine Doktorarbeit über seine Antwort auf die Frage *Was soll ich tun?* geschrieben. Aber dann habe ich keinen Job gefunden und bin hier gelandet.»

«Was soll ich tun? Diese Frage stelle ich mir in letzter Zeit auch immer öfter. Was sagt denn Kant dazu?»

«Kurz gesagt: Sei vernünftig!» Ich nicke und proste ihm mit meinem Proteinshake zu.

Einen Abend später ruft Jochen an. Er will mich unbedingt besuchen kommen. Übers Wochenende darf er den Sprinter der Firma, bei der er gerade jobbt, behalten. Ich höre mir seinen Plan an: «Den Wagen mit Fahrgästen vollladen, einmal nach München und zurück fahren, von jedem Fahrgast zwanzig Euro kassieren, dich besuchen und dabei noch Geld verdienen.»

Außerdem hat Jochen meine neue Wohnung noch nicht inspiziert, und ich sei seit dem Oktoberfestdebakel ja nur noch schlecht drauf. Eine gemeinsame Schlittenpartie soll mich auf andere Gedanken bringen. Und weil in Berlin kein Schnee liegt, muss Jochen dazu «notgedrungen» nach München kommen. Dieser hochstringenten Argumentation kann ich nichts entgegensetzen. Außerdem könnte ich tatsächlich etwas Auflockerung gebrauchen.

Der doppelte Lutz hat mir den Potzlberg empfohlen. Dort soll es eine über fünf Kilometer lange Rodelbahn geben. Um die fünfhundert Meter Höhenunterschied zu überwinden, müssen wir einen Doppelsessellift besteigen. Mit Seilbahnen habe ich ja unlängst schlechte Erfahrungen gemacht, aber in einem Sessellift saß ich schon seit meinem letzten Skiurlaub vor zwanzig Jahren nicht mehr. Für Jochen ist es sogar eine Jungfernfahrt. Wir mieten jeder einen roten Plastikschlitten und reihen uns in die Schlange der Wartenden ein. Jochen zappelt unruhig von einem Bein aufs andere.

«Was ist denn los?», frage ich.

«Kalt», haucht Jochen.

Ich schaue an ihm herunter. Er trägt eine kunstvoll durchlöcherte Jeans, englische Halbschuhe mit Ledersohle, eine Fliegerjacke und seine neue Ray-Ban-Sonnenbrille, die er seit unserem Weißwurstfrühstück nicht wieder abgesetzt hat. Entweder er hat noch nie Schnee gesehen, ist total kälteresistent, oder Kants Anweisungen zur Vernunft sind ihm völlig egal.

Schließlich sind wir an der Reihe. Zwei Angestellte positionieren uns hinter einer Startlinie. Der Sessellift kommt, gabelt uns von hinten auf, die Angestellten klappen routiniert den Bügel herunter und hängen unsere Schlitten rechts und links von uns an einen Haken. Wir schweben über Tannenwipfel, unter uns flitzen Menschen auf roten Plastikschlitten entlang, jauchzen, rufen und lachen, dass einem das Herz aufgeht.

Jochen klemmt die Sonnenbrille an den Liftbügel, zückt seine Digitalkamera und schießt Fotos. «HALLO! BITTE LÄCHELN!», ruft er von oben. Ein paar Kinder, die auf ihrem Vater sitzen, winken so heftig, dass ihr Gefährt aus der Bahn gerät und ächzend im Unterholz verschwindet.

Nur noch hundert Meter bis zur Bergstation. Die beiden Fahrer vor uns demonstrieren, wie man *richtig* aussteigt: Bügel hochklappen, einer nach links raus, der andere nach rechts. Ein Angestellter hakt die Schlitten aus und reicht sie den Liftfahrern hinterher – kinderleicht!

Wir schweben über eine letzte Anhöhe, Jochen steckt die Kamera weg und klappt den Metallbügel hoch. Jetzt schweben wir nur noch wenige Zentimeter über dem Boden, ich springe nach rechts, Jochen nach links, kein Problem. Der Angestellte nimmt die Schlitten vom Haken und drückt sie uns in die Hand. Geschafft! Das war leicht.

«Verdammt», ruft Jochen, «meine Brille.»

Ich drehe mich um. Die Sonnenbrille fährt an der Liftstange baumelnd hinab ins Tal. Jochen sprintet los. Der Lift nähert sich bereits einem kleinen Schneehang, hinter dem es abwärts geht. Jochen hechtet auf die Sessellehne. «Kruzifix!», flucht einer der Angestellten und haut mit der flachen Hand auf einen roten Notschalter. Der Lift bleibt stehen. Jochen quetscht sich unter dem Bügel hindurch in den Sitz und nimmt die Sonnenbrille von der Stange. Der Sessel hängt bereits fünf Meter über dem Hang.

«Hey, Meister!», ruft er dem Liftwärter über die Schulter zu. «Können Sie mich rückwärts fahren?» Der Angestellte schüttelt den Kopf. «Dann drehe ich mal noch 'ne Runde!», ruft Jochen und winkt. «Bin gleich wieder da.» Der Liftwärter seufzt und drückt auf den roten Knopf, woraufhin sich die Sesselbahn wieder in Bewegung setzt. Langsam verschwindet Jochen talwärts. Ich sehe gerade noch, wie er die Brille wieder absetzt und sich zum Fotografieren aus dem Lift beugt.

Zwanzig Minuten später ist er wieder da, und es kann losgehen. Die Pisten fallen nicht so steil ab wie erwartet, doch je näher wir dem Tal kommen, umso häufiger sind sie vereist. Jochen erweist sich als echter Schlittenkönig und liefert sich Wettrennen mit einheimischen Kindern. Auch ich habe den Schlitten so weit ganz gut unter Kontrolle. Bis wir an eine spiegelglatte Stelle kommen. Plötzlich lässt sich mein Gefährt nicht mehr lenken. «Abspringen!», ruft Jochen und wirft sich seitwärts vom Schlitten. Gerade will ich seinem Beispiel folgen, da höre ich eine Frauenstimme heranrasen: «Aus der Bahn, Kartoffelschmarrn!» Gleich darauf kracht jemand mit voller Wucht von hinten in mich rein.

Mein Schlitten stellt sich schräg, die Frau schiebt mich vor sich her und ruft «Ohweiohweiohwei». Eine Wand aus Schnee rast auf mich zu. Ehe ich michs versehe, hebe ich ab, wie von einer Sprungschanze, und fliege meterweit durch die Luft – bis in ein signalrotes Auffangnetz.

Dort hänge ich zwar nicht über einem klaffenden Abgrund, aber es geht schon ein paar Meter runter. Außerdem liegt da unten kein Schnee, sondern nur Geröll. Und mein Schlitten. Ich will aus dem Netz krabbeln, rutsche durch eine Masche und zappele hilflos wie ein gefangener Fisch.

«Hallo? Alles in Ordnung da drüben?», fragt eine Stimme hinter der Schneemauer. Ein scharrendes Geräusch, das Kraxeln von Schritten. Eine Mütze schiebt sich über den Rand. Und dann ein Gesicht. Das mir bekannt vorkommt. «Es tut mir so …», Roni bricht ab. «Was machst *du* denn hier?»

«Ach, ich hänge nur so rum», antworte ich schlagfertig.

«Schön, dass du deine gute Laune wiedergefunden hast», entgegnet Roni spitz.

In diesem Moment wuchtet Jochen seinen Szene-Körper über die Mauer. «Alter, die Piste ist voll vereist! Echt, ich …», er stockt. Seine Augen fliegen zwischen Roni und mir hin und her. «Roni, Alter! Äh, lange nicht gesehen.»

«Hallo Jochen, hilf doch bitte deinem Freund hier. Er ist mal wieder abgestürzt», sagt sie bitter, dreht sich um und stapft davon.

Jochen zieht mich aus dem Netz. «Du lässt dir ja ganz schön was einfallen, um die Frau zurückzubekommen», sagt er.

MA MUASS WISSEN, WANN MA GEHN MUASS

Silvester, habe ich beschlossen, feiere ich in Berlin. Wozu allein in München herumsitzen? Ich habe mir zwei Wochen frei genommen und buche nur einen Hinflug. Zurück komme ich schon irgendwie. Irgendwann.

Am letzten Dezembertag borgen Jochen und ich uns ein Raclette-Set und essen mit ein paar alten Freunden. Mein bester Freund hat sein Hofbräuhaus-München-T-Shirt angezogen und wird einige Male auf den «lustigen Aufdruck» angesprochen.

Um kurz vor Mitternacht steigen wir aufs Dach seines Mietshauses. Auf dem Flohmarkt hat Jochen für einen Spottpreis russische Übungshandgranaten gekauft. Das Feuerwerk ist schon in vollem Gang. Überall stehen Leute herum und feiern. Unten in den Straßen bewerfen sich Jugendliche mit Böllern. Auf dem Balkon gegenüber zünden zwei stämmige Glatzköpfe eine Rakete. Sie zischt knapp an uns vorbei und zerbirst am nächsten Schornstein in tausend Sterne.

«Seid ihr irre?», ruft Jochen. «Passt mal ein bisschen auf!»

Eine zweite Rakete ist die Antwort.

Ohne ein weiteres Wort zu verlieren, holt Jochen einen russischen Riesenböller aus der Tasche, zündet ihn an, ruft «Nastrowje!» und schleudert ihn zu den beiden Skinheads hinüber. Der Böller landet auf dem Balkon. Anstatt zu explodieren, verströmt er weißen Rauch. Die Skinheads ziehen sich hustend zurück. «Zurückgetrieben in Ruinen», kommentiert mein ostdeutscher Freund.

Ein paar Minuten später zählt jemand von zehn herunter. Bei null wird gejubelt und noch mehr Feuerwerk abgefackelt. Ich trinke Rotkäppchensekt aus der Flasche und werde von wildfremden Leuten umarmt. All diese Umarmungen würde ich gegen eine von Roni eintauschen. Ich schicke ihr eine SMS. «Wünsche dir das Beste im neuen Jahr und mir noch eine zweite Chance.» Sie antwortet nicht.

Silvester in Berlin ähnelt dem Drogenkrieg in Kolumbien: Drinnen wird gekokst und gefressen, draußen geschossen. Unsere nächste Station ist ein Club in Mitte. Mittlerweile kann ich mich mit kaum einem meiner alten Freunde noch normal unterhalten, weil keiner mehr klar im Kopf ist. In fast schon aggressivem Tonfall unterbricht einer den anderen, um belanglose Betrachtungen und uralte Witze abzulassen.

Irgendwann setze ich mich auf eine alte Couch neben der Tanzfläche und schaue den Leuten nur noch zu. Im Stroboskoplicht tanzt jedes Mitglied der großen Partygemeinde für sich allein. Manchmal schreit einer seinem Nebenmann etwas ins Ohr, und der schüttelt mit verständnislosem Blick den Kopf. Sie verstehen einander nicht. Früher wollte ich weg aus dem Dorf, weil mir die Menschen dort fremd waren. Jetzt sind mir die Menschen in Berlin fremd geworden. Wohin also?

Erst mal aufs Klo. Aber alle Kabinen scheinen belegt. Ich warte. Nach einer halben Ewigkeit öffnet sich eine Tür, und ein Pärchen kommt heraus. Das Mädchen zupft seinen kurzen Rock zurecht, der Typ zückt eine Schachtel Zigaretten und bietet ihr eine an. «Danke, Andy», sagt sie.

«Ich heiße nicht Andy», entgegnet er. Beide lachen laut und küssen sich.

Ehe ich reagieren kann, ist das nächste Paar in der Kabine verschwunden. Bevor die Frau die Tür zuzieht, ruft sie mir mit heiserer Stimme zu: «Wenn du bloß pillern musst, stell dich draußen an die Wand, wie alle.»

Auf dem Rückweg treffe ich an der Theke einen alten Bekannten wieder. Wir haben uns nicht oft gesehen, aber irgendwie wussten wir von der ersten Begegnung an, dass wir seelenverwandt sind. Vor drei Jahren war er der Erste aus meinem Freundeskreis, der Berlin verließ. Als ich ihm erzähle, dass ich nun in München wohne, gratuliert er mir.

«Ich hab immer geahnt, dass du eines Tages im Süden landen wirst», sagt er.

«Warum?»

«Weil du so viel darüber gelästert hast. Ich wollte auch nie zurück nach Hamburg, aber dass ich damals hier weggegangen bin, hat mir wahrscheinlich das Leben gerettet», erzählt er. «Es gibt Leute, die sind stark genug für Berlin, aber die meisten sind es nicht. Hey, du bist endlich Redakteur. Das hast du dir doch immer gewünscht. Wenn du hiergeblieben wärst, würdest du heute in einer teuren Trainingsjacke in einem billigen Hinterhofbüro das Magazin der Hundefreunde Teltow gestalten und jedem erzählen, dass du eigentlich Journalist bist. München ist gar nicht so schlecht. Ziemlich unterschätzte Stadt. Gutes Essen.»

«München ist ein Dorf!»

«Ach, die Stadt ist klein genug, dass man nicht untergeht, und groß genug, dass man sich nicht ständig über den Weg läuft. Und denk mal an die Frauen da.»

In wenigen Worten umreiße ich meine Geschichte mit Roni. «Du bist vielleicht blöd», meint er, «guckst du keine Hollywoodfilme? Du solltest sofort nach München fliegen und sie dir zurückholen!»

«Aber was ist mit Berlin?»

In diesem Moment kommt Jochen mit Schwimmbewegungen durch das Stroboskoplicht auf mich zu. «Ich glaube, mir hat endlich mal jemand was in den Drink getan», lallt er und starrt auf mein rechtes Ohrläppchen. Dann reißt er den Kopf zur Seite und fixiert die tanzenden Schatten an der Wand. Plötzlich klatscht er dicht neben meinem Ohr in die Hände, als wolle er eine Fliege fangen. «Elende Biester», murmelt er.

In diesem Moment fasse ich einen Entschluss.

«Jochen, ich muss so schnell wie möglich zurück nach München», sage ich. Er sieht mich mit irrlichternden Augen an, dann schiebt er den Unterkiefer vor, nickt und antwortet im Tonfall eines gealterten Actionhelden: «Ein Mann muss tun, was ein Mann tun muss.» Er rülpst. «Ich fahr dich hin.»

«Nein», sage ich schnell. «Ich habe diese Sache angefangen, ich werde diese Sache zu Ende bringen. Es ist meine Sache.»

«Der Junge hat recht», mischt sich mein alter Bekannter ein.

Wir umarmen uns mit ernsten Mienen und klopfen einander dabei auf den Rücken, wie es echte Männer eben so tun.

Dann verlasse ich den Club, hole meine Sachen aus Jochens Wohnung und hinterlege ihm eine Notiz. Als es hell wird, erwische ich endlich ein Taxi zum Flughafen. An diesem Neujahrsmorgen sieht Berlin aus wie nach einem Krieg.

In München regnet es. Niemand holt mich vom Flughafen ab. In meinem Briefkasten finde ich eine Rechnung des tierärztlichen Notdienstes über fünfhundert Euro für den Rettungseinsatz, inklusive Nachtzuschlag, Transportkosten und Beerdigung (in dem Schreiben steht «Entsorgung») des armen Ludwig. Da ist noch ein zweiter Brief, ohne Absender. In geschwungenen Lettern hat jemand meinen Namen auf das Kuvert gemalt. Ich reiße es auf:

Knoll und seine zukünftige Ehefrau Regina laden herzlich zur Hochzeitsfeier am 11. März ab 12:00 Uhr in den Trachtlerhof Dumbling.
Die Vermählung erfolgt freiwillig.

Mein Herz schlägt, als wolle es aus der Brust springen. Ich sprinte die Stufen zu meiner Wohnung hinauf und schleudere das Gepäck in die Ecke. Sie geben mir noch eine Chance! Jetzt kann ich alles wiedergutmachen. Die Frage ist bloß: wie?

Ich sollte auf Nummer sicher gehen und mich mit etwas ganz Besonderem bei ihnen entschuldigen – vielleicht mit einem teuren Geschenk? Nein, es sollte etwas sein, das Knoll zu Tränen rührt, etwas sehr Persönliches. Roni wird auch da sein. Soll ich vor allen Anwesenden ein Theaterstück aufführen? Singen? Oder eine Rede halten?

In meiner Familie wird die alte Tradition der Hochzeitsreime gepflegt. Hier in Bayern kennt man das «Gstanzl», den gesungenen Neckvers. Ursprünglich wurden damit Lokalpolitiker und Schwiegermütter verhöhnt. Etwa so: «Ja, und mei Schwiegamuada is a Schindaluada.» Auf Knolls Hochzeit könnte ich eine Mischung aus gereimter Ansprache und

Gstanzl vortragen und vor versammelter Mannschaft meine Sünden in Versform bekennen.

Erst mal flott von der Leber weg, ein paar griffige Zeilen auf Hochdeutsch zum Warmwerden:

Es war auf dem Oktoberfest
Für mich ein echter Eignungstest
Ich sag's euch aufs Geratewohl,
Ein Preiß verträgt kein' Alkohol

Und jetzt auf Bayerisch übersetzen:

«Es woa», nein, «'s war af dem», oder heißt es «aufm»? Also: «'s war aufm Oktobafest.» Quatsch, nicht Oktoberfest. «'s war auf der Wiese», nein, «auf da Wiesn». «'s war auf da Wiesn – für mich ein echter Eignungstest.»

Na Servus. Ein bayerisches Gstanzl zu dichten, übersteigt augenscheinlich meine Möglichkeiten.

Einen Tag später, im Fitness-Studio, bitte ich den doppelten Lutz um Rat. «Der Gedanke, etwas aufzuführen», meint er, «ist im Prinzip richtig. Aber, auch wenn er verpönt ist, erinnere dich an Kants kategorischen Imperativ: Führe nur auf anderen Hochzeiten auf, was auch auf deiner Hochzeit aufgeführt werden könnte.»

«Sagt Kant?»

«Sinngemäß. Es geht um die Botschaft! Welche Brauchtumssportarten beherrschst du?»

«Ich kann etwas Ochsenreiten und ein wenig rankeln.»

«Was ist mit Fingerhakeln, Schuhplattler oder Goaßlschnoizen?»

«Was ist Goaßlschnoizen?»

«Die Goaßl ist die Peitsche. Beim Goaßlschnoizen wird zu bayerischer Musik mit der Peitsche geschnalzt, also geknallt.»

«Und wo kann ich das lernen?»

«Du bist Journalist. Finde es heraus.»

Nach kurzer Recherche stoße ich auf die Urbacher Goaßlschnoizer, wahre Meister ihrer Disziplin. Ich rufe an und werde von einem gewissen Wolfi sofort zu einer Probestunde eingeladen, am Mittwoch in der Aula der Grundschule von Urbach.

Wolfi, der Chef der Goaßlschnoizer, begrüßt mich mit dem kräftigen Handschlag eines Landwirtes. Er sieht aus, als habe er nie etwas anderes als gute Luft geatmet. In der von Holzbalken durchzogenen Aula haben sich außer Wolfi noch vier andere Goaßlschnoizer versammelt. Ich schüttele jedem die Pranke.

Während sich Wolfis Kollegen um ein Laptop scharen, um den Auftritt einer konkurrierenden Goaßlschnoizer-Formation auf DVD anzuschauen, erklärt mir der Chef das Wesentliche: «Wennst mit da Goaßl schnoizt, na krachts.»

Ich lerne: Früher, als die Kutschen noch keine Hupen hatten, mussten die Kutscher mit einer individuellen Peitschenknallfolge auf sich aufmerksam machen. Damals stellte man die Goaßl aus Weidenholz her, heute benützt man modernes Fiberglas. Am Stock hängt ein rauer Strick mit einer aufgefaserten, quastenähnlichen Spitze, dem sogenannten Schmiss. Wenn man die Peitsche richtig schwingt, durchbricht der Schmiss mit einem Knall die Schallmauer. «Des is die boarische Boeing», meint Wolfi.

Heutzutage wird das Goaßlschnoizen eher als Gaudi auf Hochzeiten, Geburtstagen und im Bierzelt betrieben. «Da spuit a Ziach was Boarischs, und dazu wird gschnoizt», schließt Wolfi seine Ausführungen.

Auf das Stichwort «Ziach» hin beginnt einer der anderen vier auf seiner Ziehharmonika eine volkstümliche Melodie zu spielen. Wolfi stellt sich in die Mitte des Raumes, hebt die Peitsche über den Kopf und reißt sie herunter. Es knallt wie ein Schuss. Ich erschrecke über die Lautstärke, doch Wolfi bewahrt seine ernste Miene, und auch der Akkordeonspieler musiziert unerschrocken weiter. Ein zweiter aus der Gruppe gesellt sich zu ihnen. Gemeinsam setzen sie peitschenknallend Akzente auf die Ziehharmonika-Musik. Nun stimmen auch die beiden letzten ein. Alle vier halten Blickkontakt und ziehen ihre Peitschen in dreieckigen Bahnen durch die Luft, in jeder Ecke lassen sie es knallen. Ein wahres Peitschenkonzert, wie eine Wildwest-Schießerei, bloß ohne Pulverdampf und Tote.

Als die Ziehharmonika verstummt, bin ich an der Reihe. Wolfi drückt mir seine Goaßl in die Hand, stellt sich hinter mich und beschreibt mit meiner Rechten eine liegende Acht. Im unteren linken Viertel der Acht beschleunigt er die Bewegung mit einem Ruck aus dem Handgelenk, der Schmiss überholt den Strick – es knallt. «Sieghst!», sagt er, und ich nicke. Er lässt meine Hand los. Mit einer ruckartigen Bewegung hole ich aus und versuche die Peitsche knallen zu lassen. Vergeblich. Wolfi rät mir: «Denk amoi ned ans Angeln.»

Ich halte die Peitsche höher, drehe die Acht in der Luft. Nach ein paar Minuten gelingt mir tatsächlich der erste kleine Knall. Besessen fuchtele ich mit der Peitsche in der Luft herum. Plötzlich verstummt der Akkordeonspieler. Ich lasse die Goaßl sinken und schaue ihn fragend an. Über seine Stirn zieht sich ein flammend roter Striemen. Der war vorher noch nicht dort. «Des is des oanzig Schlimme an dem Job», schimpft er. «Dauernd kriagst oane gfozzt.»

Wolfi kommt zu mir. «Mit da Goaßl musst fei aufpassen», mahnt er. «I hob amoi as Verseng dem Hias bei am Auftritt an Huat vom Kopf gschlagn.»

Hias, der Mann an der Quetsche, hat sein Instrument wieder umgehängt, ist aber merklich von mir abgerückt. Mit düsterer Miene spielt er weiter. Es wäre ein Drama, wenn ich

Knoll bei der Hochzeit vor lauter Aufregung den Trachtenhut vom Kopf fetzen würde. Schlimmeres will ich mir gar nicht erst ausmalen.

Wolfi gibt mir einen Tipp: «Wennst was voafian wuist, dann steigst am besten auf an Disch und schnoizt üba de Kepf.» Er nimmt eine zweite Peitsche, zieht einen Tisch in die Mitte der Aula und stellt sich in Position. Mit ausgebreiteten Armen knallt er um sich.

Ich bin begeistert. Wenn ich so etwas vorführen könnte, wäre Knoll sicher stolz auf mich. Also steige ich selbst auf den Tisch. Erst schnalze ich vorsichtig, doch da die anderen weit genug entfernt stehen, werde ich mutiger und lasse die Goaßl in immer größeren Achten über meinem Kopf kreisen. Wenn ich im unteren Teil der Acht angelangt bin, reiße ich die Peitsche mit einem Ruck herum, dass es nur so knallt. Wolfi und die anderen nicken anerkennend.

Ich schaue glücklich zu ihnen hinüber und merke deshalb nicht rechtzeitig, dass sich der Strick an einem der Fachwerkbalken unter der Decke verfangen hat. Mit einem Ruck reiße ich die Peitsche herunter. Der Strick spannt sich, ein stechender Schmerz fährt durch meinen rechten Arm, ich schreie auf. Meine Hand gibt die Goaßl frei, die nun lose von dem Balken herunterbaumelt.

Auch mein Arm hängt schlaff von der Schulter herab. Höllische Schmerzen ziehen sich pochend bis in die Fingerspitzen und über das Brustbein. Da drin ist irgendetwas kaputtgegangen.

«Was woa denn des? Wuist Indiana Tschons spuin?», fragt mich Wolfi. Sein Gesicht erscheint mir seltsam umnebelt. «Na Servus, bist ja schneeweiß», stellt er fest.

«Mein Arm», murmele ich und würde gern vom Tisch steigen, aber jede Bewegung tut so weh, dass ich schreien könnte. Also bleibe ich einfach stehen.

«Wos is?», fragt Wolfi.

«Ich weiß nicht», presse ich zwischen den Lippen hervor. «Meine Schulter tut höllisch weh.»

«Kimmst hoit amoi nunter!»

«Wenn ich mich bewege, tut es doch noch mehr weh.»

«Ah geh, bist hoit vorsichtig.»

Langsam klettere ich vom Tisch und setze mich auf einen Stuhl. Hias legt sein Instrument beiseite. «Zoag amoi hea», sagt er mit beruhigender Stimme. «I bin Sanidäta.»

Vorsichtig gleiten seine Fingerkuppen über meine Schulter. Seine Miene verdunkelt sich. Mit einer Hand stützt er meinen Oberarm und beugt mit der anderen sachte den Ellbogen. Eigentlich müsste ich in diesem Moment vor Schmerz ohnmächtig werden, aber stattdessen fühle ich mich erleichtert. Das Gewicht meines Armes belastet die Schulter nun nicht mehr so sehr.

«Hoid amoi», sagt Hias und drückt mir meinen rechten Arm in die linke Hand. Jetzt halte ich den kaputten Arm mit dem heilen. «I dät sogn, d' Schulter is auskugeit.»

Wolfis Augen weiten sich. «Herrgottsakra! Des hoaßt …», seine Stimme bricht. Ich ahne, dass gleich eine schreckliche Nachricht folgen wird.

«Ja», sagt Hias traurig. «Er werd nie wieda Schnoiza kenna.»

Mir fällt ein Stein vom Herzen. «Aber das ist doch nicht so schlimm!»

Böse Blicke treffen mich. Nur Hias ist von seiner Rolle als Volksmusiker übergangslos in die des Ersthelfers gewechselt. «Bei a auskugeltn Schuita gibts zwoa Meglichkeiten: Eastens, Krankenwagen, Krankenhaus, OP, Therapie.»

«Und zweitens?»

«Eirenka. Des tuad weh, aba i hob des scho a paar Moi gmacht, und des Gelenk schaugt guad aus. Da is woi nix grissen.»

Meine Knie werden trotzdem weich. «Und weiter?»

«I muass den Knochen nausziagn und neischiam.»

Ich wanke. «Ohne Betäubung?»

«Ah geh, du muasst bloß locka lassn, dass i die Schuita bewegen ko. I brauch bloß an Stuih mit a Lehna und a starks Schmerzmittel.»

Die beiden anderen Goaßlschnoizer haben sich hinter mich gestellt. «Die nächste Apothekn is in Traunreuth», bemerkt einer von ihnen. «Da bist schnella im Krankenhaus.»

Hias' Blick fällt auf den Bierkasten. Dann sieht er mir direkt in die Augen. «Hast a Alkoholproblem?»

«Nein», antworte ich.

«Wenn ma di so richtig bsuffa macha, des kannt fei aa funktioniern.»

«Aber ich muss heute noch nach München fahren.»

«Des konnst eh vagessn», erklärt Hias. «Du schlafst beim Wolfi aufm Hof, und morgn stehst auf und fahrst nach Minga.» Er wendet sich an einen der Männer hinter mir. «Franzl, holst amoi an Enzian und a oide Tischdeckn?»

Eine Viertelstunde später habe ich einen halben Liter Enzianschnaps in meinem bis dato nüchternen Magen. «Des is a guada, ge?», fragt Franzl von hinten. Ich kichere. Mir ist ein bisschen schwindelig.

Hias setzt mich seitwärts auf den Stuhl. Meine Schulter tut zwar noch weh, aber der Enzian scheint zu wirken. Ich habe einen Schluckauf. Wieder muss ich kichern. Hias nimmt meinen ausgekugelten Arm und legt ihn behutsam über die Lehne, sodass die Stuhlkante in der Achselhöhle liegt. Meine Fingerspitzen zeigen nach unten. Hias stellt sich hinter mich und legt eine Hand auf meinen Oberarm. «Au!», sage ich und: «Hicks!» Dann schaue ich zu Wolfi, der jetzt auf der anderen Seite der Lehne neben mir hockt.

In diesem Augenblick zieht dieser meinen Arm mit all seiner Bauernkraft nach unten, heraus aus dem Schultergelenk.

Ich schreie vor Schmerz auf, meine Kopfhaut kribbelt, blaue Sterne flackern vor meinen Augen. Wolfi lässt den Arm los, Hias übernimmt und drückt den Gelenkkopf zurück in die richtige Position. Ich fühle ihn einrasten und kippe rückwärts vom Stuhl.

Was danach passiert, bekomme ich nur noch verschwommen mit. Hias klappt meine Augenlider hoch, fühlt den Puls und zeigt mir ein paar Finger, die ich zählen soll. Dann faltet er die Tischdecke zu einer Schlinge und knotet meinen Arm an den Oberkörper. Kurz darauf finde ich mich erschöpft auf der Rückbank von Wolfis Auto wieder. Als Nächstes liege ich schon in einem Bett aus Holz mit einer riesigen, blumig duftenden Daunendecke und einem Maßkrug voller Wasser auf dem Nachttisch. Dann wird es dunkel.

Am nächsten Morgen weckt mich ein Hahnenschrei. Mein Arm tut noch weh, aber ich kann ihn schon wieder ein wenig bewegen. Ich folge dem Kaffeeduft in eine Bauernküche, wo mich die ganze Familie Altinger in bester Laune erwartet. «Du bist oana von die wenigen, die wo sich beim Goaßlschnoizen seibst verletza», begrüßt mich Wolfi. Die Kinder lachen.

Nach einem Frühstück mit exzellenten Landeiern fährt er mich zu meinem Mietwagen. Ein Glück, dass diese modernen Autos alle ein Automatikgetriebe haben. «Des is tragisch mit deim Arm, aba des Goaßlschnoizen dad i erst amoi bleim lassn», rät Wolfi mir zum Abschied. Ich danke ihm für alles und verabschiede mich mit der Linken.

In München angekommen, fahre ich sofort zum Arzt. Der staunt, als ich ihm die Geschichte erzähle, und röntgt meine Schulter. «Da haben Sie wirklich Glück im Unglück gehabt. Ihre Sehnen und Bänder sind völlig in Ordnung.» Er verschreibt mir eine Schlinge, aber ich bleibe aus nostalgischen Gründen lieber bei Franzls Tischdecke.

Der doppelte Lutz amüsiert sich köstlich über mein Missgeschick und stellt mir ein sportmedizinisches Trainingsprogramm zusammen. Nach nur zehn Tagen kann ich den Arm wieder einwandfrei bewegen. Ein Glück, denn Knolls Hochzeit rückt immer näher.

Der bekannteste bayerische Brauch neben dem Fingerhakeln ist das Schuhplatteln, ein alter Volkstanz, bei dem sich Männer in Lederhosen selbst schlagen. (Das gibt's auch in Berlin, wenn ich nicht irre. Aber noch nicht so lange.) Im Internet finde ich außerdem heraus, dass Schuhplattler, grob ins Deutsche übersetzt, etwa «Schuhschläger» bedeutet.

Ich recherchiere weiter: Der Legende nach kam die Kaiserin von Russland im Jahr 1838 zur Kur nach Wildbad Kreuth, wo heutzutage die CSU ihre Versammlungen abhält. Weil sich die Deutschen damals noch über Besuch von russischen Herrschern freuten, führten ein Männlein und ein Weiblein der Kaiserin einen fröhlichen Volkstanz vor, der die Unbeschwertheit der Dorfbevölkerung zum Ausdruck bringen sollte. Aufgepeppt wurde der Tanz durch ein Solo des Mannes mit spontanen akrobatischen Einlagen. Da es damals keine Musikvideos gab, an denen sich der Tänzer orientieren konnte, schlug er sich in Anlehnung an die animalischen Bewegungen unserer Vorfahren instinktiv mit der flachen Hand auf Oberschenkel, Waden und Schuhsohlen, dass es nur so klatschte. Auf die damalige russische Kaiserin muss der Tänzer in etwa so anziehend gewirkt haben wie Justin Timberlake auf die jungen Russinnen von heute.

Knoll würde es sicher gefallen, wenn ich für ihn schuhplattelte. Ich selbst käme mir allerdings vor wie ein Idiot. Doch haben nicht alle möglichen klugen Köpfe gesagt, man solle sich erst mal gefälligst selbst besiegen und damit seinem größten Feind ins Auge blicken?

Knoll darf allerdings auf keinen Fall vorab von meinen Plänen erfahren, und in den Münchener Schuhplattlervereinen sitzen womöglich seine Spezln. Zum Glück habe ich eine Nische gefunden, die von traditionellen Trachtlern peinlich gemieden wird: die Münchner Lederszene.

Im Internet stoße ich auf eine ganze Reihe schwuler Trachtler. Die meisten Jungs stammen vom Land und sind nach München gezogen, weil sie daheim auf dem Dorf nicht homosexuell sein durften. Nachdem ich mich durch eine Menge Foren mit wirklich sehr offenherzigen Kontaktangeboten geklickt habe, setze ich selbst eine Anzeige auf: «Möchte Schuhplattler lernen, brauche Einzelstunden. Kein Sex. Wirklich nicht!»

Nach einigen Tagen bekomme ich eine Nachricht von James. Sein Vater war als GI in Bayern stationiert, seine Mutter ist Einheimische, schreibt er. Nach seiner Kindheit in Bayern verschlug es James ins wilde New York, wo er Tanz studierte. Aber nach einigen Jahren bekam er Heimweh und zog nach München zurück. James ist vierzig Jahre alt, besitzt zweiundzwanzig verschiedene Lederhosen und lebt seit über zehn Jahren mit seinem Kindergartenfreund in einer festen Beziehung. Wir vereinbaren einen Termin für eine Probestunde.

James sieht so weiblich aus, wie man als Mann nur weiblich aussehen kann: zartgliedrig, dünne Ärmchen und Beinchen und auf dem Gesicht das verlegene Lächeln eines sehr sanften Jungen. Im Kontrast dazu steht seine Kleidung: kariertes Hemd und bayerische Lederhose. Seine Unterschenkel sind durch mir bis dato unbekannte Muskelgruppen definiert.

Als Erstes erklärt er mir ungefragt, dass ich nicht sein Typ sei: «Des Wammerl zu kloa, da Bart zu kuaz.» Da müsste ich mir schon eine Krachlederne anziehen. Aber ich trage lieber meinen bewährten Adidas-Trainingsanzug. James verlangt vierzig Euro für eine Einzelstunde Schuhplattler, bestehend aus vierzig Minuten Praxisunterricht und zwanzig Minuten Theorie. Dafür hat er extra eine DVD mitgebracht.

Bevor mein Tanzlehrer mit dem Theorieteil beginnt, fragt er: «Wo kimmsdn her?»

«Aus Berlin.»

«Okay, so wir sprechen hochdeutsch», bestimmt er mit dem amerikanischen Slang und der Semantikschwäche internationaler Tanzlehrer. James vertritt eine umstrittene, aber angeblich trotzdem zutreffende Theorie über den Ursprung des Schuhplattlers. Er hat sie aus «Big Apple» importiert. «Schuhplattler ist die Balztanz von die Auerhahn. Die Arme symbolize Federn up, die Füße sind die Backside-Federn. Leute denken, du brauchst für die original Schuhplattler eine Frau in die Mitte, mit eine Dirndl, die sich dreht, aber that's bullshit. Wenn die Auerhahn geht auf die Balz, die Hühner sitzen auf die Bäume und lassen die Männer do that thing.»

Schließlich legt er eine DVD ein: Die preisgekrönte Show einer weltberühmten Schuhplattlergruppe flimmert über den Bildschirm. Schon die Musik jagt mir einen Schauer über den Rücken – der typische bayerische Dreivierteltaktmarsch zum Mitklatschen. «The Ruhpoldinger», erklärt James mit ernster Miene. Von rechts laufen jetzt Tänzer im Gleichschritt ins Bild. Sie schlagen die Hände über dem Kopf zusammen. Kann ich gut verstehen.

Als die Kamera an die Hände eines der Tänzer heranzoomt, drückt James die Pausentaste. Ich soll genau hinsehen. Daumen und Zeigefinger der linken Hand bilden einen Ring, der schwungvoll gegen die rechte Handfläche geführt wird. Eine obszöne Geste, die ich noch aus der Grundschule kenne. «Siehst du», sagt James. «Darum geht's.»

Als Nächstes stellen sich die Tänzer im Kreis auf. Sie stampfen mit dem Fuß und recken die Arme in die Luft, als halte ihnen jemand eine Pistole ins Kreuz. «Hands up!», übersetzt mein Lehrer. «Und jetzt Jump!»

Die Männer auf dem Bildschirm springen von einem Bein

auf das andere. Dann nehmen sie eine Hand herunter und schlagen damit klatschend auf ihre lederbehosten Schenkel. Wieder so ein Peitschenknall. James zählt den Takt mit: «Eins und clapp und zwei und clapp, siehst du?» Ich nicke zaghaft im Takt. «Einszwodreivierfunfsechs, stampf, zwodrei», zählt James. «Come on, stell dich neben mich.»

James hüpft, schlägt sich von hinten auf die Fußsohle, springt und klatscht vorn auf den Schenkel. «Hinten, Pause, bamm, vorne, Pause, bamm.» Wie er da so von einem Bein auf das andere springt, erinnert er ein wenig an eine durchgeknallte Elfe. Ich versuche es ihm gleichzutun kann mir ein Grinsen aber nicht verkneifen.

James stemmt die Hände in die Hüfte. «Lach nur, Darling, lach nur, das ist gut for Relaxing. Wenn du fertig bist, machen wir weiter.»

Er greift zur Fernbedienung, schaltet die Aufführung aus und eine neue Musik an, die allerdings ziemlich ähnlich klingt: «The Haushammer». James hüpft wie beim Seilspringen langsam vom linken Ballen auf den rechten. «Dreier-, Funfer- und Sechserschlag. Look!» Er zieht das rechte Knie hoch, klatscht mit der flachen Hand auf den Oberschenkel, «Eins», dann zieht er das linke Knie hoch, klatscht dort auf den Schenkel, «Zwei», und dann mit der Rechten hinter dem Rücken auf die linke Schuhsohle, «Drei. Und jetzt du.»

Ich springe auf der Stelle. «Eins», befiehlt James, ich ziehe das Knie hoch, klatsche mit der Handfläche auf meinen Oberschenkel. «Lauter», fordert James. Also wieder: Hüpfen, Knie hoch, patsch. Diesmal schlage ich so fest, dass mein Oberschenkel brennt. Aua. «Zwei», sagt James, und ich haue mir mit links auf den anderen Oberschenkel. Wieder Autsch.

«Dein Gesicht.»

«Ins Gesicht?»

«Nein. Dein Mund, no Emotions!»

«Oh, Entschuldigung.»

James wirkt unzufrieden. «Du musst eine Lederhose anziehen, sonst sounded es nicht richtig», sagt er.

Als ich ihm erkläre, dass ich keine Lederhose besitze, zeigt er seinen Unmut ganz offen. «Ein Mann ohne Lederhosen is no real man.» Ich lasse das mal so stehen.

Aber nicht nur mit der Bekleidung, auch mit der Koordination tue ich mich schwer. Ich bewege mich wie ein Jogger, trete von einem Bein auf das andere und dresche zwischendurch unkoordiniert auf Schenkel und Schuhe ein. Dabei komme ich mir sehr albern vor.

«Bitte etwas mehr Elegance», fordert James. «Nicht auf die Schläge zählen. Feel the Beat.»

Ich rudere mit den Armen und ahme James' Bewegungen nach. Jetzt erinnert meine Darbietung an Gummitwist unter Grundschülerinnen. «Wichtig ist die ernste Blick», mahnt James. «Er bestimmt deine Performance.» Ich nicke stumm.

«Jetzt Punkt zwo, das Juchitzen.» James beginnt zu platteln, wirft den Kopf in den Nacken und jauchzt ein langgezogenes: «Jihiehihiee!» Ich muss mich mal setzen.

«Was ist los?», fragt James. «Du bist dran! Jihiehihiee! You can make it!»

Ich schüttele den Kopf. «Nein, James, ich glaube, Schuhplatteln ist nichts für mich. Ich mag die Musik nicht, ich mag die Kleidung nicht, und ich haue mich nicht mal gern selbst. Und wenn ich an das Juchitzen denke, wird mir ganz anders. Dagegen sperrt sich mein norddeutsches Gemüt.»

«Hold on. Ich zeige dir ein paar Moves, die werden dich motivieren.» James ist nicht zu bremsen. Die Stunde sei noch nicht zu Ende. Ich habe Anspruch auf sein ganzes Programm. Also noch zwanzig Minuten.

Jetzt legt er sich richtig ins Zeug, klatscht mit einer Hand blitzschnell zweimal hintereinander auf denselben Schenkel, greift dann über Kreuz, springt ab, landet in der Hocke, kommt wieselflink wieder hoch, schlägt sich mit der anderen Hand an zwei verschiedenen Körperstellen nahezu gleichzeitig; einmal erkenne ich sogar einen Karatetritt wieder.

Während er tanzt, schaut James so ernst, als sei soeben Elton John gestorben. Wenn ich mich auf Knolls Hochzeit so aufführe, wird mir Roni nie wieder in die Augen sehen können, ohne zu lachen.

Nach zehn Minuten ist James schweißgebadet. Ich unterbreche seine Darbietung durch lautes Klatschen. «Toll, James, wenn *du* das machst, sieht Schuhplattler super aus, aber für mich ist es nicht das Richtige.»

Damit habe ich ihn rausgeschmeichelt. James hält inne, guckt wie ein Junge, der eine schlechte Schulnote nach Hause bringt, und stellt die Musik aus.

«Ach Waschtl, wenn der Tanz kommt nicht von dein Herz, dann er macht no sense.» Mit diesen Worten packt er seine Sachen, und ich gebe ihm die vierzig Euro. Zum Abschied gibt's noch ein Bussi links und rechts.

Meine Zeit wird knapp. Nur noch wenige Wochen bis zu Knolls Hochzeit. Auf der Suche nach Inspiration fahre ich noch am Abend nach Daglfing und schlendere wieder einmal durch den Fliederpark, der symbolschwer vertrocknet ist. Vor Untermairs Haus bleibe ich stehen. In meiner alten Wohnung brennt Licht. Auch das Erdgeschoss strahlt hell erleuchtet. Nur Knolls Wohnung liegt im Dunkeln. Sogar die weiß-blauen Gardinen sind verschwunden. Neben seinem Klingelschild hat jemand «verzogen» auf ein kleines Stück Papier geschrieben und einen Pfeil gezeichnet, der auf eine Adresse in Dumbling weist.

Auf dem Rückweg zur S-Bahn passiere ich das Leimstüberl, und mir wird schwer ums Herz. Es ist, als wären Jahre vergangen, seit ich hier mit Knoll auf der Zecherbank saß und er mir das «Gschichtl» vom Watzentoni anvertraute – und mit ihm die Legende vom Watzendudeln. So heißt die Kunst, auf einem Haxenknochen die traurigsten Weisen zu spielen. Im Watzendudeln, raunte Knoll, vereinigten sich die Liebe zum Essen mit der Liebe zur Musik und zur Gemütlichkeit. Aber es sei keine leichte Sache. Es brauche bayerische Ruhe und Geduld. Musikalisches Talent sei hingegen nicht vonnöten. «Des is a Charaktermusi», hatte er gesagt. «Nur wer's Watzendudeln versteht, versteht Bayern.»

Ach Knoll!

Der Geistesblitz trifft mich so plötzlich, dass mir der Atem stockt. Das ist es: Ich werde auf Knolls Hochzeit Watzendudeln! Vor Freude springe ich in die Luft. Und aus meinem tiefsten Innern bricht es heraus – ein lautes, kraftvolles Juchitzen.

WOS WEAD DES, WENNS FERTIG IS?

Flankiert von zwei Knödeln, ruht der gegrillte Schweineschenkel auf einem Bett aus Kraut und Soße. Ich sitze im Isarstüberl, das ich soeben zu meinem neuen Stammlokal auserkoren habe, sauge den Duft der Haxe ein und konzentriere mich. Zum ersten Mal versuche ich, den Schweineschenkel als Kunstwerk zu betrachten. Ich muss sein Geheimnis lüften, einen Blick hinter die Kruste werfen. Wie wohl Knolls Urahn damals auf die Idee gekommen ist, aus einer Haxe eine Haxenflöte zu basteln?

Ich stelle mir vor: Vor langer Zeit, als die Bayern zum Frühstück noch einen halben Ochsen mit einer 5-Liter-Maß Starkbier herunterspülten, sich beim Fingerhakeln die Gelenke herausrissen und die Kampfschreie der Jodler noch bis nach Italien gehört und gefürchtet waren, in jenen Tagen zog ein Mann namens Watzentoni durch das Land und spielte zum Tanz auf. Er war ein rauer Geselle, Sieger in zahllosen Raufereien, Spezl vom Räuber Hotzenplotz, aber zuerst einmal Trompeter in einer Tanzkapelle. Dummerweise hatte Watzentoni beim Schafkopfen sein Jagdhorn verzockt. Und wenn er nicht bald wieder aufspielte, wäre im Wirtshaus die Hölle los. Quasi als Henkersmahlzeit hatte ihm sein Kontrahent noch höhnisch eine Haxe spendiert – mit den Worten: «Spui do da drauf, Toni.» Da saß Watzentoni nun und starrte bockig auf die Henkershaxe. Irgendwann muss er sich gedacht haben: «Warum ned?»

Er zückte sein Klappmesser und bearbeitete die Haxe mit den präzisen Bewegungen des Handwerkers. Als er den Knochen freigelegt und ausgehöhlt hatte, brach er ein Stück Kruste vom Fleisch und setzte es als Mundstück ein. Behutsam blies der Watzentoni in das jungfräuliche Instrument. Ein langer, trauriger und dennoch wunderschöner

Ton erfüllte das Wirtshaus. In den Herzen der Zuhörer erwachte das Gefühl, an einem Bergsee zu sitzen, einen Gipfel erklommen oder bei der Geburt eines Kalbs geholfen zu haben. Sie setzten ihre Krüge ab, ließen die Fäuste sinken und lauschten mit verträumten Gesichtern. So muss es damals gewesen sein. Und so wird es bald wieder sein.

Ich blinzele. Mal sehen. Mit beiden Händen ergreife ich die Haxe und führe den herausstehenden Knochen zum Mund. Aus einem Reflex heraus puste ich kräftig hinein. Braune Dunkelbiersoße spritzt auf die Tischdecke. «Wos wead des, wenns fertig is?», fragt die Bedienung mit unverhohlener Geringschätzung.

«Wissen Sie, ich möchte den Knochen für meinen Hund mitnehmen. Der nimmt es sehr genau mit dem Essen.»

«Is hoid aa a Preiß, ge?»

«Ein Münsterländer.»

Nach längerem Nachdenken komme ich zu dem Schluss, dass eine Watzendudel nur wie jedes andere Holzblasinstrument funktionieren kann: Der Luftstrom muss auf eine Anblaskante (lateinisch *Labium*, also Lippe) treffen, die ihn zum Schwingen bringt. Das Labium der Watzendudel kann tatsächlich nur ein Stückchen Kruste sein.

Von nun an verbringe ich meine Abende nicht mehr beim doppelten Lutz in der Folterkammer, sondern lieber beim Haxenessen im Isarstüberl. Die Knochen lasse ich mir einpacken («für meinen Münsterländer»). Daheim, beim Aushöhlen, bricht das letzte meiner Berliner Besteckmesser ab. Also kaufe ich mir ein original bayerisches Klappmesser mit Hirschhorngriff. Ein echter Mann braucht echtes Werkzeug.

Nach vierzehn Tagen habe ich wieder einmal einen Knochen ausgehöhlt und das Krustenlabium justiert. Ich führe die erkaltete Haxe zum Mund und blase zaghaft hinein, da entwickelt sich im Knochen – ein Ton! Zuerst ganz leise und unsicher, immer wieder schlägt er um in ein luftzugartiges

Pfeifen. Dann – zaghaft – nimmt das Geräusch erneut Gestalt an und schwillt zu einem echten Ton. «Herrschafdszeidn!», entfährt es mir, als ich die Haxe abgesetzt habe.

Mein einziges Problem ist nun noch die spontane Zurichtung des Instruments. Ich werde es kaum schaffen, innerhalb weniger Minuten eine Haxe vom Hochzeitsbuffet in eine Watzendudel umzuarbeiten. Und wer auf einer Hochzeitsbühne Zeit mit Werkeln vertut, verliert die Gunst seines Publikums. Und was tun, wenn es bei der Hochzeit gar keine Haxen gibt, sondern nur Schweinebraten? Darauf kann selbst ich unmöglich spielen. Allerdings hat ein echter bayerischer Schweinebraten immerhin eine Kruste. Und alles andere kann ich vorbereiten. Ein guter Plan! Wäre ich ein Schurke in einem Film, würde ich jetzt den Kopf in den Nacken werfen und diabolisch lachen. Stattdessen übe ich lieber noch ein wenig auf meiner Haxenflöte.

Eine Woche vor der Hochzeit besitze ich eine Profi-Watzendudel, die ich eigenhändig mit Schnitzereien von meinen bayerischen Abenteuern verziert habe: mit zwei rankelnden Strichmännchen, einem Ochsen und dem toten Kater Ludwig. Das Werk erinnert ein wenig an Grabbeigaben aus dem Paläolithikum.

Neben meinem neuen Instrument besitze ich, dank der täglichen Besuche im Isarstüberl, nun auch einen kleinen, aber stattlichen Bier- und Krustenbauch. In meinem Fall ist das allerdings kein Statussymbol, sondern ein echtes Problem: Der gute alte Flohmarktanzug passt nun nicht mehr über meine Plauze. Also muss ein neuer her.

In München gibt es laut Telefonbuch genau 367 Lederhosengeschäfte. Fast jedes davon ist nach eigenen Angaben das beste, ursprünglichste und älteste Lederhosengeschäft der Stadt. Auf meinem Weg zur Arbeit liegt «Schusters Leistl», ein Lederhosendiscounter. Ich gehe täglich hier entlang, gehe täglich hier vorbei. Und dann, am Mittwoch, tue ich etwas, von dem ich nie gedacht hätte, dass ich es jemals tun könnte. Ich tue es wider meine Natur, wider bestes Wissen und Gewissen. Ich tue es für Knoll, ich tue es für Roni. Tue es. Ich gehe einfach mal rein.

Wie in jeder Herrenboutique hängt auch in «Schusters Leistl» die Kleidung an zwei Stangen übereinander an der Wand. Lederhosen in grünen und braunen Naturtönen so weit das Auge reicht. Zur musikalischen Untermalung der volkstümlichen Atmosphäre scheppern bayerische Weisen aus einem Kofferradio. Ich stöbere herum.

«Konn i Eahna heifa?», fragt eine ältere Verkäuferin.

«Ja, der Stiefvater einer ehemaligen Freundin heiratet in Tracht, und ich brauche eine Lederhose.»

«A Kniebundhosn oder a Krachlederne?»

«Ich verstehe nicht?»

«Soi's übers Knie gehn?»

«Ich weiß nicht.»

«Ab Pfingstn die kurze, ab Kirchweih die lange.»

«Was ist Kirchweih?»

«Wann is Hochzeit?»

«Nächste Woche.»

«Oiso übers Knie.»

Unaufgefordert schleudert sie mir ein Maßband um den Bauch. Mit den Worten «Nehmens a Fuchziger» drückt sie mir eine schlichte bundeswehrgrüne Lederhose ohne Hosenträger und Anhängsel in die Hand. Das schwere Kleidungsstück fühlt sich erstaunlich weich an. «Des is a Hiaschleder», klärt mich die Verkäuferin auf und nickt mit dem Kopf. «Ganz was Feins.»

Hinter einem Vorhang mit Enzianmuster ziehe ich meine Jeans aus und schlüpfe in die Hirschhose. Schlüpfen ist eigentlich nicht das richtige Wort, denn ich kriege das Teil nicht mal über die Waden. Also zerre ich mit aller Gewalt.

Nach einem kräftigen Ruck sitzt sie. Nicht wie Jeans oder Anzughosen sitzen – eher wie eine Windel. Diese Hose, das merke ich sofort, ist das bequemste Kleidungsstück, das ich jemals getragen habe. Ich fühle das starke Verlangen, aus dem Laden zu rennen, mich mit Erde zu beschmieren oder auf einen Baum zu klettern. Aus einem unerklärlichen Reflex heraus klatscht meine rechte Handfläche auf meinen linken Oberschenkel, und ein satter, schmatzender Ton hallt durch die Kabine.

Vorsichtig schiebe ich den Vorhang beiseite und trete vor den Spiegel: Ich sehe total bescheuert aus! Aber immerhin sitzt die Hose wie eine zweite Haut. Die Verkäuferin eilt herbei. «Naa, die sitzt no ned! I hol Eahna a Achtavierzger.»

Wie bitte? Die sitzt noch nicht? Bei dem Gedanken an eine noch engere Hose krampfen sich meine Hoden zusammen. Egal, ich werde auch in die Achtundvierziger steigen. Für Roni. Für Knoll.

Allerdings kriege ich die Achtundvierziger nicht mal mit einem Ruck über die Waden. Aus irgendeinem blöden Grund erfüllt mich das mit Stolz. Gelten Waden hier nicht als Symbol für Männlichkeit? Ich löse das Kniebündchen, weite das Bein und zerre die Lederhose über die Leisten. Da ist wieder Schluss. Die Knöpfe am Latz kriege ich nicht zu. Ich atme tief aus, ziehe noch einmal kräftig am Hosenlatz und schiebe die Knöpfe gerade so durch die dafür vorgesehenen Löcher.

Saueng. Presswurst. Mir bricht der Schweiß aus, ich wanke aus der Kabine. Ein vorsichtiger Blick in den Spiegel: Oh! Mir war gar nicht klar, dass ich einen so beachtlichen Hintern habe.

«Besser», kommentiert die Verkäuferin.

«Ich finde sie zu eng», hauche ich. «Ich habe sie fast nicht über die Beine bekommen.»

«Sie ham aba aa a Paar stramme Wadeln.»

Über dieses Kompliment freue ich mich erneut.

«Koa Angst, die Hosn dehnt si mit da Zeit um zwoa Nummern. I mach Eahna amoi des Brotzeitbandl auf, da hams fünf Zentimeter Spui.» Sie fummelt hinter meinem Rücken herum. Plötzlich wird die Hose weiter. Ein befreiendes Gefühl. Ich atme auf. Jede Hose sollte ein Brotzeitbandl haben.

«Dazu tragens a weißes Trachtenhemd, des schaut supa aus.» Sie holt das Hemd, ich ziehe es an.

Jetzt sehe ich endgültig aus wie einer dieser Wiesn-Deppen. Das passt überhaupt nicht zu mir. Ich finde, ich bräuchte eher ein lässiges Modell, eine Lederhose, nach der sich die Leute umdrehen.

«Ich bin mir noch nicht sicher», sage ich. «Am besten, ich komme noch einmal mit meiner Freundin vorbei.» Schön wär's.

Die Verkäuferin nickt enttäuscht. Nachdem ich mich wieder umgezogen habe, verlasse ich «Schusters Leistl». Draußen weht ein kühler Wind. Mir fällt zum ersten Mal auf, dass es in meiner Jeans zieht. Ich brauche professionelle Hilfe. Als Modeberater kommt nur ein Profi in Frage, jemand, der nicht nur den bayerischen Dresscode, sondern auch die große weite Welt kennt: ein Lederhosenfetischist! James ist sofort am Apparat.

«Waschtl!»

«Servus, James. Ich brauche deinen Rat.»

«Ich habe es gewusst, wer einmal die Schuhplattler getanzt hat, can't stop the rock.»

«Nein, darum geht es nicht.» Ich erkläre ihm mein Roni-Dilemma. James kann zwar nicht verstehen, was gegen Polygamie einzuwenden ist, aber er wusste längst, dass ich eine Lederhose brauche, denn «Lederhosen halten länger als Liebe».

Am nächsten Tag holt er mich zum Shoppen ab. Wir fahren durch die halbe Stadt und halten schließlich vor einem

Trachtengeschäft namens «Arschnaht». Da will ich nicht rein.

«Das ist kein Fetischladen», beruhigt mich James. «An die Arschnaht you can see die Herkunft von die Lederhose. In Bayern, Tirol und Oberösterreich geht sie quer über den Hintern, in der Steiermark und in Kärnten straight nach unten.»

Befangen folge ich James in den Laden. Ein Türglöckchen klingelt. Auch hier hängen überall Lederhosen, aber diesmal in allen Formen und Farben: kurze, lange, braune, bunte, gestreifte, mit Punkten, Mustern, Herzchen, in Tarnfarben, verwaschen, matt glänzend oder stark leuchtend. In den Ecken stehen Schaufensterpuppen – eine in alter Tracht, die andere im folkloristischen Love-Parade-Outfit. Eine der Hosen erinnert mich an das Unterteil eines überdimensionalen Bienenkostüms.

Aus einer Tür neben der Ladentheke tritt ein ergrauter Brummbär mit Vollbart: «James!» Er freut sich sichtlich. Mein Einkaufsberater begrüßt ihn seinerseits mit Küsschen und stellt uns vor. Der Brummbär ist der Besitzer. James schaltet auf Bairisch um: «Mia suchan a Krachlederne fia'n Waschtl», erklärt er. «Aba ned so an Touristenschmarrn. Er wui wos mit Flair, wos Lässigs.»

Brummbär mustert mich von oben bis unten. «Diese Buam», sagt er kopfschüttelnd und wendet sich direkt an mich. «Woaßt denn übahaupt, wos a Lederhosn is?»

«Nun ja, eine Hose aus Leder, nehme ich an?»

«Naa, a Lederhosn is a Hoitung.»

«Aha.»

«Die steht fia Männlichkeit, Gemütlichkeit und Tradition.» Er macht eine kleine Pause und überlegt. «Und fia Bayern. Aber erst amoi fia Männlichkeit.»

«Und wofür steht dann das Bienenkostüm?»

Der Brummbär ignoriert meinen Einwurf. Er seufzt. «Wos hast fia a Größn?»

«Jeansgröße 34.»

«Die Tschiehns san übrigens aa von am Bayern erfunden worn, aus Buttenheim im Fränkischen. 1847 is da Strausslevi nach Amerika ganga und hod mit seine Briada die Firma Levi Strauss & Co gegründet. Leider san die Schnitte von dene ihre Hosn a bisserl weit.»

Ich muss an mein Spiegelbild bei «Schusters Leistl» denken. «Haben Sie vielleicht eine Lederhose, die ein bisschen Tracht mit ein bisschen mehr Eleganz kombiniert? Dieses Derbe passt nicht so zu mir. Es sollte eine Hose sein, die ich zu einem taillierten Hemd oder zu Lederschuhen tragen kann: schlicht und modern.»

James und der Bär schauen sich an und grinsen.

«Ja, ich weiß», sage ich, «ich bin ein Saupreuße, aber ich brauche nun mal eine verdammte Lederhose, Kruzifix!» Ups.

«Is scho recht. I hob scho des Richtige für di», beruhigt mich der Brummbär und bedeutet mir, ihm zu folgen. Neben der Ladentheke führt eine Treppe in den Keller. «Jetza erschrickst aba ned glei wieder», warnt James.

Der Bär geht voran ins Dunkel und knipst einen Lichtschalter an: Hier hängen keine alten Trachtenhosen. Für diese Sachen kommen Begriffe wie «alt» oder «Tracht» nicht in Frage. Manches kann man nicht mal mehr «Hose» nennen. Ich sehe eine Marilyn-Manson-Schaufensterpuppe in einer glänzenden Schlangenlederhose, auf dem Latz zwischen den Trägern prangt statt einem Edelweiß ein erhobener Mittelfinger. Die Statue eines muskulösen Männerkörpers trägt einen schwarzen Wildlederhosenmini, aus dem die Pobacken hervorblitzen. Von wegen «kein Fetischladen»!

Ich entdecke ein Lederhose, die in einen Rock übergeht, und eine derbe Krachlederne mit einem Hosenlatz aus durchsichtiger Plastikfolie. «Mir exportiern fui nach Japan», rechtfertigt sich Brummbär.

Das nächste Zimmer ist offenbar der italienische Showroom. Die Lederhosen sind lässiger, eleganter geschnitten und aus fleckenlosem Leder gefertigt. Sie haben keine Hosenträger, dafür aufwendige Nähte, deren Farben in feinem Kontrast zum Material stehen. Statt Edelweiß zieren die Leisten bloß einige wenige Schnörkeleien, die Hosenbeine sind seitlich eingeschlitzt und mit einem Labelnamen oder den Initialen der Designer versehen.

«Die hod a Mailänder Modeklassn ois Projekt gmacht», erklärt der Bär. «I hob dene die ganze Ladung abkaaft.»

Das ist genau, was ich suche. Ich entscheide mich für eine blauschwarze Wildlederhose, die eine Handbreit unterm Knie endet. Sie wiegt bestimmt zwei Kilo und fühlt sich noch weicher an als das Modell im Trachtenladen. «Wuidschweinleder», klärt mich der Bär auf. Ich schlüpfe hinein.

Kein Problem an den Waden. Die Hose sitzt noch besser als die Achtundvierziger aus dem Trachtenladen: am Hintern knalleng, aber vorne herum angenehm weit. Der Hosenlatz lässt sich fast bis nach hinten aufknöpfen. Abgefahren! Voller Freude klatsche ich mit beiden Händen auf den Po, dass es nur so knallt.

Als ich aus der Kabine komme, lachen die beiden zuerst, kriegen sich aber schnell wieder ein.

«Mir gfoits ned so», sagt James.

«Mia aa ned», brummt der Bär.

«I tat a Krachlederne nehma.»

«I aa.»

James schaut mich an. «Waschtl, wennst zu am traditionellen Fest gehst, soitst a traditionelle Hosn trogn.»

«Also, ein für alle Mal: Ich bin nicht der Waschtl, ich bin kein Bayer, und ich trage diese Hose nicht zum Vergnügen, sondern um eine Frau zurückzubekommen. Und ich möchte nicht, dass sie mich auslacht, weil ich so eine Sepplhose anhabe.»

«Wennst die trogst, lachan olle», brummt der Bär.

«Das ist mir egal. Mir gefällt die Hose. Ich möchte sie bitte kaufen.»

Der Bär zieht die Augenbrauen hoch. «Die is fei teuer.»

«Wie viel?»

«Neinhundertfuchzg Eiro. Oba weil du a Spezl vom Dschaims bist, kriegst die fia ochthundert.»

Ich schlucke. Achthundert Euro! Für eine Lederhose!!! Ich schaue zu James. Der sieht mich erwartungsvoll an. Aber ich kann doch nicht achthundert Euro … Doch, ich kann. Hier geht es um mehr als Geld.

«Abgemacht», sage ich, und wir beschließen unseren Handel mit Handschlag. Der Brummbär besiegelt ihn zusätzlich noch mit einem Klaps auf meinen Lederhintern.

OHNE FLEISS KOA PREISS

Wir schreiben den 11. März: Knolls Hochzeitstag. Tag der Entscheidung. Vor meiner neuen Wohnung fallen die ersten Sonnenstrahlen auf die ersten Krokusse des Jahres. Auch im Daglfinger Park müsste demnächst der Flieder wieder blühen.

Ein Jahr lang lebe ich nun schon in München, und ich werde mindestens noch ein weiteres bleiben: Die schwangere Redakteurin, die ich bei der Zeitung vertrete, wurde gleich wieder schwanger und mein Vertrag verlängert. Meine Berliner Wohnung habe ich längst gekündigt.

Gemächlich jogge ich in Richtung Hauseingang. Ich bin extra früh aufgestanden, um mich in aller Ruhe auf das Wiedersehen mit Roni vorzubereiten. Diesmal wird sich die preußische Pünktlichkeit auszahlen.

Ach Roni!

Ich halte einen Moment inne und lasse mir die Sonne ins Gesicht scheinen. Hätte ich einen Wunsch frei, es wäre dieser: Ich betrete den Saal, die Menge verstummt und gibt eine Gasse frei, an deren Ende Roni steht. Langsam gehen wir aufeinander zu …

Ein magensaftgrüner VW-Bulli schrammt am Bordstein entlang und reißt mich aus meinen Träumen. Mit quietschenden Reifen kommt er direkt neben mir zum Stehen. Ich stutze. Kurz. Denn nun wird die Seitentür aufgerissen, und heraus springen zwei vermummte Gestalten. «ATTACKE!!!», brüllt eine von ihnen. Dann wird es dunkel. Jemand hat mir einen Sack übergestülpt. Zwei starke Arme umklammern meinen Körper wie Schraubzwingen und versuchen mich hochzuheben. Adrenalin schießt durch meine Adern.

«Das Gaffatape, Alter, mach schon!» Die Stimme kommt mir bekannt vor. Jemand fesselt meinen Oberkörper, aber ich habe ja noch die Beine. Mit voller Wucht trete ich nach vorn – und ins Leere.

«Danäbben», stellt eine zweite Stimme trocken fest. Ein Osteuropäer? Seine Hände umklammern meine Beine.

Nun werde ich komplett verschnürt, hochgehoben und auf eine Matratze gelegt. Ich höre, wie die Tür des Bullis ins Schloss fällt. Hier drinnen ist es ruhig.

Die erste Stimme durchbricht die Stille: «Siehste, hab ich's nicht gesagt? Der fängt mit seinen Karatetricks an.» Jochen! Das ist Jochens Stimme!

«Jochen, lass den Scheiß, was soll denn das?», rufe ich. «Nimm den Sack runter und mach mich los. Das ist *nicht witzig*.»

«Glaubst du, mir macht das Spaß, du bayerischer Exberliner?!»

«Jochen, hör mir zu: Ich *muss* zu Knolls Hochzeit!»

«Du weißt doch gar nicht, was du da redest, die haben dir eine Gehirnwäsche verpasst.»

«Nein! Die Dinge haben sich geändert, *ich* habe mich geändert. Ich bin verliebt. Jochen, ICH MUSS DA HIN!»

«Vertrag ist Vertrag.»

Jetzt fällt mir alles wieder ein. Ich Idiot habe doch tatsächlich meine eigene Entführung aus München vertraglich genehmigt. Was habe ich bloß getan?

«Verdammt, Jochen!», schreie ich. «Du bist doch mein Freund! Ich habe nur noch zwei Stunden, und ich muss mich noch rasieren und das Hemd bügeln, damit ich bei Familie Knoll einen guten Eindruck mache.»

«Oh, der Herr will einen *guten Eindruck* machen …», äfft Jochen. «Du solltest dich mal hören, Alter!»

«Jochen, mach mich so-fort los!», schimpfe ich. «Sonst kündige ich dir die Freundschaft!»

«Du benimmst dich wie ein Mädchen.»

Nachdem ich fünf Minuten lang wie ein Besessener in

meinem Sack gewütet habe, höre ich den Osteuropäer fragen, ob er mich umlegen soll.

8:17 UHR

Jochen dreht das Radio auf. Right Said Fred singen «'Cause you're my mate, and I will stand by you». «Passt doch wunderbar», findet Jochen und singt aus vollem Hals. Kurz darauf stimmt auch Pawel ein. Als die beiden Knallköpfe fertig sind, verspreche ich Jochen, ganz ruhig zu sein, und bitte ihn, mir wenigstens den Sack abzunehmen.

«In Ordnung, mach ihn los, Pawel!», befiehlt Jochen seinem Kumpan.

Das Erste, was ich sehe ist ein blasser, schnurrbärtiger Mann mit einer Papirossa zwischen den letzten ihm verbliebenen Schneidezähnen. Er grinst, ohne dass die Zigarette wackelt. «Ich cheiße Pawel», sagt er und streckt mir seine Hand entgegen. «Schreiner, Maler, Chausmeister, acht Euro pro Stunde.»

«Und worunter fällt Menschenraub?», frage ich bitter. Pawel zögert nur kurz: «Chausmeister.»

«Jochen, was soll das?»

«Das weißt du genau. Vor einem Jahr hast du mir aufgetragen, dass ich die Jungs zusammentrommeln und dich zurück nach Berlin bringen soll.» Er wedelt mit einem zerknitterten Blatt Papier. «Weißt du noch? Das Jahr lief gestern ab. Alles wie besprochen.»

Pawel nickt, deutet auf das Papier und bestätigt: «Legal.»

Ich ignoriere ihn.

«Wo zum Teufel hast du denn diesen Schergen aufgegabelt?»

«Na ja», druckst Jochen. «Ich habe den Jungs erst gestern Bescheid gegeben, da hatten ein paar von ihnen schon was vor oder keinen Bock, nach München zu fahren. Also habe ich einfach beim Arbeitsamt angerufen.»

Ich kann es nicht fassen. «Und denen hast du gesagt, du suchst einen Entführer?»

«Chausmeister», korrigiert mich Pawel mit erhobenem Zeigefinger.

Gerade lenkt Jochen den Bulli vom Mittleren Ring auf die A9, die direkt nach Berlin führt. Ich versuche es mit Betteln. «Jochen, bittebittebitte dreh um. Du glaubst gar nicht, wie wichtig diese Hochzeit für mich ist. Wir machen es so: Du übernachtest bei mir, und wenn ich dich morgen nicht überzeugt habe, nimmst du mich eben mit nach Berlin.»

«Einspruch abgelehnt, mein Lieber.»

Auch Pawel lässt mich abblitzen, als ich ihm das Doppelte von dem anbiete, was Jochen zahlt. «Ausgebucht», behauptet er. Ich lege mich auf die Matratze und denke nach.

Mir fällt nichts ein.

9:02 UHR

Wir werden langsamer. «Verdammt, die Bullen!», flucht Jochen. Pawel betet. Wahrscheinlich russisch-orthodox. Ich spüre, wie der Bulli zum Stehen kommt. «Versteck dich!», zischt Jochen.

Ich denke gar nicht daran. Auch wenn ich meinen Freund nicht wegen meiner Entführung hinter Gitter bringen möchte, so ist das doch eine gute Gelegenheit, dem ganzen Spuk ein Ende zu bereiten. Noch könnte ich es rechtzeitig schaffen.

Jochen kurbelt das Fenster herunter. Ich höre eine fremde Stimme: «Grüß Gott, die Herren Berliner! I woit Eahna nua sagn, Eahna Auspuff fäit bald ab. Den Führerschein und die Fahrzeugpapiere, bittschee.»

Jochen reicht beides durch das Seitenfenster. Der Beamte entfernt sich und kommt viele Minuten später wieder zurück.

«Steigens amoi aus und öffnens den Wagn!»

Jochen folgt. Die Schiebetür geht auf. Wir stehen auf einem dieser typischen Autobahnparkplätze ohne Tankstelle. Jetzt könnte ich herausspringen und dem Beamten alles erzählen. Es gäbe ein großes Durcheinander und womöglich einen langwierigen Rechtsstreit. Ich muss an Right Said Fred denken: «'Cause you're my mate, and I will stand by you.» Also gähne ich demonstrativ und sage: «Grüß Gott, Herr Wachtmeister.»

Pawel zeigt sich weniger souverän. Bevor ich irgendetwas hinzufügen kann, krächzt er: «Er ist legal» und wedelt mit der Vollmacht. Daraufhin lässt sich der Polizist unsere Ausweise zeigen und liest das von Jochen und mir verfasste Dokument. Seine Miene verfinstert sich.

«Wos is denn des fia a Schmarrn?», fragt er.

«Was denn?», frage ich unschuldig zurück.

«Sie mögn Bayern ned?» Der Ordnungshüter ist echt gekränkt.

«Doch, doch», beschwichtige ich. «Ich fühle mich hier richtig wohl. Ich bin sogar niederbayerischer Meister im Ochsenrennen.»

«Werdens ned frech!», schnauzt er mich an. «Und Sie –», er wendet sich an Jochen, «Sie konn i ned weiterfahrn lassen, des oane Bremslicht is defekt, da TÜV seit aam Jahr obgelaufn, und des Reifenprofil mog i gar ned oschaun.»

«Wir sind gerade auf dem Weg zur Reparatur», lügt Jochen. «Die machen auch gleich den TÜV.»

Pawel mischt sich ein: «Ich kann machen.»

Nun wird es dem Polizisten allmählich zu bunt: «Naa, jetzat reicht's. Der Wagn bleibt do, den lassn mia abschleppen. Mia kenna aich mit zur S-Bahn nehma.»

10:17 UHR

An der Bahnstation verabschiedet sich Pawel von uns. Er will zur Autobahnauffahrt und zurück nach Berlin trampen.

Ich leihe Jochen fünfzig Euro, damit er den Aushilfsentführer bezahlen kann. Er selbst kommt erst mal mit zu mir.

In der S-Bahn erkläre ich ihm ganz ruhig, dass mein Zustand nichts mit Gehirnwäsche, sondern viel mehr mit Erwachsenwerden zu tun hat. Als ich meine Ausführungen beendet habe, sieht Jochen ein bisschen traurig aus. «Aber du kommst doch hoffentlich noch ab und zu zum Spielen nach Berlin, oder?»

Das werde ich tun. Doch jetzt läuft uns die Zeit davon. Wir hetzen zu meiner Wohnung. Ich dusche, putze meine Zähne und rasiere mich in Windeseile. Jochen hat sich gefügt und bügelt sogar mein Hemd.

11:23 UHR

«Mach einfach die Tür hinter dir zu, wenn du gehst», rufe ich Jochen über die Schulter zu. Irgendwie habe ich das Gefühl, dass er noch ein paar Tage bleiben wird.

11:58 UHR

Atemlos komme ich in Dumbling an. Das Wirtshaus liegt in der Nähe der Kirche. So haben es die Leute nach dem Gottesdienst nicht so weit zum Frühschoppen. Die meisten Bayern besuchen die Messe vermutlich wegen des Bieres danach und des gemütlichen Beisammenseins. Natürlich haben sie nichts gegen eine Portion Seelenheil einzuwenden, aber das allein könnte sie sonntagmorgens wohl nicht so früh aus den Betten locken.

Meine italienische Designer-Lederhose sitzt wie eine Eins. Obenherum strahlt mein tailliertes weißes Hemd; die ersten beiden Knöpfe habe ich offen gelassen, das Brusthaar frisch gestutzt. Statt Haferlschuhen trage ich Prada.

Am Eingang des Trachtlerhofs sitzt eine Delegation in den obligatorischen speckigen Lederhosen und weißen, kragenlosen Trachtenhemden. Der Mann in der Mitte scherzt mit den Neuankömmlingen und hakt ihre Namen auf einer Liste ab. Wahrscheinlich würden andernfalls dutzende feierfreudiger Bayern aus den umliegenden Dörfern anreisen und ungefragt das Buffet plündern.

Mein Gesicht will der Türsteher nicht kennen. Angeblich steht auch mein Name nicht auf seiner Liste. Aber meine Lederhose interessiert ihn. «Wo kimmt die her?», will er wissen.

«Aus Italien», antworte ich stolz und merke im gleichen Augenblick, dass ich einen Fehler gemacht habe. «Also eher aus Tirol», rudere ich zurück. «Früher gehörte Tirol ja mal zu Bayern. Aus dieser Zeit stammt die Hose. Von Gastarbeitern, die sie nach Bayern eingeführt haben. Sie ist ein erster Entwurf der Bayrischzeller Tracht.» Brummbär sei Dank.

Misstrauisch mustert mich der Einlasser von Kopf bis Fuß. Schließlich beugt er sich vor und deutet auf meine Füße: «Naa, mit dene Schuah kimmst do ned nei.» Mir fällt nichts ein außer: «Aber ...» Hinter mir stauen sich die Gäste. Ohne die Miene zu verziehen, winkt der Einlasser den nächsten Besucher durch: «Servus Steffl, konnst glei neigeh.»

«I bin ned da Steffl!»

«Ah geh, des passt scho.»

Ich laufe rot an. «Ich wurde eingeladen, von Knoll persönlich. Und ich habe ihm etwas Wichtiges zu sagen», ereifere ich mich.

Der Einlasser sieht mich versteinert an. Als ich gerade den Rückzug antreten will, grinst er breit: «Ah geh, Waschtl, hob i di. Des mit die Schuah woit i scho immer amoi sogn. Geh scho, wünsch da fui Spaß mit deina Italienerhosn.»

Der Festsaal erstreckt sich so weit wie die Bierhalle des Hofbräuhauses. Am hinteren Ende steht eine fünfzig Meter breite Bühne, davor, hufeisenförmig angeordnet, Stühle mit Trompeten, Tubas, Hörnern und Keyboards. An der Längsseite des Saales ist ein bayerisches Buffet aufgebaut: Fleisch gegrillt, gekocht, gebraten, geschmort, mit Gemüse gefüllt, mit Käse überbacken, dazu Kartoffelsalate in allen Variationen, Würste, Obazda und dicke Brotlaibe. Auf einem Silbertablett stapeln sich riesige, knusprig braun gegrillte Haxen. Ein Bankett wie bei Asterix. Würde heute die Welt untergehen, hier drinnen gäbe es genug Nahrung, um eine neue Zivilisation zu gründen.

Im Saal stehen etwa dreißig schwere Eichentische, an denen je sechs schwere Personen Platz haben. An einem Tisch erblicke ich Lissy, die Ochsentreiberin. Wahrscheinlich ist es besser, wenn ich fürs Erste unentdeckt bleibe. Als ich mir gerade einen abgelegen Platz suchen will, trifft mein Blick auf den von Urs, dem Rankler. Er funkelt mich böse an. Schuldbewusst senke ich den Kopf. O Gott, wenn *der* schon von meinem Wiesn-Fiasko gehört hat, dann kennen wahrscheinlich auch alle anderen Gäste die Geschichte.

Ganz vorn, direkt an der Tanzfläche, stehen Regina und Knoll. Wie ein Königspaar nehmen die beiden die Segenswünsche ihrer Gäste entgegen. Neben ihnen entdecke ich Roni. Ihr Gesicht ist schmal geworden, die Wangenknochen stehen hervor. Das blonde Haar trägt sie jetzt kürzer. Roni sieht traurig aus. Eine mit zu viel Goldschmuck behängte Gratulantin geht auf sie zu und schüttelt ihr die Hand. Kaum hat sich der Tannenbaum wieder abgewandt, erstirbt Ronis Lächeln. Sie streicht sich die Haare hinters Ohr und schaut zu Boden. Plötzlich tut mein Herz weh.

Als hätte sie meinen Blick gespürt, dreht Roni sich um und schaut in meine Richtung. Ich verstecke mich hinter einer Säule und beginne, leise bis hundert zu zählen. Bei dreiundsiebzig tippt jemand gegen mein Knie. Mir rutscht das Herz in die Lederhose. Langsam öffne ich die Augen. «Hob i di», sagt ein Stimmchen. Vor mir steht der kleine Kilian. Ich atme auf. «Kilian!»

«A varreck, du Möada! Ogschmachts Mannsbuidl!

Den Ludwig hosd umbracht, du Krippei, hundsheitana. Wenn i …»

Zum Glück setzt hier und jetzt Blasmusik in ohrenbetäubender Lautstärke ein. Mit den Händen bedeute ich dem kleinen Teufel, dass ich ihn zu meinem Bedauern nicht mehr verstehen kann. Doch der Junge ist flexibel und zeigt mir einfach den Stinkefinger. Als er sicher ist, dass ich die Botschaft verstanden habe, zieht er ab. Gott sei Dank.

Am anderen Ende des Saales finde ich einen Tisch, der ziemlich weit von Roni, Knoll und Regina entfernt steht. Es ist der Platz für die – genau: *entfernten* Bekannten. Dort sitzt ein älteres Paar in ehelicher Kombination; er im fliederfarbenen Anzug, sie im fliederfarbenen Kostüm. Im Alter teilt man wohl auch die Liebe zum schlechten Geschmack. Die Glücklichen! Immerhin haben sie ihre Liebe noch.

Die Fliederfarbenen starren stur nach vorn auf die Bühne, obwohl dort gar nichts passiert. Vorsichtig ziehe ich einen freien Stuhl zu mir heran, und als niemand einschreitet, setze ich mich. Eine Kellnerin fragt nach unseren Getränkewünschen. Da ich diesmal unbedingt nüchtern bleiben möchte, bestelle ich «irgendwas ohne Alkohol». Sie bringt mir ein Radler.

Nun betritt ein glattrasierter und gescheitelter Fünfzigjähriger die Bühne und bittet mit dem leichten Akzent heimatverbundener Intellektueller um Ruhe. «Grüß Gott miteinander», wünscht er. «Die meisten hier kommen aus Dumbling und kennen mich bereits. Ich bin der Toni, ehemaliger Pfarrer, amtierender Gastwirt, und damit heimlicher Hirte dieser Gemeinde.»

Szenenapplaus.

«Regina und Hubert haben bereits standesamtlich geheiratet. Die kirchliche Heirat fällt aus folgenden Gründen aus: Erstens ist da nicht so viel Platz wie hier, und zweitens darf man drüben kein Helles trinken.» Lachkanonengelächter.

«Manche von euch möchten bestimmt ein Liedchen singen oder eine Rede halten. Auf jedem Tisch steht eine Nummer, es gibt dreißig Tische. Tisch eins fängt an, Tisch dreißig hört auf. Bis zur Silberhochzeit sollten wir fertig sein.» Erneut ein Brüller. Hoffentlich sahne ich auch so ab! Unser Tisch trägt die Nummer dreißig.

«Ich will es kurz machen: Lieber Knoll, als ich gehört habe, dass du wieder nach Dumbling ziehst, habe ich gestaunt. Aber als man mir dann noch erzählte, dass du ein Spracherkennungssystem für Dialekte zum Patent angemeldet hast und hier in Dumbling deine Firma aufbauen wirst, da bin ich aus dem Staunen gar nicht mehr herausgekommen. Am erstaunlichsten aber ist, dass du ein Haus gekauft hast und endlich mal sesshaft wirst.»

Lachkanonen-Szenenapplaus. Ich bekomme den Mund gar nicht mehr zu. Das sind mal Neuigkeiten!

«Liebe Regina», fährt der Redner fort. «Ich bin glücklich, dass du in Dumbling bist und bleibst. Und noch glücklicher bin ich darüber – und das darf ich heute Abend offiziell verkünden –, dass du die Küche hier im Trachtlerhof übernehmen wirst. Und wennst den Schorsch mitbringst, da ham die Buam aa wos zum Spuin.»

Er wisse aus eigener Anschauung, schließt der Redner, dass Knoll ein mehr als guter Esser sei (bei diesen Worten nicken viele der Anwesenden). Mit Regina habe Knoll endlich, und er sei froh, dass dieses Bild nun endlich mal Sinn ergebe, den Deckel zu seinem Topf gefunden. «Ich wünsche euch beiden von Herzen alles Gute. Gott beschütze euch! Knoll, du darfst die Braut jetzt küssen.»

Aber Knoll will überhaupt nicht küssen. Er ziert sich und dreht den Kopf weg, doch Regina packt ihn mit beiden Händen und drückt ihm einen dicken Schmatzer auf den Mund. Knoll schaut zuerst erbost, grinst dann aber liebevoll.

An Tisch eins erhebt sich nun eine Gestalt in weißer Hose,

blauem Waffenrock und rotem Leibchen. Was ist denn das für einer? Auf seinem Quadratschädel prangt ein schwarzer Zweispitz. Er tritt auf die Bühne und ergreift das Mikrophon.

Eine Männerstimme aus dem Pulikum ruft: «Napoleon!» Der General legt die Hand wie ein Späher an die Stirn und fixiert den Störer. «Des is a boarische Uniform», stellt er richtig. «Gebts der blinden Frau no a Hoibe.» Alle lachen.

Er zückt einen Zettel aus seinem Waffenrock und legt los: «Liaba Knoll, verehrteste Frau Knoll.» Er zwinkert schelmisch. «I woaß, Bayern und Preißn, des passt ned zamm. Aba i hob a guade Nachricht: Die aus Hannova, die san bloß wega uns zu Preißn gwoan.» Ich horche auf. «Im Jahre achtzehnsechsundsechzig ham die Preißn bschloßn, Hannova zu anektian. Die von Hannova ham aba koane Preißn ned wern woin und ham Bayern um Hilfe gebeten. Aba mia san ned rechtzeitig loskemma. Wahrscheinlich hama grad Brotzeit gmocht.»

Pause für das erwartete Gelächter.

«Wie unsa Prinz Karl mit seine Leit in Meiningen gwesn is, hot er von da Niedalage dera von Hannover bei Langensalza erfahrn. Dafüa wollt i mi in dera Uniform heit offiziell entschuidign. Tschuidigung.»

Szenenapplaus, diesmal eher verhalten.

Im folgenden Monolog entpuppt sich der General jedoch als erstklassiger und routinierter Stand-Up-Komödiant. Er vergleicht die Ehe mit einer Schlacht, die noch nicht ganz verloren ist, reitet ein wenig auf den Vorurteilen gegenüber Preußen herum und schließt nach einer Viertelstunde mit den Worten:

«Da sieghst, Regina, es is ned dei Schuid, dasd a Preiß bist. Wenn mia Bayern des oane Moi pinktlich gwesen warn – die Hannoveraner warn heid Bayern. Prost!»

Unter tosendem Applaus tritt der General von der Bühne.

Tisch Nummer fünf: eine sechsköpfige Familie, Vater und Söhne mit Quetschkommode und Gitarre bewaffnet, Mutter und Töchter mit Wahnsinn im Blick. Auf eins, zwei, drei beginnen die Männer zu musizieren und die Frauen mit schneidend hohen Stimmen durcheinanderzusingen. Trotz des Geschreis grinsen die Männer, als gäbe es dafür einen Sonderpreis.

Es folgen Kindertheater, eine verstimmte Frau mit einer verstimmten Geige, zotige Gedichte und ein Diavortrag mit Fotos, auf denen man Knoll an einem gigantischen Grill Steaks braten sieht. Zwischen den einzelnen Darbietungen: Blasmusik.

Ein angetrunkener Bayer torkelt an unseren Tisch und erzählt eine Geschichte zu Ende, die er an einem anderen Tisch begonnen haben muss: «Wo woa i stehbliem? Ah ja: Im Zug von Bombay hob i an Liegewagen ghabt. Do bin i mit am indischn Hansl gwesn, ganz a hochs Tier. Mia ham uns ned fui zum Sogn ghabt, er hod ja koa boarisch kenna. Also samma schlafa ganga. Leider hob i des indische Essn ned vertrogn und hob oan Schoaß nach'm andern lassen miassn. Aa Glück bin i oben glegn. Den nächstn Dog wach i auf, da is da Inder tot! I sogs eich: Essts nie koa indischs Essen ned!»

Ich lache höflich. Er schaut mich an, ohne die Miene zu verziehen. «Wos bist denn du fia Oana?»

«Wieso?»

«Des is a traurige Gschicht!»

Ich klappe den Mund wieder zu.

Mein neuer Tischnachbar hat noch mehr Anekdoten auf Lager. Sein Name ist Johannes, er arbeitet als Historiker in der Traditionsabteilung der Staatskanzlei und findet nun auch immer wieder an seinen neuen Tisch zurück. Wir trinken einige Radler miteinander.

Schließlich müssen wir gleichzeitig auf Toilette. Vor dem Pissoir klappe ich meinen Hosenlatz herunter und versuche mich zu entspannen. Johannes sieht mich von der Seite an. «Des is gscheit», kommentiert er und legt mit lautem Strullern los.

«Was denn?» Meine Harnröhre blockiert.

«Du host des Problem fei schlau glöst.»

«Welches Problem?» Ich kann nicht. Mist. Um mich akustisch anzuregen, drücke ich die Spülung.

«Na, die Sach mit da Sitzbieslerhosn.»

«Der was?»

«Du host's foischrum ozogn, die Sitzbieslerhosn.»

Totale Blockade. Ich bin kurz davor einzupacken.

«Hoib so wuid», sagt Johannes. «Merkt eh koana.»

«Die Hose habe ich bei einem Experten gekauft.»

«Ja, des glaab i.» Er grinst. «I hob mei Doktaabeit über Lederhosn gschriebn. Die Sitzbieslerhosn hod a Frau erfunden, dass da Mo sich aufm Glo hisetzt. Des Latzerl ghert noch hintn.»

Von wegen Mailänder Modeschule! Ich gebe das Pinkeln auf und packe ein. Meine Blase drückt.

«Erkennen viele Bayern, was das für eine Hose ist?»

«Naa, nur Trachtler, so Leit wia i oda da Knoll.» Verdammt!

Als Johannes draußen ist, husche ich in die Kabine und ziehe mir die Hose so herum an, dass der Hosenlatz nun über dem Po liegt. Dann klappe ich ihn herunter, bis er zwischen den Beinen baumelt, und setze mich auf die Klobrille. Ich krame mein Genital heraus und lasse Wasser. Funktioniert super. Als ich wieder aufstehe, merke ich, dass die Hose vorher besser saß. Also drehe ich den Latz wieder nach vorne und vertraue auf die kaschierende Wirkung der Kneipenbeleuchtung.

Kaum bin ich zurück am Tisch, ruft der Moderator: «Und nun, zum krönenden Abschluss, der Tisch Nummer dreißig!»

«Toitoitoi», wünscht mir Johannes.

Ich stehe auf. Mit weichen Knien gelange ich über ein kleines Treppchen auf die Bühne. Der Saal ist mittlerweile bis auf den letzten Platz besetzt. «Guten Abend», krächze ich ins Mikrophon. Die Scheinwerfer blenden mich so stark, dass ich keine Gesichter erkennen kann. Dafür sehen mich die Gäste umso besser; sie fangen an zu tuscheln und zu flüstern. «Zuerst werde ich ein Gedicht vortragen und anschließend eine kleine Überraschung aufführen», kündige ich an.

«Die Überraschung ist die Sitzbieslerhosn!», ruft eine Stimme aus dem Dunkeln. Wenn mich nicht alles täuscht, ist es die von Johannes. Na, immerhin lachen die Leute jetzt, wenn auch auf meine Kosten. Aber ich lasse mich nicht beirren. Ganz langsam, mit ruhiger Stimme sage ich, was ich zu sagen habe:

Ich muss euch auch was Wicht'ges sagen,
aus guten und aus schlechten Tagen.
Nach Bayern wollt ich niemals ziehn,
ich liebte immer nur Berlin.
Niemand in Deutschland sei so offen,
dacht ich – dann hab ich Knoll getroffen.

Er machte mich zum Ochsenreiter,
zum Schafkopfer und Rankelfighter.
Roni hat er mir anvertraut,
doch ich Idiot hab Mist gebaut.
Hab zu viel Wiesenbier getankt
und Knolls Freundschaft mit Spott gedankt:

«Ihr Bayern, Spießer, CSU»,
rief ich, «lasst mich doch bloß in Ruh!
Der Ludwig fett, das Land sakral,

total verlog'ne Scheißmoral!»
Ich sag es euch aufs G'ratewohl:
Der Preiß verträgt kein' Alkohol.

Jemand wirft ein angebissenes Stück Rettich nach mir. Es trifft mich am Kopf. Ich höre Roni lachen. Ihre Stimme verleiht mir neuen Mut. Wenigstens lacht sie wieder. «Ich bin noch nicht fertig», rufe ich.

Zu Roni war ich noch gemeiner,
ich knutschte rum mit irgendeiner.
Den Akt hab ich zwar nicht vollzogen,
doch hab mich selbst dabei betrogen.
Denn bisher lenkten mich bloß Triebe.
Seit Roni weiß ich: Das ist Liebe!

Hierher zu zieh'n war ein Gewinn.
Denn nun erst macht mein Leben Sinn.
Ich leg mein Wohl in eure Hände,
Jetzt ist es raus, ich bin am Ende.

Hier muss ich mich kurz sammeln. Ich blinzele ins Halbdunkel – und schließe mit dem gewagtesten Reim des gesamten Gstanzls:

Zum Hendl gehört Petersilie –,
Verzeih mir, bayerische Familie!

Völlige Stille. Meine Augen suchen Knolls Gesicht. Auch die Köpfe der anderen drehen sich jetzt in seine Richtung. Knoll hält den Blick gesenkt, als denke er nach. Dann hebt er den Kopf, zieht ein Stofftaschentuch aus der Hose und schnäuzt sich kräftig. Nachdem er es wieder weggesteckt hat, schaut er mir direkt in die Augen. Sein Blick ist schwer zu deuten.

Langsam hebt er die Hände und beginnt, rhythmisch zu klatschen. Nach und nach fallen die anderen Gäste mit ein. «Bist scho a Hundling», ruft Knoll anerkennend. Mir fällt ein Stein vom Herzen.

Mein Blick wandert zu Roni. Sie schaut mich trotzig an und streckt mir die Zunge heraus. Nicht ideal, aber immerhin etwas. Meinen größten Trumpf habe ich schließlich noch gar nicht ausgespielt. Mit einem Seitenblick zum Buffet vergewissere ich mich, dass dort ausreichend Haxen stehen. Ich gebiete der Menge zu schweigen und löse das Mikrophon aus der Halterung.

«Ich komme nicht aus Bayern», rufe ich mit fester Stimme. Das Gemurmel verstummt. «Ich wurde in Hannover geboren und habe lange in Berlin gelebt. Und wahrscheinlich wäre ich schon längst wieder dort, wenn ich nicht Knoll und Roni kennengelernt hätte. Sie haben mich eines gelehrt: Wir Wahlberliner suchen immer das Multikulturelle, aber vor unserer eigenen Kultur laufen wir weg. Wir behaupten, keine Vorurteile vor Menschen anderer Nationen zu haben, aber unsere Landsleute, die Bayern, wollen wir gar nicht erst kennenlernen. Da hakt es doch!»

Zustimmender Applaus.

«Martin Luther King kämpfte für eine bessere Welt. ‹Ich habe einen Traum›, rief er. ‹Ich habe den Traum, dass eines Tages jedes Tal erhöht, jeder Berg und Hügel abgetragen werden, alle Unebenheiten geebnet, alles Gewundene begradigt wird.› Nun, er hätte das sicher anders formuliert, wenn er irgendwann mal in den Alpen gewesen wäre», scherze ich. Das Publikum dankt es mir mit freundlichem Gelächter. Also weiter:

«Auch ich habe einen Traum. Ich träume davon, dass Preußen und Bayern miteinander leben können. Ich habe den Traum, dass wir alle miteinander ein gleich großes Bier trinken können.» Beifall. «Und ich träume davon, dass wir zusammen, nicht als Preußen oder Bayern, sondern als *Menschen* miteinander leben.» Das hat gesessen. Ich setze zur Überleitung an:

«Knoll hat mir viel über bayerische Traditionen erzählt ...» Ein Seitenblick zu Knoll, der wohlwollend nickt. «Eine dieser Traditionen habe ich verinnerlicht. Es ist eine vergessene bayerische Kunst, ein Brauch, der nur vom Vater zum Sohn überliefert wird. Sein Erfinder hieß Anton Watzen.»

Ich mache eine bedeutungsschwangere Pause, lasse meinen Blick durch den Saal schweifen, sehe aber keine Reaktion. Also fahre ich fort:

«Meine Damen und Herren. Ich werde Ihnen nun die vergessene Kunst des Watzendudelns zurückgeben», verkünde ich feierlich. «Man reiche mir eine Haxe!»

Eine Kellnerin läuft zum Silbertablett und bringt mir eine Haxe auf die Bühne. Knoll schlägt die Hände über dem Kopf zusammen. Damit hat er wohl nicht gerechnet! Mein Blick fällt auf den krossen Schweineschenkel. Sofort erkenne ich am oberen Fleischwulst das perfekte Labium. Ich zücke mein Klappmesser, steche es durch die Kruste und schneide das Stück heraus. Vorsichtig füge ich das Labium wie ein fehlendes Puzzleteil in meine Watzendudel ein. Jetzt ist mein Werk vollkommen.

Langsam führe ich die Haxe an die Lippen, im Saal wird es mucksmäuschenstill. Ein paar Kinder haben sich vor die Bühne gestellt und staunen mich mit offenen Mündern an. Ich schließe die Augen und puste. Langsam schwillt der Ton an. Er ist wunderschön. Er ist perfekt. Dann der zweite Ton – tiefer, getragener, noch erhabener. Ich fühle eine überwältigende Rührung in mir aufsteigen, aber ich darf mich ihr nicht hingeben, muss konzentriert bleiben. Knoll platzt sicher gerade vor Stolz.

Aus den Augenwinkeln blinzele ich zu ihm hinüber. Seine Stirn liegt auf dem Tisch, die Hände hat er über dem Kopf zusammengeschlagen. Was ist denn da los? So kann er mich doch gar nicht sehen! Und Roni? Wenigstens sie schaut mich an. Ihre Augen strahlen. Vor Ergriffenheit hält sie sich die Hand vor den Mund. Nein. Sie hält sich den Mund zu.

Roni lacht. Und Knoll lacht auch. Sein massiger Oberkörper bebt, dass der Tisch wackelt. Ich schaue in den Saal. Keiner der Anwesenden ist in Andacht versunken. Niemand lauscht glückselig den innigen Klängen meiner Watzendudel. Im Gegenteil: betretene Gesichter, dann unterdrücktes Kichern, schließlich offenes Gelächter. Eine gewaltige Lachlawine wälzt sich durch den Saal, tost an den Bühnenrand und begräbt mich unter sich. Mir stockt der Atem, mein Ton wird schwächer und erstirbt schließlich. Ich erstarre.

Inmitten des Gelächters erhebt sich Knoll. Ganz langsam rückt er vom Tisch ab und geht auf mich zu. Sekunden dehnen sich zu Ewigkeiten. Irgendwann steht er neben mir und legt den Finger an die Lippen. Ruhe kehrt ein.

Knoll muss ein paar Mal tief Luft holen, bevor er sprechen kann. Mit einer Hand wischt er sich die Lachtränen aus den Augenwinkeln. «Waschtl, des war a tolle Redn», sagt er und wendet sich direkt an mich. «A jeder soid probiern, a bisserl netter zu die Preißn zu sein. Aber oans wui i da über Vorurteile sogn: Du host da jeds Wort gmerkt, des i dia übers Watzendudeln verzeit hob. Oiso stimmts: Ihr Preißn seids genau.»

Ich nicke ertappt, aber auch ein wenig stolz.

«Und ihr Preißn seids diszipliniert, wei du glernt host, auf a Haxn a Musi zum spuin. Des is bstimmt ned leicht gwesn.» Jetzt schaut er mir direkt in die Augen, und ich sehe in seinen den Schalk blitzen. «Aba oans is aa sicha: Ihr Preißn hobts kon Sinn fia Humor ned. Waschtl, i mogs kaum sogn, aba des Gschichtl vom Watzendudeln – des is bloß a Gaudi gwesn.»

Meine Knie werden schwach. Knoll legt mir den Arm um

die Schultern. «Nix fia unguat. Mia san mia, und du bleibst du. Und des passt scho.» Mit der Rechten drückt er mich an sich, mit der Linken hebt den Bierkrug: «Prost, du Saupreiß, bayerischer», ruft er, und wir stoßen an.

Die Blasmusik beginnt zu spielen. Knoll führt mich von der Bühne an seinen Tisch. Nebenbei bemerkt er: «Des is fei a interessante Hosn. Passend zua Musi, ge?»

Dann stehe ich mit einem Mal vor Roni und kriege keinen klaren Gedanken zusammen. «Ich habe extra für dich Bodybuilding gemacht», stammele ich idiotischerweise.

Ihr Blick wird weich. Dann scheuert sie mir eine. «Vollidiot», sagt sie und nimmt mich in den Arm. «Trotzdem – ich bin froh, dass du wieder da bist.»

Am Brauttisch ist noch ein Platz frei. Zu dem Gedeck gehört auch ein Namensschild. Darauf steht in geschwungener Schrift: *da Waschtl.*

Roni packt mich und zieht mich auf die Tanzfläche. Zu den Klängen der Blasmusik drehen wir uns langsam im Kreis. Als der Trompeter einmal ein Solo spielen muss, legt er schnell sein Instrument beiseite und führt meine Watzendudel an die Lippen, die ich auf der Bühne liegen gelassen habe. Alle lachen, als der schiefe Ton der Knochenflöte über die Tanzfläche hallt. Ich auch.

DEM KNOLL IS WOS EIGFOIN

Die Aussöhnung mit Roni war nicht so leicht, wie ich es mir erhofft hatte. Am Tag nach der Hochzeit trafen wir uns zum Frühstück. Alles sollte perfekt sein. Also schickte ich Jochen zurück nach Berlin, kaufte Blumen, frische Semmeln, briet Eier und machte einen ganz besonderen Latte macchiato: Den Kaffee goss ich so geschickt ein, dass sich eine herzförmige Linie abzeichnete. Mit zärtlichem Blick stellte ich die Tasse vor Roni ab.

Roni: «Was soll denn das sein? Ein Arsch?»

Nach dem Frühstück beichtete ich ihr alles: die Details meines Absturzes, dass ich nur dank Ludwigs Freitod nicht mit Porno-Theresa geschlafen habe, meine Erkenntnisse über Berlin und die Feststellung, dass ich für Roni einfach alles tun würde. Ich kassierte noch eine Ohrfeige und versprach, ein Jahr lang nur noch in ihrer Gegenwart zu trinken. Alkohol, versteht sich. In Bayern ist das ein ziemlich großes Opfer, aber für diese zweite Chance wäre ich sogar Vegetarier geworden.

Roni ließ sich erweichen. Seitdem schaue ich stur geradeaus, wenn uns irgendeine fremde Frau auf der Straße entgegenkommt. Und Roni gibt sich alle Mühe, mir meinen Fehltritt nicht allzu oft unter die Nase zu reiben. Seit wir ein Paar geworden sind, hat sich mein Leben radikal geändert. Wir machen jetzt nämlich so Pärchensachen: gehen mit anderen Pärchen zum Bowling, ins Kino, in die Bar oder zum Schafkopfen. Meist liegen wir aber einfach nur auf dem Bett oder vor dem Fernseher, und Roni schläft irgendwann mit dem Kopf auf meinem Bauch ein. Könnte sein, dass wir bald zusammenziehen. Seit Anfang April übernachte ich ohnehin fast jede Nacht bei ihr.

Heute Abend bin ich allerdings mit Knoll verabredet. Er

möchte mir seine Band vorstellen – nicht Die Obrigkeit, die kenne ich ja schon, sondern «die wuide». Der Probenraum liegt in einer Scheune bei Dumbling. Neben einer Menge Heu und einem Trecker steht hier ein komplettes Band-Equipment, mitsamt Instrumenten, Gesangsanlage und Mischpult.

Die meisten Mitglieder der fünfköpfigen Kapelle kenne ich bereits von der Hochzeit: Johannes, der Schwager, spielt die elektrische Orgel und singt. Der bayerische General zupft den Kontrabass, Knoll spielt Trompete. Huberfranzl kenne ich vom Weisenblasen und dem Oktoberfest. Bei der Obrigkeit spielt er Tuba, hier Saxophon. Ich warte gespannt auf den Schlagzeuger, den sie Bumms nennen. Zur heutigen Probe, erklärt mir Knoll, wolle Bumms seinen Sohn mitbringen, der in Berlin wohne. «Iha zwoa hobts einiges zum beredn», meint Knoll und zwinkert mir zu. Irgendetwas scheint hier im Gange zu sein.

Eine halbe Stunde später tauchen Bumms und Sohn auf. Der Schlagzeuger entpuppt sich als sehniges Männlein mit weißem Bart und langen Armen. Sein Sohn ist genauso klein, trägt aber statt bayerischer Kleidung einen Irokesenschnitt, eine Lederjacke und einen breiten Nietengürtel. Er stellt sich als Joe vor. «Ah geh», fährt der Vater ihm über den Mund. «Des is da Joseph, und dahoam isa imma no da Beppi.»

«Servus Beppi!», ruft die Band.

Bumms ergreift das Wort. «Wia i eich gsogt hob: Da Beppi is Manager von am Kulturfest in Berlin. Und i hob eahm oane von unsare Kassetten gschickt, und er hod gmoant, er hod gsoagt … ge, Beppi, wos host glei gsogt?»

«Dass ihr rockt, Papa.»

«Des woas. Und jetza wui si da Beppi oschaun, ob mia aa des Zeig hom, dass ma in Berlin auf am Fest spuin.»

«Kein Fest, Papa, ein Festival, mit Punk- und Skamusik.»

«Geeenau, a Skatfestival. Und da soin mia a Musi spuin, damit des ned so lädschad is.»

Beppi schaut seinen Vater an, wie es Söhne tun, die sich erwachsener fühlen als ihre Väter.

Knoll bedeutet Beppi und mir, auf zwei Hockern zwischen der Band und dem Scheunentor Platz zu nehmen. Beppi setzt sich und schaut mich mitleidig an. «Wie schaffst du es nur, diesen Haufen unter Kontrolle zu halten? Dagegen sind die Sex Pistols ja Chorknaben.»

«Ich halte sie gar nicht unter Kontrolle.»

«Das ist vielleicht die einzige Möglichkeit. Gib mir mal deine Nummer, dann können wir uns wegen des Termins absprechen. Die haben ja alle keine Handys.»

«Die Termine solltest du lieber mit deinem Vater klären. Oder mit Knoll.»

«Der hat mir gesagt, dass du ihr Manager bist.»

Bevor ich etwas entgegnen kann, schlägt Bumms seine Trommelstöcke aufeinander. «Oans-zwoa – oans-zwoa-drei-vier!»

Mit einem Trompetenstoß beginnt die Band zu spielen. Die Musik vereint die Gemeinsamkeiten von Ska und Polka: flotte Tanzmusik mit schiefen Bläsereinsätzen und einem rumpelnden, aber mitreißend schrägen Rhythmus. Mit Weisenblasen hat das nichts mehr zu tun. Bumms gibt den Takt vor, Knoll feuert die Fanfaren aus der Trompete, das Saxophon jammert. Johannes haut in die Tasten. Der Rhythmus reißt Beppi vom Stuhl. Er steht auf, wirft die Beine nach hinten, knickt dabei leicht in der Hüfte ein und bewegt die Arme wie beim Langlauf, nur schneller. Ich bin baff.

Johannes legt die Lippen ans Mikrophon und beginnt einen bayerischen Sprechgesang, den ich irgendwo zwischen Liturgie, Rap und Speedmetal verorte. Ich verstehe nur Wortfetzen: «Madl», «Stadl», «schenk i Rosen», «laare Hosn».

Beim Refrain legen sie noch mal einen drauf. Knoll und Huberfranzl schwenken ihre Instrumente synchron im Takt und schwingen abwechselnd das linke, dann das rechte Bein nach vorn. Das hier ist etwas ganz Neues. Knoll und seine Band ahmen keine Vorbilder aus Amerika nach, sie scheren sich nicht um Schubladen wie Punk oder Volksmusik. Sie machen einfach echte Rebellenmusik.

Beim zweiten Song steige auch ich in den Langläufertanz ein. Schließlich hebt Beppi die Arme, und die Musiker beenden ihren Gig mit einem gemeinsamen Schlussakkord. Beppi klatscht in die Hände. «Das war großartig, das war neu, das war böse!»

Knoll setzt die Trompete ab. «Naa, bes war des ned.»

«So meine ich das nicht. Ihr seid engagiert, Jungs – ich meine, Männer, Papa. Ihr werdet der absolute Überraschungshit!» Beppi reibt sich das Kinn. «Das Einzige, was euch noch interessanter machen könnte, wäre eine Sängerin.»

«Ah geh!», kommt es einstimmig zurück.

«Nein, wirklich, so ein junges, blondes, wildes Mädchen. Eine Mischung aus Heidi und Tank Girl, eine bayerische Blondie – sexy, aber rebellisch.»

Huberfranzl tritt vor. «Die Vroni vom Knoll ko singa!»

«Naa», wiegelt Knoll ab. «Die is do ned sexy.»

«Moment», wende ich ein. «Ich finde sie schon sexy.» Aber das will Knoll nicht hören.

«Böse!» Beppi ist völlig aus dem Häuschen. Er zückt einen Edding und schreibt mir seine Handynummer auf den Arm. Dann muss er schnell nach draußen, um zu telefonieren. Die Musiker legen ihre Instrumente beiseite und kommen auf mich zu.

«Wie heißt eure Band überhaupt?», frage ich.

Bumms antwortet: «Mia ham lang übalegt. Und dann is dem Knoll wos eigfoin!»

Knoll öffnet den Mund und sagt langsam, Buchstabe für Buchstabe: «M-I-A.»

Bumms erklärt: «*Mia* is a oids boarisches Wort. Mia san mia, verstehst?»

Ich schüttele den Kopf: «Die Idee ist gut, aber leider gibt es schon eine Band, die so heißt. Die hat auch eine blonde Sängerin und kommt aus Berlin.»

«Wieso hoaßn die dann *mia*?» Knoll schüttelt ratlos den Kopf.

Das Scheunentor geht auf. Beppi kommt herein und steckt sein Mobiltelefon in die Innentasche der Lederjacke. «So Jungs, Männer. Ich habe gute Nachrichten. Ihr spielt am Samstag, kurz vor dem Headliner. Habt ihr schon einen Namen?»

Aller Augen richten sich auf mich. «Ja mei», sage ich und grübele verzweifelt.

«Nicht schlecht», meint Beppi. «Und das schreiben wir einfach englisch: *Jam I*. Dschäm heißt Blockade und Ei heißt Ich, die Ich-Blockade – das ist Punk!»

Die Männer starren Beppi an, als habe er soeben verkündet, er wolle sich Flügel annähen lassen. «Von mia hod a des ned!», brummt Bumms und schüttelt den Kopf.

«Das Konzert steigt in zwei Wochen im Molotow», erklärt Beppi. «Ich buche für euch ein Hotel. Alles Weitere kläre ich mit eurem Manager.»

Beppi gibt jedem von uns die Hand und schwirrt von dannen. Jetzt bin ich auf einmal Manager einer bayerischen Skaband, und meine Freundin wird wahrscheinlich die Frontfrau. Nicht schlecht.

«Habt ihr eigentlich einen Tourbus?», frage ich in die Runde.

Johannes nickt. «I hob so an oiden ausgebauten VW-Bus vom Sportverein, aba da gibts a Problem.» Betretenes Schweigen. «Kana von uns deaf no Auto fahn. Wega am Kavaliersdelikt.»

Die ganze Mannschaft schaut schuldbewusst zu Boden. «Ihr habt *alle* den Führerschein verloren?», frage ich fassungslos. «Aber Knoll, du fährst doch die ganze Zeit. Dein Wagen steht draußen vor der Tür!»

«Ah geh, des san nur Kuazstrecken.»

Gegen die sind die Sex Pistols wirklich Chorknaben.

Am Abend sitze ich mit Roni in der Sitzecke von Knolls und Reginas Küche in Dumbling. Regina hat zur Feier des Tages einen Sauerbraten gemacht. Roni kann nicht fassen, was ich ihr eben verkündet habe. Sie ist begeistert.

Ich erzähle von der Oranienstraße in Berlin, dem ehemaligen Kreuzberger Linksradikalenbezirk, der Punkszene und ihrem Lieblingstreffpunkt, dem Molotow. «Ich bin mir nicht sicher, ob das wirklich was für euch Bayern ist», schließe ich. Einmal mehr habe ich Knoll unterschätzt. Eigentlich, so Knoll, komme es im Leben eh nur auf eines an: «Hauptsach, die Leit san guade Leit.»

JAMILEXTAMA!

Zehn Stunden lang zuckeln wir mit Johannes' Kleintransporter von München nach Berlin. Ich fahre. Ein Autoradio brauchen wir nicht, denn die Band probt die ganze Fahrt über hinten im Wagen ihre neuen Lieder. Roni hat ihre Doktorarbeit vorerst auf Eis gelegt und gemeinsam mit dem General einen Songtext nach dem anderen geschrieben. Nun umfasst das Repertoire von Jam I zehn Stücke. Einen Text hat Knoll gedichtet: ein bayerisches Cover des Ska-Klassikers «Shame and Scandal». Es heißt «Schimpf und Schandn» und ist ein Abgesang auf die Band Mia.

Als wir auf den Berliner Ring fahren, fühle ich zum ersten Mal kein Heimkehrer-Kribbeln im Bauch. Stadt und Verkehr pulsieren zwar wie immer, aber diesmal pulsieren sie an mir vorbei. Wir sind uns fremd geworden. Oder besser: Ich bin ihr fremd geworden.

Meine Passagiere staunen aus dem Fenster. Knoll hat einen Fehler entdeckt: «Des is ja deppert; die Ampelmännchen do san dicker ois bei uns dahoam.»

Auf mein Bitten hin hat Beppi uns ein Hotel im Friedrichshain besorgt. Viele der einst so romantisch verwitterten Mietshausfassaden sind in meiner Abwesenheit gelb, rosa oder mintgrün gestrichen worden. Mein altes Haus hat man sogar blassrosa angemalt. Roni, Regina und die Männer möchten zuerst einmal Berlinerisch essen gehen.

Also reserviere ich einen Tisch in der angeblich ältesten Berliner Gastwirtschaft: *Zur letzten Instanz*. An den Wänden hängen Bilder aus dem alten Berlin. Ein Bayer nach dem anderen betritt hinter mir die Wirtschaft und grüßt die junge Bedienung mit einem nonchalanten «Habe die Ehre». Die entgegnet fünfmal: «Ick ooch.»

Wir bestellen acht Portionen Eisbein mit Erbspüree und

Sauerkraut. Ich hatte zwar von dieser Spezialität gehört, sie aber nie probiert. Im Prinzip ist Eisbein eine gekochte Haxe. Die Portionen hier sind noch größer als die in Bayern, was aber eine optische Täuschung sein kann, denn durch das Kochen wird die Schweinshaut glibberig aufgeschwemmt.

Johannes schüttelt traurig den Kopf: «Die scheene Kruste.» Ich kann ihn verstehen. Wahrscheinlich liegt es an meiner Watzendudel-Zeit, dass ich beim Anblick dieser schlappen Hülle heulen könnte.

Das gekochte Fleisch schmeckt allerdings wunderbar zart. Selbst die schmale Roni isst begeistert ihren Teller leer. Johannes verzehrt doch noch einen großen Teil der glibberigen Antikruste, die ihm plötzlich «wie a Gelee» mundet.

Auf dem Rückweg überprüft unsere Reisegruppe in einem türkischen Spätkauf das Bierangebot. Zu meinem Erstaunen gibt es hier mittlerweile sowohl Augustiner Helles und Edelstoff als auch Tegernseer Helles und Tegernsee Spezial.

«Woaßt, Waschtl», meint Knoll, nachdem er sich in der Hotellobby das erste Bier aufgemacht hat, «du host recht ghabt. So schlecht is Berlin gar ned.»

Am nächsten Morgen brechen wir früh zu der obligatorischen Touristentour auf. Der Auftritt von Jam I soll erst um zehn Uhr abends stattfinden. Den Reichstag wollen meine bayerischen Gäste nicht sehen, denn «den hod ja selbst da Stoiba ned seing megn». Aber das Brandenburger Tor interessiert die Bayern; eigentlich viel mehr das Drumherum: Auf der östlichen Seite posiert ein Mann in der Uniform eines sowjetischen Soldaten mit einer russischen Fahne. Für ein paar Euro können sich die Touristen mit ihm fotografieren lassen. Er nimmt sie in den Arm und salutiert zackig.

«Des is aba a scheene Uniform!», findet der General. Ein paar hundert Meter weiter entdeckt er einen Schwarzhändler, der russische Armeedevotionalien verkauft. Regina, Roni und ich begleiten ihn. Während Huberfranzl eine Uniform und Regina ein paar Bernsteinarmbänder anprobiert, schlendere ich Hand in Hand mit Roni zurück zum Brandenburger Tor. Dort hat sich neben dem sowjetischen Pseudosoldaten eine kleine Menschenmenge versammelt. Neugierig stellen wir uns dazu.

«Weibaleid und Mannaleid», höre ich Johannes' Stimme. «Ihr kimmts her nach Berlin und lassts eich fia zwoa Eiro mit am russischn Hansl ablichten. Da kennts ihr eich fia den hoiben Preis mit vier boarischen Mannsbuidern fotografiern lassen! Und i frag eich: Wer is eich fremder?»

Die Touristen strömen nur so. Nicht nur Amerikaner und Japaner, vor allem auch junge Prenzl'berger finden es witzig, sich Arm in Arm mit den Trachtlern vor dem Brandenburger Tor ablichten zu lassen. Johannes versäumt es nicht, alle Touristen für diesen Abend ins Molotow einzuladen, wo er eine «Mordsgaudi» verspricht. Eine Stunde später hat Jam I bereits Fans aus der ganzen Welt und hundert Euro mit Fotoaufnahmen verdient.

Als nächste Stationen folgen Potsdamer Platz, Sony Center und Mahnmal. Danach ermüdet die Reisegruppe allmählich. «Und, ist es schön, wieder zu Hause zu sein?», gähnt Roni.

«Ich weiß gar nicht, ob das hier noch mein Zuhause ist», antworte ich.

Gegen Abend holen wir die Instrumente aus dem Hotel und fahren nach Kreuzberg. Gegenüber vom Molotow essen wir noch einen Döner. Auf die Frage «Salat komplett?» antwortet Knoll: «Naa, bloß a Fleisch.»

Johannes stellt fest, dass man mit dem Döner-Grill-System auch große Mengen Leberkäse bestens abbräunen könnte, und bittet den türkischen Wirt um seine Handynummer.

Das Molotow besteht aus einem Raum, so groß wie eine Turnhalle, die Wände sind mit Konzertplakaten tapeziert, darüber haben Besucher Parolen und Symbole geschmiert. «Jamilextama!», entfährt es Knoll. Die Bayern haben ihre Dumblinger Festtracht angelegt. Roni zieht sich auf der Damentoilette um. Als sie herauskommt, erkenne ich sie kaum wieder: gefährlich geschminkte Katzenaugen und am Körper ein ziemlich knappes rot-schwarzes Dirndl mit Teilstücken aus Lackleder. Ihre langen Beine stecken in grobmaschigen schwarzen Netzstrümpfen. Ein bayerisches Tankgirl! Roni ist mit Abstand die heißeste Frau des Abends.

Auf alten Sesseln und Sofas fläzen sich kleine Punks in gestreiften Röhrenjeans, mit Lederjacken und Ringen im Gesicht. Bumms mustert sie misstrauisch. «Des is koa Skatfest ned», murmelt er vor sich hin.

Da Punks meist alle gleich aussehen, fallen die Bayern im Molotow umso mehr auf. Sie ernten einen dummen Kommentar nach dem anderen. Ein junger Typ mit grünem Iro starrt die Trachtenträger an. «Geile Hose», kommentiert er, als Knoll an ihm vorbeigeht. Der deutet auf den Hahnenkamm seines Gegenübers und lacht: «Scheene Mützn.»

Wir treffen Beppi. Er begrüßt jeden von uns mit Armdrückerhandschlag. Bumms zieht ihn am Ohr zur Seite und hält ihm eine Standpauke, während der ich ihn häufiger «Von wegen Skat, i bin do ned bled» sagen höre. Beppi stammelt bloß: «Aber Papa …»

Mit einem roten linken Ohr kommt er zurück und erklärt mir den Ablauf des Abends: «Die erste Band heißt Einszwodreivier und kommt aus Hamburg, danach spielen Oioioi, eine Ska-Band aus Polen, dann kommt ihr. Zum Schluss spielen …», er senkt verschwörerisch die Stimme, «… die Skatalites aus Jamaika.»

«Nie gehört», sage ich.

Knoll drängt sich vor. «Die san no oider ois mia», erklärt

er. «I hob de in de Achtzger in New Orleans troffn. A guade Sängerin hams.»

Beppi kann es nicht glauben. «Du kennst die Skatalites?»

«Naa, kenna is zvui gsagt. I hob in New Orleans a Blasmusi gsucht, und da hod mia aana des Lokal empfohln. Do hamma a bisserl dschämmt. So wias hoid is.»

Im Backstage-Raum lassen Roni und ich uns in die Sessel fallen. Sie ist ganz schön aufgeregt. Beruhigend nehme ich sie in den Arm. Ihr Fetischdirndl knatscht. «Soll ich dir ein Helles holen?», frage ich. Sie nickt.

«Bringst hoid an Kasten mit», empfiehlt Johannes.

«Mia aa an Kasten!», ruft Bumms.

Auf der Bühne machen Einszwodreivier ihrem Namen alle Ehre. In einer Pogo-Orgie springen die Leute wild durcheinander. An der Theke treffe ich Huberfranzl, der Schnaps trinkt. «So a Lärmschtadl!», stellt er fest und zeigt auf die Bühne. «I frag mi aa, wieso die Oanszwoadreieviere hoaßn und bloß drei Akkorde spuin kenna.»

Als ich eine halbe Stunde später mit zwei Kästen Bier zurück in den Backstage-Raum komme, ist es dort so voll, dass ich zuerst denke, ich hätte mich in der Tür geirrt. Die anderen Bands sind eingetroffen. Roni unterhält sich mit einem weißhaarigen Rastaman, und Knoll ist ins Gespräch mit einer etwa siebzigjährigen Jamaikanerin vertieft.

«Naa», höre ich ihn sagen. «Ei did not ran away. Wi had a Moadsgaudi in New Orleans, batt ei wos in laaf wis hea masa!» Er deutet auf Roni. «Shi is aua singer!»

Die alte Sängerin der Skatalites nimmt Roni in den Arm und drückt ihr einen Kuss auf die Wange. «Beautiful gal», sagt sie mit jamaikanischem Akzent. «You godda good Daddy.»

Ich lasse Skatalites und Knolls allein mit ihren Familienangelegenheiten und mache mich auf die Suche nach Regina. Inzwischen geben Oioioi auf der Bühne mehr als genug. Die

Menge tobt, dass der Schweiß nur so von der Decke tropft. Und Regina steht mittendrin. «Die Musik ist ja flott», findet sie und kreist wild mit den Hüften. «Ordentlich angezogen sind die Buben auch. Aber die könnten sich a bisserl die Haare wachsen lassen. Wann kommt denn unsere Vroni an die Reihe?»

«Als Nächstes.»

Eine halbe Stunde später stehen Jam I qualmend neben der Bühne und hören sich die letzte Zugabe von Oioioi an. Roni zupft an ihrem kurzen Kleidchen, Knoll poliert mit dem Hemdsärmel seine Trompete. Dann ist es so weit. Beppi tritt auf die Bühne.

«Okay!», ruft er ins Mikrophon. «Die nächste Band kennt wahrscheinlich keiner von euch, aber sie rocken.»

Bumms verdreht die Augen. «Wia dea immer redt!»

«HIER SIND JAM I!», ruft Beppi und klemmt das Mikrophon wieder in den Ständer.

Ich drehe mich um und sehe Roni ins Gesicht. Ihr Lächeln hat nichts Artiges mehr, es ist das herausfordernde Grinsen einer Stripperin. Mit dem dazu passenden Gang schlendert sie ins Rampenlicht. Ein Raunen geht durch die Menge. Nur in sehr innigen Momenten habe ich sie so sexy erlebt. Jede Faser ihres Körpers schreit Provokation. Sie ergreift das Mikrophon und raunt neckisch: «Grüß Gott.»

Bumms haut die Trommelstöcke zusammen: «Oans-zwoa – oans-zwoa-drei-vier.» Trompetenstoß, und ab geht's.

Vom ersten Ton an haben Jam I die Menge im Griff. Roni rockt um den Mikrophonständer, singt und schreit ihre Texte, der Schweiß läuft ihr über das Gesicht. Knoll und Huberfranzl schmettern den Berlinern eine Fanfare nach der nächsten um die Ohren. Lässig am Bass: der General. Johannes haut in die Tasten und unterstützt Roni beim Refrain. Die beiden harmonieren auf eine erschreckend schöne Weise, wie Black Francis und Kim Deal von den Pixies.

Nach dem vierten Stück steht keiner mehr still. Alles drängt nach vorn. Roni kommt zum Bühnenrand, ich reiche ihr eine Flasche Wasser. «Wie bin ich?», fragt sie nach einem tiefen Schluck. «Ich liebe dich!», rutscht es mir heraus. Doch dafür hat Roni jetzt keine Zeit – das Publikum fordert mehr Musik. «Imma mit da Ruh», brummt Johannes ins Mikrophon. «Des Madl busselt grad.» Gelächter.

Roni küsst mich auf den Mund, stößt sich ab und kehrt zurück ins Rampenlicht. Am Seitenrand haben sich jetzt auch die Skatalites versammelt. «Is dad your gal?», fragt mich der weißhaarige Rasta. Ich nicke glücklich.

«Big up», sagt er und hält mir die Faust zum Gruße hin.

Jam I rocken das Molotow in Grund und Boden. Nach dem zehnten Lied versuchen sie von der Bühne zu gehen, werden aber unter ohrenbetäubendem Applaus zur Zugabe zurückgerufen. Noch einmal spielen sie «Shame and Scandal», und diesmal singt das ganze Molotow geschlossen den Refrain mit:

Ooohhh, Berlin,
MIA soitn besser nach Bayern ziehn.

Nach elf Songs sind die Musiker schweißgebadet und völlig erschöpft. Das Publikum auch. Ich bin so stolz, als wäre ich Vater geworden – und so verliebt in Roni, wie man es nur ein Mal in seinem Leben ist. Wie ferngesteuert wandle ich auf die Bühne. Knoll räuspert sich und legt die Lippen ans Mikro: «Des is übrigens da Waschtl.» Das Publikum lacht. «Dea is bekannt fia seine Bühnenshows.»

Diesmal, das spüre ich, werde ich Knoll so richtig überrumpeln. Es muss sein. Ich küsse Roni auf die Wange und trete ans Mikrophon. «Knoll, ich muss dich etwas Wichtiges fragen.»

Bumms spielt einen Tusch. Es wird ruhig im Saal. Knoll

schaut misstrauisch. Ich hole tief Luft. Wie von selbst strömen die Worte aus meinem Mund: «Ich denke, es gibt keinen besseren Ort und keinen besseren Moment als diesen. Vor allem gibt es für mich keine bessere Frau.»

Roni macht einen Knicks.

«Knoll, ich möchte um die Hand deiner Tochter anhalten. Darf ich Roni heiraten?»

Knolls Kinnlade klappt herunter. Er setzt die Trompete ab und nimmt beide Hände vor den Mund.

Aus dem Publikum fordert eine Stimme: «Los, Alta!» Eine andere ruft: «Sontz nehm ick se!» Knoll zuckt merklich zusammen. Schließlich nimmt er die Hände wieder vom Gesicht. Er setzt seinen Hut ab und schaut uns aus seinen gütigen Augen an. Sein Mund nähert sich dem Mikrophon. Ich höre einen tiefen Seufzer. Und dann die Worte:

«Des passt scho.»

DANK

Vielen Dank an meine Familie und meine Freunde für unsere Abenteuer, Erfahrungen, ihr Verständnis und ihre Liebe.

Für konkrete Unterstützung, Kritik und Ideen bei der Arbeit an diesem Buch danke ich besonders Johannes Waechter, Daniela Ptok, Bastian Obermayer, Dominik Wichmann, Thomas Hölzl, Marcus Gärtner, Katja Sämann und all den netten Menschen, die ohne ihr Wissen etwas dazu beigetragen haben.

Danke an die gestandenen und gesetzten Bayern, die mir bei meinen Recherchen ihre Traditionen, Bräuche und Eigenarten erklärt haben und nicht müde wurden, schwierige Wörter zu wiederholen.

Tausend Dank an Renate für ihr gutes Herz, ihr gutes Essen und ihre tolle Tochter. Und an Wolfgang, weil er ein so wunderbarer Mensch ist, weil er mir seine Geschichten erzählt hat und weil er mich als Schwiegersohn akzeptiert, obwohl ich ein solcher Saupreuße bin.